Qianxun—Culture

—图书·影视—

方飞飞
• FangFeifei Works •

著

季哥哥，这样的人

Jigege
zheyangderen

广东旅游出版社
GUANGDONG TRAVEL & TOURISM PRESS
悦读书 · 悦旅行 · 悦享人生

中国 · 广州

图书在版编目（CIP）数据

季哥哥这样的人 / 方飞飞著 . — 广州：广东旅游
出版社，2020.3
ISBN 978-7-5570-2052-1

Ⅰ . ①季… Ⅱ . ①方… Ⅲ . ①长篇小说－中国－当代
Ⅳ . ① I247.5

中国版本图书馆 CIP 数据核字 (2019) 第 217455 号

出　　品：千寻文化
总 策 划：调　调
出版监制：唐　昕　杨芝波
责任编辑：梁　坚　李　丽
特约编辑：小　鱼　慢　慢
封面设计：ABOOK 壹书工作室
　　　　　拾叙 Design QQ:2425686595
封面绘制：imiko 君

季哥哥这样的人
JiGeGe ZheYang De Ren

广东旅游出版社出版发行
（广州市环市东路 338 号银政大厦西楼 12 楼　邮编：510180）
邮购地址：广州市环市东路 338 号银政大厦西楼 12 楼
联系电话：020-87347732　邮编：510180
长沙鸿发印务实业有限公司
（地址：湖南省长沙市长沙县黄花工业园 3 号）
880 毫米 ×1230 毫米　32 开　9.5 印张　230 千字
2020 年 3 月第 1 版第 1 次印刷
定价：39.80 元

目 / 录
CONTENTS

目 / 录
CONTENTS

第一章
合约情侣

七段高手？

季初观察了半天，实在没办法把眼前这个说话有些带着娃娃音的甜美少女和自己母亲口中的"围棋天才""职业七段""大家闺秀"等词画上等号。

"饭后甜点，我是点蜗牛泡芙好，还是点牛油果班尼迪克蛋好呢？"少女举棋不定，翻着精致的菜单纠结着，"要不，你帮我决定？"

"都行。"

季初勾起食指轻轻敲击着桌子，眼神游离，注意力明显不在桌上。

"服务生，甜点我要这个蜗牛泡芙，还有牛油果班尼迪克蛋。对了，香草烤三黄鸡是你们店的招牌菜？那再给我加一份香草烤三黄鸡，谢谢你哟！"少女欢快地点了七八道菜，满意地合上菜单，冲着季初眨眨眼，"我点好了，你要吃什么？"

"随便……"

心中装着要紧事，季初无心挑食。

"那不行，你看一下嘛。"安可可往前凑了凑，把菜单推到他面前。

他漫不经心地打开菜单，手指顺着菜单从上往下滑动，粗略扫了一眼每道菜的标价，微微变了脸色。

这里随便一盘菜都够大山里的那帮穷孩子买一年的作业本了。

他深吸一口气，"啪"的一声合上了菜单，立刻改口道："泡芙热量高，容易长胖。"

季初果断划掉了泡芙，正准备找个借口划掉价格更贵的香草烤三黄鸡，一抬头却看见安可可有些不舍，他犹豫了一下，放下了菜单。

算了……不过是个家里有钱被宠大的小孩子罢了。

安可可身上穿的白色泡泡裙是什么牌子，季初看不出来，不过那个被她随手放在空闲座椅上的粉色小羊皮包，是 Chanel 的最新款——有钱人家的标配，他的妈妈昨天才买了一个。

不过安可可大学都还没毕业，年纪轻轻就背着动辄几万块的包，这消费观可不太好。

季初扫了一眼大街上炽热的阳光，眉头微皱。如今俨然是三伏天，他回了北京，进进出出的地方都有空调，山里的那群孩子却连电风扇都没得吹，这要是中暑可就麻烦了。早上小边巴还给他来过电话，说是小卓玛误食了发芽的土豆，上吐下泻，可能是食物中毒了，但家里的老人没钱送她去县城里看医生，只能用土方子试着治治。

一想到这些事，季初就越发觉得没胃口了。

"给我来份意大利面就行。"

意大利面是菜单上的优惠单品，用了粗红的字体标了特价。

季初并不想吃意大利面，不过是看它价格便宜。

趁着季初点菜的工夫，安可可也好奇地打量着季初。

安可可长这么大，还是第一次出来相亲呢！本来可可觉得相亲是挺荒唐的事，想要一口拒绝，可安妈妈说媒人是一个对她有过恩泽的老友，不好拂了老友的面子，她希望可可去见那个男生一面。

"你就去吃顿饭，吃完我就回复人家说你没看中。听说这男孩在西部支教，过完暑假就要回学校，以后你们多半也不会有交集。"安妈妈如是说。

想想自己每天除了下棋还是下棋，也没有别的娱乐活动，安可可索性答应了安妈妈的请求，就当是消遣了。

"听说你是支教老师？支教好玩吗？"安可可见季初一直眉头紧皱，心事重重，也不主动跟她说话，便鬼马地眨了一下大眼睛，找话题跟季初聊。

西餐上菜最慢了，他们两个总不能就这么一直尴尬地坐着，坐到上菜为止吧？

"好玩？"

季初的脸色顿时变得有些难看，背脊挺得笔直，整个人都绷紧了，语气有些生硬："支教是件很严肃的事情，并不是供人茶余饭后消遣的话题。"

季初的五官硬朗，本就线条分明，生气时更是让人感觉不容接近。

安可可有些吓到了，她不过是脱口而出的"好玩"二字，没料到会引起季初这么大的反应。

"对不起啦。"安可可急忙道歉，"我的国文不是很好啦。可能支教这个词用得不太对？我刚刚是想问，当老师教学生好玩吗？"

季初这才想起来，季妈妈似乎有跟自己提过，眼前这个连连道歉、脸色绯红的安可可是个台湾人。

难怪她说话嗲嗲的……

两岸文化有异，小姑娘混淆了"支教"和"教师"的含义也不是多么严重的事，自己的反应是有点过激了。

季初刚刚准备张口安慰一下安可可，他放在餐桌上的手机就响了。

他的手机还是三年前在上大学时买的，虽然在当时是最潮、最贵的款式，可三年过去了，现在看上去就显得有些过时了。再加上手机外壳磨损严重，就和整个餐厅的格调格格不入。

他扫了一眼来电显示，是小边巴打来的，眉头便皱得更紧了。不会是小卓玛耽误了治疗的最佳时间，病情变严重了吧？

季初拿起手机，冲着安可可说了声"抱歉"，便大步流星地走出餐厅，去接电话。

这一接，就是好半天。

安可可无所事事地坐在富丽堂皇的西餐厅里，看着落地玻璃外的那个男人不断踱着步，对着手机特别温柔地说着话，脸上的神情从紧张慢慢变成了轻松，一扫刚才跟她一起选菜时的阴霾和敷衍。

一个念头突然从她脑海里一闪而过：他不会已经有女朋友了吧？

她越想越觉得不对劲。

等季初挂了电话，神色轻松地坐回到安可可的面前时，安可可已经在脑海里做出了自己的判断——季初肯定有女朋友了，而且是地下女友！刚才他肯定是出去接女朋友的电话了！他之所以会坐在这里跟自己相亲，一定是和自己一样，迫于无奈，敷衍一下父母罢了。

既然是这样，安可可觉得轻松了许多。

双方都没有谈恋爱的想法，那这场尴尬而又不失礼貌的相亲，就可以彻底定义为无效相亲了！那也就意味着，她也不用太过拘谨，可以敞开肚子吃吃吃了！

作为一个吃货，在这种米其林餐厅里，安可可肯定要大饱口福！

"其实你不用担心啦，我回去之后，会跟自家家长说我们聊不来，不适合谈恋爱的。"安可可自以为很善解人意地主动提及，"不会让你女朋友误会的。"

她一边说一边指了指季初破旧的手机，道："我也不会把你有女朋友的事，拿到家长面前乱说的。"

安可可觉得自己觉察出了真相，有些得意之色，连带着声音也有些欣喜，如同盘旋而上的鸟雀。

季初愣了一下，看来安可可是误会了？

刚刚那通电话，确实是他支教的那个藏区乡村里的一个叫小边巴的孩子打来的。

不过得到的不是坏消息，是好消息。小边巴在电话里乖巧地跟他说村里的老人给小卓玛灌了许多盐水，小卓玛连着吐了好几回，都快吐得虚脱了，情况总算是好转了；他还说，其他孩子都有认真做暑假作业，让季老师放心。

这么一通师生之间再正常不过的电话，被强行误解成了地下女朋友查岗，季初不禁有些失笑。这个少女，脑洞也太大了一点吧？

不过，他也懒得解释。

他这次回北京，只逗留十五天。十五天后，他就要回到西部，拿起粉笔，督促那群山区留守儿童念书，他也没那个闲心跟富家少女谈恋爱。

"嗯。"

季初点了点头，像是默认了安可可的想法，难得对她露出了一个笑来。

散场后，安可可回到家里，安妈妈一脸不放心地把她拉到小角落盘问："怎么样？"

"菜挺好吃的……"安可可对那道香草烤三黄鸡念念不忘。

"你这傻孩子！我是问你那个季初长得怎么样？人品怎么样？听说是一表人才，还蛮优秀的。不过人品好不好，光听媒人吹嘘也没用，日久才见人心。"说到这里，安妈妈颇为不安地把手搭在了安可可的双肩上，"你没看中他吧？"

安妈妈一贯觉得安可可年纪太小，她可不想可可太早谈恋爱，要不是友人从中做媒不好推辞，她根本不会让可可去相亲。

"妈，你这么多问题，我要先回答哪个啊？"

"一个一个答，一个都不许漏。"

"那你也等我把包先放下嘛……"安可可无奈地把自己的粉色小包放在沙发上，认真回想了一下相亲的过程，很是笃定地回复安妈妈，"不是我没看中他，是他没看中我。"

不管是季初半路离席出去打了特别久的电话，还是明明开着路虎来相亲，却没有送她回家，都彰显一个事实：他对她没兴趣。

安妈妈听到这句"长他人志气，灭自己威风"的话，不但没有生气，反而高兴得不得了："没看中就好！没看中就好！"

"你还没说这个季初长得怎么样，我看照片是挺帅的，真人真有一米八四？别人都说相亲就是'照骗'，也不知道他的照片有多少水分。"

安可可哭笑不得："妈，你好八卦哎！不跟你说了，我晚上还有比赛啦，先回房睡午觉了！"

"说说嘛！晚上的比赛，现在才中午你急什么？"安妈妈跟在安可可的身后还想再打探打探，可安可可冲她做了一个鬼脸，便把她关在了门外，她只得无奈地摇头叹气道，"这孩子，真是一沾围棋就着魔……"

当晚的围棋比赛不同于以往任何一场围棋比赛。这是一场让整个围棋界都摩拳擦掌、议论不断，必将在棋史上留下浓墨重彩的一场比赛——围棋界的第一高手、天才少年卫奕，将会对战国内最新研发的人工智能绝艺。

这么重要的比赛，安可可当然不能缺席。

她睡了个饱饱的午觉，伸伸懒腰，跳下床，便开始在衣柜里翻衣服。

因为肤白、貌美、大长腿，围棋界还有这样一个笑话，说安可可的职业七段是靠脸拿下的。毕竟不管谁在职业定段赛中对战美少女安可可，只要不小心抬头看她一眼，保准心神不宁、胡乱落子，就连输都不知道是怎么输给她的。

不过这种吐槽，安可可从来都不放在心上。

谁敢闲言碎语质疑她的实力，她就在棋盘上将谁杀得片甲不留。

安可可花了一番心思选好了裙子，然后打车到了赛场，早已有人围在一起高谈阔论着人机大战的事了。

安可可四处张望一番，没找到卫奕本人，倒是看见了自己的围棋搭档史一航。

"可可快来！我给你占了个观战的好位置！"

史一航一看到安可可，就热情地从座位上站起来，手挥得老高，生怕人太多，安可可看不到他。

"今天人怎么这么多？"安可可费了好半天才穿过人群，倍感意外。

围棋属于冷门的竞技项目，很少有人气如此旺盛的时候。

"慕名而来的呗。有卫奕的比赛，哪一场人不多？"史一航又是挤眉又是努嘴，"可可，你说这次卫奕对战绝艺，谁会赢？"

还没等安可可认真回答史一航，他们背后就响起了一道无比张狂的声音："哼，愚蠢的问题。"

闻言，安可可惊喜地转身，看到了卫奕那张永远像是没有睡醒的脸。

"卫奕？！你来啦！我们今天都是来给你加油的哦！"安可可冲着卫奕甜甜地一笑，挥了挥自己的小粉拳，做出了一个加油的手势。

虽然安可可从来没有正式跟卫奕对战过，但是她在棋场上还是跟卫奕打过几次照面的，两人应该算是"老相识"了。

可万万没想到，卫奕撑开了他那双似睡非睡的单眼皮，不经意间，像是朝安可可翻了一个白眼。他很不给面子地丢下一句话，就大摇大摆地走进了比赛场地。

"我们很熟吗？"

安可可的笑容在听到了这句话之后，无比尴尬地留在了脸上。

史一航看着穿着邋里邋遢的T恤和牛仔短裤、根本无视场上的任何人，就这么一屁股坐到了棋盘前的卫奕，无比感叹地道："他还真是一如既往的跩啊！"

安可可吐了吐舌头，没有把这个小插曲放在心上，也跟着坐了下来："他有跩的资本嘛！连续拿下四次世界冠军，才二十岁就独孤求败了，也只能看看人工智能机器人有没有机会胜他了。"

两人正窃窃私语着，场上的灯光渐渐暗了下来，主持人也开始发声提醒大家保持安静。

这场比赛属于友谊挑战赛，研发出人工智能绝艺的科技公司向卫奕发出邀请，并且面向社会人士开放观战。这一反围棋比赛清场的传统，不过也正是因为这样，安可可这些棋手，还有那些爱好围棋的人，才有机会在现场观摩卫奕对战人工智能绝艺。

安可可指了指玻璃隔音室中的卫奕，冲着史一航做了个鬼脸："嘘，比赛要开始了。"

整场比赛是三百六十度无死角地向观众直播，现场的八个方向都有大屏幕显示着棋盘上的每一步棋。

高手过招，总是让观棋者兴奋不已。卫奕和人工智能绝艺的这盘棋下了整整五个小时，观众席中竟然没有一个人中途离开去上厕所。

直到最后卫奕以三子之差落败，大屏幕的画面定格在了卫奕那张微微发青的脸上，大家才打破保持许久的寂静，唏嘘不已，开始交头接耳了。

"卫奕竟然败了？！"

"世界冠军也不过如此嘛，连这国产的绝艺都赢不了，更别说世界顶级人工智能阿法狗了。我看卫奕以后改名叫卫惨好了！"

"就是啊，真是丢人！亏我从黄牛手上买了这么贵的门票，却是看了场臭棋！"

几个一看就是对围棋一知半解的围棋粉一边吐槽，一边摇着头从安可可和史一航身边走过，看样子是要退场了。

这种话落在专业棋手史一航的耳里，不免让他有些气愤，他侧过头忍不住跟安可可咬耳朵："卫奕不行，他们行？！那他们怎么不上啊？！真是站着说话不腰疼！刚才那场棋明明就很精彩好吧。"

"才比试了一场，明后还有两场棋呢，卫奕未必就会输。都十二点了，我们赶紧回去吧？"胜败乃兵家常事，安可可不觉得绝艺会稳赢。

史一航点点头："这会儿肯定不好打车，你先下去打车，我去尿尿，马上就来，憋半天了。"

"行！"

两人分头行动，史一航摸进洗手间里，安可可轻快地钻进了电梯里，要抢时间去拦出租车。

当她钻进电梯之后，一个长相有些猥琐的小青年突然跟了进来。

安可可礼貌性地往里面站了站，想这样就方便后面的人进来，却没想到小青年快手快脚地按了电梯关闭键，其他人统统被隔离在电梯外。而后，小青年连续按下了一组奇怪的数字，顿时，电梯楼层的指示灯全部亮起了。

一股不妙的预感从安可可的心中升起。

为什么这个人要按亮这么多楼层？莫非有神经方面的疾病？

为什么每一层的楼层指示灯都亮了，电梯却没有在任何一层停留？

电梯门早就已经关上，开始降落了，就算安可可这会儿想出去，也已经来不及了。

随着电梯缓缓下降，安可可害怕地朝那个人看了一眼，心中祈祷着电梯赶紧落地。

可偏偏好的不灵坏的灵，电梯没有直接抵达一楼，而是在不知道是第几层"啪"的一声停了。

楼层指示灯显示出一串怪异的乱码，而那个让安可可感到毛骨悚然的猥琐青年终于也转过了头，冲着安可可不停地笑，嘴角都快咧到耳垂边去了，十分瘆人。

"我是你的粉丝，我好喜欢你，你的每一场比赛我都会看网上直播！我的床头贴满了你的照片！我一直希望能有机会见到你！想得不得了！"

青年的话讲得颠三倒四、语无伦次，情绪过分激动。

原来是个疯狂的粉丝。

安可可拼命掩饰住自己心中的恐惧，试图让自己冷静下来，可她的脚仍不由自主地往电梯的角落里退了一小步，声音有些颤抖："电梯是你弄坏的吗？你要做什么……"

"别怕，电梯只是被我锁死了，不会有人进来打扰我们的。我太激动了，我只是想抱抱你！"说完，那个猥琐男还不由自主地吞了一口口水，朝着安可可退缩的方向迈进了一步，"我等了你一晚上，好不容易才等到这个机会。真的，你知道有多不容易吗？"

说完，也不管安可可愿不愿意，猥琐男一下就扑到了安可可的身上，以大灰狼抓小白兔的姿势，将安可可紧紧地锁在电梯的一角里。

"真香……"猥琐男不由自主地将头埋进了安可可的长发里，一边闻一边呢喃着，仿佛捕获到了多么好吃、美味的东西。

"救命啊！"安可可害怕极了，她长这么大从来都没遇到过这种情况。她颤抖着叫出了声，整个人却像被抽了线的纸人，抖着腿，就这么贴着电梯的边不由自主地滑了下去，跌落在地上。

"救命！"

她拼命地将自己缩成一团，阻止着猥琐男凑过来的臭嘴，做着微弱的抵抗。

"别怕，宝贝儿，这几层都没人，不会有人打扰我们的。"

猥琐男的手已经开始顺着她的背摸索到裙子一角了，随时有可能入侵。

伴随着猥琐男不怀好意的笑声，看着电梯楼层指示灯上不断闪烁的乱码，安可可陷入了绝望。

"救命……"

发出微弱的求救声，是安可可最后的坚持。

正当整个局面都朝着不可控制的方向发展时，电梯门突然发出了"砰砰砰"的重击声，是有人试图从电梯外用暴力弄开电梯门。

像是濒死的人突然抓住了一根救命稻草，安可可本已绝望的眼顿时一亮，拼尽全身的力气，尽可能大声地叫着："救命！救命！救命啊！"

"砰！砰！砰！"

电梯外的重击声频率更快了。

而猥琐男猥亵安可可的手也开始上下胡乱摸索得更快了。

"砰！"

突然之间，一声巨响，新鲜空气涌了进来，一个高大的男人奋力推开已经被彻底破坏的电梯门，映入了安可可已经梨花带雨的眼睛里。

她又惊又喜，是……季初？

此刻，这个中午跟她相过亲的男人像是从天而降的神祇，他如猫抓老鼠一般一把拎开猥琐男，低声咒骂了一句"浑球"，然后举起拳来，对准猥琐男的鼻梁骨重重地打下去。

"啊！我的鼻子！"

猥琐男压根儿没时间反应到底发生了什么，就被揍得满地找牙，鬼哭狼嚎，哀叫连连。

惊魂未定的安可可此刻拼了命地逃离电梯这个狭小又逼仄的空间。她跑到过道上，扶着墙面拼命地大口喘着气，根本顾不得突然冒出来的季初对着猥琐男做了些什么暴力举动。

可她也不敢跑远，电梯到底是停在第几层她都不清楚，走廊上一个人影都没有，只有电梯口那盏将白色墙面照得晃眼又瘆人的白色吸顶灯。她感到无比恐惧，只有听见季初有些粗暴的挥拳声、咒骂声，她才能稍稍稳定心神。

不知道过了多久，季初才拎着已经被揍得青一块紫一块，抱着脑袋哭爹喊娘的猥琐男从电梯里走了出来。季初淡定的脸上满满的都是那种"对手是个弱鸡"的鄙视之情。

惊魂未定的安可可见到这种情景，破涕为笑了。

见安可可笑了，季初才放心地问了一句："你没事吧？"

"我没事啦……"有季初在，安可可觉得安心多了，她努力让自己表现得争气一点，拨浪鼓一般地摇着头。

"没事就好。"季初看了一眼还被自己拎在手中尿成一团的猥琐男，颇为嫌弃地皱了皱眉，觉得事情有些棘手，"先报警吧，这家伙肯定得处理一下，这电梯怕是也得告知物业来修。"

安可可这才注意到季初身后的电梯。在季初的蛮力破坏下，电梯已经被踹出了一个巨大的凹口，正是有了那个凹口，季初才能徒手用蛮力将电梯门掰开，然后强行闯入电梯，将试图猥亵安可可的猥琐男拉开，救下了差点落入"狼"口的安可可。

她想都没想就乖巧顺从地点了点头，一切服从季初的安排。

也不知道为什么，从第一眼看到季初开始，安可可就觉得，虽然这个男人的行为不太绅士，但是有着一种与寻常男人不太一样的气质。她说不上来是什么气质，可能就是他们北方人嘴里常说的"根正苗红"吧。

等到季初报完警，拎着猥琐男，带着安可可从另外一部电梯下楼后，安可可才在楼下遇到四处找她找不到、急得犹如热锅上的蚂蚁一般的史一航。

"我的可可小公主，你这是去哪里了？怎么才从楼上下来？"史一航一见到安可可就急急地迎了上去，可一看到她身边快要高出自己一个头的男人，还有男人手中拎着的人，他警惕地瞪了男人一眼，不放心地将安可可拉到一边嘀咕着，"你吓死我了，我还以为你打车遇到黑车司机，被人直接绑架带走了呢！电话也不知道接，你要急死我吗？跟在你后面的那两个人是谁？"

手机……

安可可这才想起来，在比赛之前，自己就习惯性地将手机设置成静音了。

她冲着史一航吐了吐舌头："对不起啦，说来情况有些复杂，我在这儿还有些事情要处理，你先打车回家？"

刚刚季初报了警，她肯定不能先走了，可现在已经十二点多了，她不想浪费史一航的时间。

"不行！"史一航一口拒绝，"我答应了你妈，不管几点比完赛，我都要送你回去的。"

"那……好吧，可能要耽误一会儿工夫了。"安可可小声地跟史一航拜托，"要是我妈问起来，你就说是比赛比晚了，好不好？"

"到底发生了什么事啊？"史一航看了一反常态的安可可一眼，又白了季初和猥琐男一眼，一副丈二和尚摸不着头脑的样子。

"等下你就清楚了，你千万不要告诉我妈哦，我怕她担心，拜托！"

史一航带着一肚子的问号，看着季初和安可可两人毫无交流地站在那里，等警察来了，他又见识了警察是如何处理这桩突发"性骚扰"案的，还在警察的陪同下，和后知后觉赶过来的物业人员一起看到了季初在电梯门上"杰作"。

"我去！"史一航难以置信地蹲下身来，摸了摸电梯门上那个被季初踢出来的巨大凹口，差点惊掉了下巴："大哥，你是练家子吗？电梯门你都踢得开？"

季初没有回应史一航，而是面无表情地在物业人员摇头晃脑的叹气声中留下了自己的电话号码，并承诺对方后续修电梯的费用他会负责。

本就是英雄救美的好事，季初又承诺会赔钱，物业人员也没太为难他。

待到所有事情都尘埃落定，猥琐男被警察扣押走，物业那边也口头沟通好了，季初才冲着一直安安静静地在身后看着他处理事情的安可可招了招手："可以借一步说话吗？"

"不行！"

不等安可可有所回应，史一航就抢先发了声。

刚才他见了电梯上那个可怕的凹口，又听到季初和警察讲明了事情的前因后果，才后知后觉知晓刚才发生了多么恐怖的事情。

就是因为自己跑去上厕所一时疏忽，才会让安可可落了单，被蓄谋已久、不怀好意的粉丝钻了空子。

据那个粉丝在警察面前交代，他是看安可可发了微博，表示会来现场观摩这场人机大战，才兴冲冲地买了票，想来见见自己的女神。猥琐男承认自己是一名电梯程序员，坚持称自己没计划性骚扰，只是想利用自己会改电梯运营程序之便，跟自己心中的围棋女神单独见一下，拥抱一下，要个签名什么的，后来的事纯属他自己一时糊涂，没能把持住……

天知道这人是真预谋还是假糊涂，总之，史一航是绝对不敢再离开安可可半步了。

他坚定不移地往安可可身边跨了一大步，一副寸步不离、要当守护安可可的骑士模样，还冲着季初直瞪眼。

就算眼前这个男人是救了安可可的好人，他也不放心安可可和这人单独说话。

有什么不能在他面前说的？

安可可尴尬地转过头来看着史一航，冲着他道："一航，没关系啦，他是我朋友，我就跟他说几句话啦。"

"朋友？"史一航可不信，"有朋友这么久了一句话都不说的吗？"

刚才全程都是季初负责跟警察和物业人员交涉，安可可这个当事人只偶尔在旁边附和着点点头，完全就像是季初这个观众无意间发现电梯出了异常，才会狐疑地赶下来看看情况，他听到安可可的救命声，才挺身而出救了安可可。

什么朋友？骗鬼呢吧？谁知道会不会是另外一个不怀好意的衣冠禽兽？

安可可尴尬了，她跟季初全程几乎无交流，那是因为两人的关系有些说不出口啊，她能跟警察说他们两人是互为相亲对象的关系吗？既然季初在警察面前装陌生人，那她肯定配合啊。

"真是我朋友啦……"安可可将史一航轻轻推到一边，举着双手拜托，"我就跟他说几句话，好不好？"

她心中的疑问，比史一航还要多。

为什么这个相亲对象会突然出现在比赛现场？还碰巧英雄救美救了自己？

是巧合吗？

她不觉得是巧合，电视剧都不敢这么写，怎么可能是巧合。

她也想要单独跟季初聊几句，问个清楚。

看着安可可那张人畜无害的可爱脸和那双水晶般的大眼睛，史一航果然败下阵来，只能让了步："那你们必须在我视野范围内说话，不能走远。"

他指了指不远处的一个大石墩，道："你们就站在那里说，我在那儿等你，有什么不对劲，你就叫我！"

"嗯嗯。"安可可拼命点头。

史一航这才一步三回头，极为不放心地走开了大约十米远，远远监视着安可可和季初，眼睛都不带眨一下的。

安可可这才松了一口气，转过头来，跟季初说话。

今天从头到尾两人都没有机会单独说上话，这会儿，安可可有很多话想要说。

"那个，今晚的事，谢谢你……"

季初半天没吭声，不知道在想什么。安可可也踌躇了半天，千千万万个疑问在心头不知从何问起。她觉得自己还是先道谢好了，这样显得比较礼貌。

礼多人不怪。

要不是今晚季初突然出现，她都不敢想事情会朝多么糟糕的方向发展。

安可可悄悄抬眼看了季初一眼，心想着刚才季初那么用力地踹电梯门，也不知道脚疼不疼……

季初的喉结动了动，像是想说什么，又似乎有些难以启齿，过了好半天才干涩地挤出一句话来："我想跟你商量一件事情……"

"你可不可以装我的女朋友几天？"

"啊？"安可可一愣，今晚发生的一切已经让从小就被夸聪明的她脑细胞严重不够用了，回想起中午的那通"女友"电话，她几乎是脱口而出，"你不是已经有女朋友了吗？"

"我没有女朋友。"季初哭笑不得，没想到才半天的工夫，他就需要为自己随口编的谎言做辩解。真的不要轻易说谎，你的每一个谎言，以后都可能需要用无数个谎来圆。

"没有女朋友？"

安可可更迷糊了……难道中午是自己看走眼了？可季初出去打电话的时候，真的好温柔啊。

"我确实没有女朋友，不然也不会出来相亲了。如果方便的话，你可不可以这半个月假装我的女朋友，替我应付一下我父母？"

季初怕安可可误解，赶紧说清楚。没办法，他天不怕地不怕，就怕老妈一哭二闹三上吊。中午他才吃完相亲饭，季妈妈就有本事一边控诉他不孝，一边"气昏"躺进医院。要是他不找个挡箭牌出来，只怕未来半个月都不得安宁。

"半个月后，我就会回西部支教，到那个时候，我们可以随便找个理由分手，距离太远，性格不合，年龄差距太大，都行……"季初怕自己的不情之请让安可可误解，极力解释着，"主要是我妈年纪大了，身体又不好，动不动就进医院。今天她听说我跟你相亲失败，又气得进医院了。我这做儿子的，长年累月不在家，平时尽不了孝道也就算了，难得回来一趟，还是尽量不给他们心里添堵了。"

季初也知道这个请求有些荒唐，可没办法，事发突然，他也找不出来更合适的挡箭牌了。更何况，季妈妈言语之间对安可可这个会下围棋的小姑娘满意得不得了。明明两人素未谋面，季妈妈怎么就会觉得安可可特别适合他，适合他们季家？

不光季初觉得这个请求荒唐，安可可也觉得很荒唐。

她低着头，用脚尖轻轻踢着地上的小石子，好半天都不吭声。

自己去相亲，本来就是因为安妈妈拂不开老友的面子，才不得不去敷衍一下。本来吃顿饭就算完成任务了，结果这相亲对象突然来求自己装他的女朋友，这就有些过分了吧？

可是，季初刚刚救过自己，若是自己一口拒绝他，是不是太不近人情了？

那可是救命之恩啊……

眼见着安可可默不吭声地在那儿纠结了好半天，季初觉得可能自己这个请求实在是太让对方为难了。

算了，自己家的事情，强行扯上别人，确实不太合适。

"如果不方便的话，那就算……"

还没等季初的"算了"讲完，纠结完了的安可可抬起头，眼神清澈见底，她点了点头："行！"

"嗯。"

听到这么一句简短却有力的承诺，季初明白有刚才的"英雄救美"在前，安可可既然点头愿意帮助自己，那肯定是一言九鼎的，也终于冲着她笑了。

安可可突然觉得，总是一副心事重重模样的季初偶尔这么笑起来还挺好看。

"你要是不放心，我们可以约法三章，你有什么要求，都可以提出来，我尽量满足。"季初想了想，觉得还是做得不够妥善，自己在救了安可可之后提出这个要求，让人不得不答应，有些太不够君子了。自己有必要把规矩立在前面，免得让小姑娘觉得吃了亏。

"当然有！"安可可立刻鼓着腮帮子说道，"假情侣而已，不许对我动手动脚，不然我分分钟翻脸哦！"

"自然。"

"还有，我帮你应付家长，但你不能太耽误我的私人时间！"安可可很忙的，除了忙着四处去比赛，平日里她还有大量的棋谱要钻研。

"没问题。"

"还有还有，半个月一到，必须分手哦！"帮他演半个月的戏，是她能接受的极限了。几乎不撒谎的她，拖久了肯定会穿帮的。

"肯定。"

"没了！"

"没了？"

季初有些发愣，这要求比他预想的简单太多。他看着安可可，不免又平添了几分好感。他想了想，又得寸进尺地提出了几个小要求："起码你得陪我见一回家长，这个没问题吧？我会安排好一切，也就是吃顿饭，最多几个小时。如果我的家人送你见面礼或者是红包，都算你的。"

"可以。"

安可可想了想，吃饭是可以接受的，只要饭菜够好吃。

"我妈有点……怎么说呢。"季初觉得这个要求，是有点难以启齿的，"她性子比较急，可能会问你一些比较尴尬的问题，比如什么时候结婚，喜欢男孩还是女孩什么的，你多担待点，说点好听的哄哄她？"

"行啊！"

演戏而已嘛，安可可懂的。

大不了到了见父母的时候，她就埋头拼命吃吃吃，长辈问什么棘手的问题，她就脸红装害羞，把皮球踢给季初解决。

"你跟你的朋友没开车来吧？"商量完这件大事，季初心中的一块石头落地，眉头也总算是舒展开了，"这么晚了，我送你们回家？"

"嗯哪！"

这里的地段有点偏，大半夜打车确实不好打。

安可可觉得晚上的季初比中午的季初实在是可爱太多了。中午外面那么热，相完亲，他居然都没送她回家，真是太不绅士了！

送完虚惊一场的安可可，季初才身心疲惫地回到了自己家。

他刚刚摸黑打开家里的灯，就见哥哥、嫂嫂正襟危坐在沙发上，像是黑暗中的两只豹子一般，正虎视眈眈地等着他这只"猎物"自投罗网。

"哥、嫂子……你们还没睡？"

季初一边换拖鞋，一边琢磨着，哥哥嫂嫂大半夜不睡觉，坐在这黑漆漆的客厅里是几个意思？

"过来。"季初的哥哥季云先虎着脸发了话。

季初没有动。家人的套路，他再清楚不过了。

几个小时前，季妈妈噼里啪啦教训了他一大堆话，无非就是想让他赶紧结束山区支教的工作，回北京过正常人的生活。季初随她怎么说，都没顶一句嘴，只是默默站着听着，可还是成功地把她气昏了，还进了医院。

季初好不容易从医院里回来了，又被哥哥给逮住了，怕是少不了又要做自己的思想工作。

"这么晚了，哥，我困了，有什么话明天再说吧。"季初找了个借口，想要溜之大吉。

"你个浑小子，咱妈被你气得都躺在医院里了，你回来还有心思睡觉？你给我过来！"季云一副不容商量的语气。

"有话好好说，你弟难得回来一趟，就住几天，你凶他做什么？季初啊，你哥有心事，睡不着，想跟你聊聊。过来坐，来！"

哥哥和嫂嫂一个唱红脸，一个唱白脸，唱得季初这过去也不是，不过去也不是。

季初双手插进口袋里，站在原地一动都没动："我不坐了，就站着说吧。刚送完可可回家，我也累了……"

季初故意把"可可"两个字咬得重重的，好让哥哥和嫂嫂都知道，他已经如他们所愿，起码开始认真对待自己的相亲对象了。

果然，哥哥和嫂嫂听到"可可"两个字，立刻又惊又喜地互相看了一眼，有些不相信地问道："是咱妈托人介绍的那个女孩子？会下围棋的安可可？"

"不然呢？还有几个可可？"季初满脸的不耐烦，看起来像是不喜欢被人盘问，随时都会走开。

他越是不愿意说，哥哥和嫂嫂就越是要问。

"你这小子，明修栈道，暗度陈仓啊？闷不吭声地又跟可可见面了？可以啊你！"季云简直不相信自己的弟弟会突然开窍，"是她找你的，还是你主动去找她的啊？"

"你要不要直接问牵没牵手，接没接吻啊？"季初无语。

季云一听，更惊喜了，年轻人果然是年轻人，感情发展得居然这么快？中午才见了面，这说好上了就好上了，那季母这"病"岂不是白装了？

季母突然气昏进了医院这件事，大家心知肚明，不过就是季母逼迫季初回来的手段。就季母那副社区广场舞骨干的矫健身姿，还能脆弱到儿子不如她意，她就昏倒了？

"你这小子……从小就是个闷葫芦！都跟安可可好上了，还瞒着家里人。你说你，这有什么好瞒的？"季云既好气又好笑，"你都二十五岁的人了，难不成还害羞？不过说真的啊，你们俩真的好上了？坐下来说说呗。年纪轻轻的，那么早睡觉做什么？"

在西藏支教三年，季初就像是脱胎换骨了一般，早睡早起，生活习性完全不像一个正值玩闹年纪的年轻人，反倒是有点老干部作风了。眼下，季初拼命抵触季云盘问相亲对象的模样，才让季云感觉自己那个桀骜不驯的弟弟又回来了。

"有什么好说的？"季初白了季云一眼，"恋爱你没谈过吗？不都那样吗？"

"那什么时候你把她带回家见见啊？"

"咱妈不出院，怎么见？难道才认识就要带人小女孩上医院见？还指着咱妈说，咱妈病了是因为我没跟她处对象气病的吗？"

季初毒舌起来，季云根本就接不过三招。

只见季云"嘿嘿嘿"地摸着后脑勺，满脸乐呵道："咱妈要是知道你恋爱了，保准马上就能从病床上弹起来，跳一曲《月亮之上》。"

　　季初白了季云一眼，本想再吐槽两句的，可他动了动喉结，最终还是把话吞了回去，什么都没说。

　　算了，也就在家待半个月，演戏保平安吧！

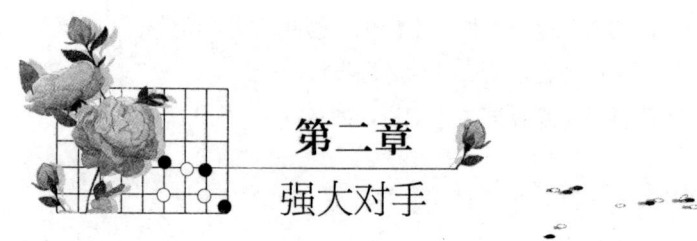

第二章
强大对手

月朗星稀，月光悄悄穿过窗钻进安可可的房间，洒在安可可光滑的脸上，像是情人最温柔的抚摸。

她早就钻进了被窝，却怎么都睡不着。

"一百只羊，一百零一只羊，一百零二只羊，一百零……乱了，乱了，数到第几只了？"

她烦躁不安地从被窝里坐起身来，找不到自己失眠的缘由。许是这一天受到的惊吓太多，她的脑子里一会儿是那个狂热粉丝猥琐的脸，一会儿是季初破门而入时勇猛的模样，搅得她心神不宁。

算啦，睡不着，起来看棋谱吧！

棋谱是安可可的静心剂，每当她打开棋谱，都会陷入老僧坐定模式中。

她还住在台湾的时候，有一回期末考试，她早早就起床了，见时间还早，便随便抽了两张棋谱看着玩，哪知道她这一看就入了迷，错过了重要的期末考试。

安可可心烦意乱，怎么也睡不着，索性又看了一整夜棋谱。

次日早上，安可可顶着两个大大的黑眼圈，出现在安爸爸和安妈妈的眼前。

"昨晚没睡好？"安妈妈关心地给安可可递上牛奶，还有涂好了草莓果酱的面包。

"嗯。"

安可可刚刚在餐桌旁坐下，她的手机铃声就响了。

安妈妈看了一眼手机上的来电显示，余光扫到"季初"两个字的时候，浑身的八卦细胞顿时都活跃了起来。

"喂？"安可可倒是一脸坦然地当着父母的面接通了电话。

"没打扰到你吧？"

"没有啦……"安可可奇怪，季初一大早打电话来做什么？

"我的家人想早点跟你一起吃顿饭，今天中午如何？"

原来是为了昨晚约定好的忽悠季家人的那顿饭啊，安可可释然了。不过她算了下时间，上午卫奕要对战人工智能绝艺，头天晚上那场比赛卫奕轻敌输了，这第二场棋肯定会下得谨慎很多，还不知道几点才能比赛结束，一起吃午饭怕是时间上有点悬。

"中午我可能还在赛场哦，可以改在晚上吗？"

"嗯，那晚上见。"

两人寥寥数语便挂断了电话，惹得一旁偷听的人急上了墙。

"季家那小子约你吃饭？什么情况？不是说相亲的时候没看上吗？"安妈妈不等安可可放下手机，就急急发问。

安可可不知道该怎么解释他们之间从英雄救美到答应报恩的事情，怕说多错多，惹父母担心，索性一推桌子，做了个鬼脸，抓起面包就开溜："妈，来不及了，我去看卫奕打比赛了！对了，我今天不回家吃饭哈。"

"你这孩子，一问你就跑……"安妈妈一腔八卦的热情都付之东流，无处可释放，只能待女儿出门后回过头来质问老公："你觉不觉得可可最近怪怪的？"

"没有啊，她不一直都这个样子？"安爸爸显然淡定多了，"一有重大比赛就急吼吼的。"

"我不是说这个，你刚刚听见没，她答应季家那小子吃晚饭哎……"

"哦。"

"这么大的事，你就'哦'一声？"

"她天天对着棋盘不出门，你着急，她出门跟朋友吃个饭，你也着急……"

"季家那小子不是朋友哎，那是她的相亲对象！"

安爸爸反问："那是谁安排她去相亲的？"

安妈妈语塞。

季家的状况也差不多，从季初坐上餐桌开始，就轮番接受着家人拐弯抹角的试探。烦很了，他索性当着大家的面给安可可打了电话，敲定了带她见家长的具体时间，这才换来了片刻的安宁。

不过安宁也只是片刻的，紧接着，季家人就以更高涨的热情探讨起了该给季初买哪个学区的婚房。

季初看着他们沉浸在自娱自乐中无法自拔，相当无语，便推桌离席了。

他这次回北京，可不光光是放暑假了回来休息，而是有要事在身。他支教的那所留守小学年久失修，基本上间间教室漏雨，一到下雨天，就必须把大盆小盆放在漏雨处接着，有一间教室还塌了一个角。当地政府穷得叮当响，修缮学校必须靠上面拨款。这次回来，他就是为了拨款的事。

一大早他就开始奔波了，一刻都没闲着。

季初从未跟政府机关打过交道，绕着北京城跑了好几个单位，不是相关领导出去开会了，就是让他先把申请资料留下来审核。

他跑了整整一天，一无所获，一道手续都没办成功。

季初心中万分不爽，却半点办法也没有。眼见着早晨还显示满油的车油箱，现在已经亮起了缺油的警示灯，他只得赶紧将车开进加油站。

"先生，加满油吗？"

这种顶配的进口路虎是烧油大户，一般会买这款车的人非富即贵，压根儿不在意油耗，工作人员连问加多少油都懒得，直接问他是不是要加满。

"不，最低是加多少？"

"五十块。"

"那就加五十。"

季初从钱夹中抽出薄薄的一张五十块递了过去，丝毫不顾工作人员有些瞧不起的眼神。

一回到北京，钱包天天都在燃烧。小卓玛的肠胃特别差，这回又食物中毒，季初寻思着留点钱，回西藏后得带她去大医院看看，检查一下肠胃，这便格外节俭了起来。反正油够开回家便成，他家里的车多，再换辆满油的开出来便是了。

正愁着学校里的事呢，季初突然接到了老同学鲍梵的电话。

"哥们儿，你回北京了都不吭声的？"

鲍梵素来消息灵通，也不知道他是从哪儿得知季初悄悄回了北京的消息。季初硬着头皮应付着："刚回。"

"行，见你小子一面不容易啊。今晚给你接风，我来安排，叫上几个老同学，我们叙叙旧，不醉不归。"

鲍梵还是一如既往的热情。

季初读大学时，鲍梵就是他们系出类拔萃的佼佼者，又是学生会主席，情商极高，跟谁都处得来。季初念书的时候有些桀骜不驯，不少同学都看不惯他这个富二代，可鲍梵跟他就处得极好，两人称兄道弟了四年。直到毕业后，他阴差阳错去了西藏支教，鲍梵顺风顺水进了体制内，成为一名光荣的人民公仆，两人的联系才少了。

鲍梵邀约，季初是推不掉的。

不过，季初想了想上那场堪比"鸿门宴"的家宴，还是往后推了推："今晚不行，明晚吧。刚好我有件棘手的事，明晚得请教你。"

"OK。"鲍梵满口应下。

安可可的心情有些沉重，因为卫奕又输了。

不光是安可可，卫奕0:2连续输给绝艺的事，让整个围棋圈都很低迷。要知道，卫奕可是围棋界公认的第一棋手、真正的天才少年，自十六岁问鼎世界冠军之后，便再没从那个宝座上下来，神挡杀神，佛挡杀佛。而绝艺不过是国产的人工智能罢了，跟目前世界上最好的人工智能阿法狗比还有一定的差距。人类最顶尖的高手败给了一个不算顶尖的人工智能，着实够让人沮丧的。

安可可自从上午坐到观众席看卫奕执黑子先落开始，就提心吊胆。似乎卫奕每下一步棋，绝艺都算准了卫奕的后招，毫不留情地对他进行围追堵截，不给他半点活路。

卫奕和绝艺火拼了整整七个小时，最后还是惨败。

最后，卫奕扔子投降愣坐在棋盘旁的那一刻，安可可的心都随着他失落的手势揪了起来。不是他下得不好，而是对手太强大了。

人脑在强大的电脑面前，就好比孙悟空妄图PK如来佛祖，使尽浑身解数，也还是翻不出如来佛祖的五指山。

连关于围棋界这场人机大战的报道都特别丧气，写的标题一个比一个悲观：《AI大时代下，我们该何去何从》《人工智能给世界上了一课，人类还是别跟它下棋了》，等等。

卫奕人气急落。

网传卫奕两连败后在酒吧里买醉……

网传卫奕在后台和举办单位吵架……

各种小道消息层出不穷，谣言堪比洪水猛兽。

赛后，安可可和史一航想去安慰一下卫奕，可他们俩在后台找了一圈都没找到人，最后，安可可是顶着一张和卫奕落败时差不多的沮丧脸坐车去参加季家家宴的。

季家的家宴定在一个由旧时王府大院改造成的餐厅里，气派极了。

安可可见到季母的时候，季母刚烫了头发，拎着最新款的Chanel包，雄赳赳、气昂昂地在包厢里指挥着服务员忙东忙西，不见半点病态。

诚如季初所料，季母所谓的气病了，也就是装腔作势唬唬自己罢了。

一见安可可到了，季母一边满意地打量着眼前的白裙少女，一边往她怀里塞红包。

季母一带头，季父、哥哥季云、嫂嫂谭依依也都有样学样，一人一个大红包递过来，纷纷往安可可怀里塞。安可可哪里见过这阵仗，她被围在众人中间，手忙脚乱地推辞着，却又拧不过他们八只手，只能为难地看向闲坐在藤椅上的季初。

季初竟然只是远远冲着她点点头，暗示她收下红包。她觉得无语，心中暗骂季初不厚道，不来替她解围，只会隔岸观火。

看穿了小女生的腹诽，季初勾了勾嘴角，而后站了起来，穿过过分热情的亲人，面无表情地将那几个大红包悉数拦下，然后从那几双混乱的手中准确无误地拎出了安可可的手，拉她逃离包围圈，只留下一句讽刺意味十足的话飘在空气里："要看猴就上西单动物园看去。女孩子面皮薄，你们别吓着她。"

安可可好想从包包中掏出随身携带的镜子，看看自己的脸颊是不是红成猴子屁股了。

当初安可可答应假扮季初的女朋友时，两人就约法三章，说若是季初动手动脚，她就会翻脸，可他现在一声不吭就牵了她的手。

指尖缓缓传递过来丝丝电流，感觉酥酥麻麻的。

安可可有点想翻脸，可她又有些尽。直到混混沌沌地被季初安置在他身旁的位置上坐好，她都还在翻脸和不翻脸之间纠结、徘徊，艰难地回味着刚才那一牵。

其实从严格意义上来说，那也不能算是牵手，季初只用两根手指轻轻勾住了她的食指罢了，肢体接触只有半根手指。

她抬头看了季初一眼，神色复杂，本想伸出手指戳戳季初，悄悄提醒他举止不该越界，却见季初眉头紧锁，似乎有什么烦心事。手指伸到一半，她最终还是没戳出去，在空气中停了半晌，又悻悻地缩了回来。

两人本来就无话可说，再闹了这么一个小插曲就更尴尬了。他们坐下之后，简直就像是蜡像馆里的两尊蜡像，虽然男的俊、女的俏，看似般配但是貌合神离，半点互动都没有。

季母早已习惯了儿子出格的话锋，即使被儿子嘲讽看准儿媳的眼神像是在看猴，她不过就是干笑了两声，依旧女主人范十足地张罗着大家入座开席。

眼前这个乖巧的准儿媳，季母是怎么看怎么满意。

样貌、家世都没得挑，又是围棋高手，智商肯定高，这种既漂亮又聪明的小姑娘打着灯笼都难找，还不得赶紧下手娶回家。

季母对安可可样样都满意，看季初却有些不顺眼。

眼见着这两人一左一右地坐在饭桌上，各吃各的饭，也不交流、不互动，比陌生人还像陌生人，半点情侣该有的亲密姿态都没有，她就把问题归结在季初不够体贴上了。

季母给季初抛了好几个暗示的眼神，季初似乎都没有接收到，依旧无动于衷地坐在座椅上认真吃饭。季母恼火了，她决定助攻一把，亲自下场调教儿子该怎么谈恋爱。

季母注意到那道三文鱼刺身从安可可面前溜过去了好几回，每次安可可的筷子才刚伸出去，三文鱼刺身就被转远了。季母敲敲筷子，对季初下命令了："你小子，别光顾着自己吃，给可可夹菜。"

"共用一双筷子不卫生。"季初不动声色地拒绝了。

"呼吸同一片空气还等于间接接吻呢！在家也没见你讲究，一出来怎么这么多毛病？甭废话，给可可夹菜。"

演戏保平安，季初没辙，只能放下筷子，侧过身来，装模作样地询问安可可："你喜欢吃什么？"

季初的声音柔中带着沙哑，不敷衍人的时候还挺好听的。

安可可不假思索地举筷："海鲜……"

安可可生在台湾岛，小时候吃得最多的就是海鲜，即使一家人迁来了北京，她也依旧没改掉小时候的习惯，酷爱吃海鲜。

看着安可可那一提到吃就两眼发光的模样，季初突然想起了山里的孩子们——每次他给孩子们发糖的时候，孩子们的眼睛都会像安可可现在这样变得明亮起来，孩子们围着他又是跳又是笑。

不过他们的眼睛都没有安可可的好看。

对视的一瞬间，季初有些愧疚，唏嘘自己怎么就骗了个小孩回来陪自己演戏。

他觉得良心不安，手就不由自主地往她碗中多添了几筷子海鲜，希望那些食物可以弥补一下自己小小的愧疚心理。

安可可终于吃上三文鱼了，一高兴脸上就冒出了几分喜色，显得特别可爱。她鼓着腮帮子连扒了好几口饭。

这情景落在季母的眼里，终于让她满意了——这样才对嘛，刚才可可一直不太高兴，肯定是因为自己这个傻儿子冷落了小姑娘。

女人嘛，都是喜欢被照顾的。

自己这小儿子以前也是人见人爱的，是人都夸他英俊帅气，打趣他以后多半是个俘获一众小姑娘芳心的玩主。没想到他一毕业就跑去西部大山区待了几年，待到连恋爱都不会谈。季母唏嘘不已，越发坚定了要把儿子早点弄回北京的决心。

季母太喜欢安可可了，不免就多问了几句。可她一发不可收拾、越问越出格，引得季父朝她连着使了好几个眼色，她都没能及时刹住车。

"那个，可可啊，在北京住得习惯吗？"

"可可，你已经满结婚年龄了吧？"

"你们俩要是结婚，那是不是在北京办一场婚礼，还得去台湾办一场婚礼啊？"

"可可，你喜欢男孩子，还是女孩子啊？"

……

面对战斗力如此彪悍的对手，安可可根本招架不住，只能采取迂回战术，全程专心致志地埋头吃饭，一有问题抛来，她就面红耳赤装无辜，一双小鹿眼可怜巴巴地看着季初，等着他来救火。

季初看到她的小脸被自己母亲问得红一阵白一阵的惨样，不好充耳不闻，只能硬着头皮站出来替她挡枪："妈，你再瞎问，把人吓跑了，谁赔我女朋友？"

"我就随便问问，吃菜，吃菜，嘿嘿……"在儿子的白眼下，季母终于消停了。

许是怕亲妈作妖，刚到八点季初就借口安可可的家教甚严有门禁，要送安可可回家，早早结束这顿让人如坐针毡的"鸿门宴"。

季母不死心，即使看到季初替安可可拿起了包，安可可的裙角已经在门外飘了半天，季母还在安可可看不到的视线死角里，拼命冲季初挤眉弄眼地比画着。

季初看懂了季母的手势，意思是，让他记得下车以后的"kiss goodbye"。

看到那个滑稽无比的"么么哒"嘴型，季初用尽此生所有的力气，冲着自己爱多管闲事的亲妈翻了一个大大的白眼。

没有什么 kiss goodbye，季初将安可可送到她家楼下后就递过她的包，除了一句"今晚谢谢你"，半句废话也没有。

安可可想提一嗓子约法三章的事，可又怕自己说出来太小题大做了。

直到季初的车消失在了她的视野里，她才情绪复杂地爬上了楼，在她妈"关心"抵达之前将自己关进了房间，然后扑上了床，将头埋进被子里，久久没脸抬起头。

酥酥麻麻的电流顺着指尖流向了心脏跳动的位置，一如季初牵着她的手时的感觉。

安可可不知道自己这是怎么了。

这一夜，安可可又有些难以入睡了。

第二天一早，安可可是在安妈妈的尖叫声中醒来的。

"你包里怎么这么多钱？"

安妈妈只不过想替安可可整理一下房间，却没想到在安可可的包中发现了四个又厚又重的大红包。她掂了掂，每个红包里面至少有一万块钱。

安家条件不错，也宠孩子，可绝对不会给安可可这么一大笔现金当零花钱。直觉告诉安妈妈，这钱不是安爸爸给的，也不是安可可比赛赢的奖金。

安可可没睡好，迷糊劲还没缓过来，她看着安妈妈手中的红包，也跟安妈妈一样摸不着头脑，还歪着脑袋反问起安妈妈来："妈，你在说什么啊？什么钱啊？"

足足过了一分钟，安可可才想起来，那四个红包好像是饭局上季家人给她的见面礼……

可是，她明明记得自己当时一个红包都没收呀！

面对着安妈妈的质疑和铁证如山的红包，安可可只能老老实实将自己答应季初当他"合约女友"的事交代得清清楚楚，半点儿都没敢隐瞒。

安妈妈看着女儿单纯的眼神，有些无语，想说她吧，却又无从说起，千言万语最后只化作了一声叹息。

"妈，其实季家小哥哥人挺好的啦。你看他，跑那么远去支教，多有爱心啊。我就是帮他一个小忙而已，你不要担心啦，过几天我们就和平分手了……"

安可可越是替季初说好话，安妈妈叹气就叹得越厉害。

"你啊你……一天到晚就知道下棋，都下傻了。这种事，哪好随便帮忙的？"感情的事，纠缠深了，谁能说得清楚？安妈妈担心可可单纯，万一和人相处久了，女儿动了心，真对季初产生感情，而季初又没那层意思，到最后受伤的就是自己女儿了。

那四个分量不轻的红包在手里就像是四个炸药包，根本就拿不得。

安妈妈将红包丢给安可可，忧心忡忡地命令道："这钱不能收，赶紧还回去。"

社会上爱说一句玩笑话：没事开开同学会，拆散一对是一对。

鲍梵约的饭局，到场的同学甭管是有伴的还是单身的，都是单人赴宴。

季初是最后一个到的，等他赶到饭店的时候，菜都已经上齐了，等他一到就开饭了。

"季初，上位给你留着，坐这儿，今天给你接风，你是主角。"鲍梵一见季初，就热情洋溢地拉他入席。许是平日里正腔打多了，鲍梵随便两句开场白，就暴露了他的工作性质。

季初觉得，鲍梵说话的口气真跟那些说一大堆规章制度、不肯轻易给他盖章的公务人员没两样。

他心中装着事，便不谈交情，只谈事情，一落座就一脸严肃、直言不讳地请教起鲍梵来："鲍梵，我遇到了点儿麻烦事。"

话毕，他就将自己回北京后，因为批修缮拨款四处奔波、四处碰壁的事一股脑告诉了鲍梵，最后还愤愤不平地吐槽了几句机关单位办事效率如何如何低的话。

"哥儿们，这事你不能这么看，公务机关当然要有严格的审核制度了。你想啊，要谁都能随随便便批到款子，让别有用心的人故意钻空子来骗钱怎么办？那岂不是天下大乱了？你有点儿耐心，按流程一步步审批呗。上头审查清楚了，自然就会批下来。"鲍梵听完，试图纠正季初的想法。

"等不及的事啊！房子漏雨，孩子们总不能天天淋着雨上课吧？屁大点事搞一堆流程，毛病！"季初愤愤地说。

"扑哧……"坐在季初对面的女同学突然笑了，"季初啊季初，你还真是一如往昔是个愤青啊！"

那个女同学叫苗淼，是季初的大学同班同学。

当初念大学的时候，苗淼是他们计算机系里出了名的特困生，不过学习很拼，连续四年都将学院里的贫困助学金和奖学金双双收入囊中。那会儿她土里土气的，四年如一日穿着一套早已洗旧的高中校服，剪着齐耳短发，看起来没有半分女性特征可言，在一群热衷于打扮的女大学生中显得非常不起眼。

不过现在的她跟读书那会儿的气质是完全不一样了，虽然依旧是干净利落的齐耳短发，可头发明显是精心打理过的，处处都透露着干练的气息；身上穿的也是裁剪合体的职业套裙，袖口处的纽扣上还隐隐约约看得到名牌的 logo，低调却不简单，处处都彰显着她是个注重生活品质的女人。

　　同学之间说话，自然是不用太端着，什么玩笑都可以开。苗淼嘴上嘲笑季初是愤青，眼里却半点嘲笑的意思都没有，反倒透露出几分欣赏与赞许。

　　"这话听着怎么那么别有深意啊？我怎么记得当年季初就怒发冲冠过一回，是替谁出头来着？"有人故意插科打诨，"替人打抱不平，跟辅导员吵架，放着大好的前途不要，要跑去西部支教援藏。"

　　苗淼抿着嘴笑。

　　这说的是当年一桩陈芝麻烂谷子的事。

　　快毕业的时候，学院里有一个援藏支教的名额，补贴挺高的，八千块钱一个月，但至少需要援藏支教两年。辅导员知道苗淼家里条件差，也知道她能吃苦，便想把这个名额给她。

　　可当时，苗淼已经拿到一家知名互联网企业实习生的 offer 了，无薪实习三个月，做得好就有机会留下来并转正。

　　苗淼在高薪补贴的支教和大公司无薪资实习生之间摇摆不定，不知如何抉择。

　　当时辅导员极力劝说苗淼去西部支教。

　　每回开班会，辅导员都要提这事。听多了季初就有些不耐烦，再加上平日里辅导员的很多做派季初都不太看得上眼，他一个没忍住，当众喷辅导员是自私自利，瞎指导学生的就业方向。

　　当时，季初慷慨激昂说的那番话苗淼一直记得一清二楚。二十二岁的他怒发冲冠，拍着桌子质问辅导员："你去过西藏吗？

你知道西藏的条件有多艰苦吗？站着说话不腰疼！你自己要是有个女儿，你舍得让她去吃这个苦？"

苗淼平日里和季初没有半点交集，她没想到季初这个系里公认的富二代会为了她就业的事跟辅导员吵起来，一时有些蒙。

辅导员对季初也没什么好感，觉得季初就是仗着家里有点钱，口无遮拦、目无尊长罢了，当场就回敬了季初几句，讥讽季初才是真的自私自利，自己吃不了半点苦不敢去西部支教，就别瞎动摇愿意去的同学。

季初那会儿年轻气盛，受不了激将法，还真向学院申请去援藏支教，以示正名了。

那道人生岔路口不知该如何抉择的选择题，季初替苗淼画掉了一个选项，苗淼就只能去大公司当实习生了。

进了互联网企业后，苗淼靠着自己的努力成功转正，并且稳中有升。经过几年的打拼，她逐渐跻身中层管理，在一众男领导中间鹤立鸡群，也出落得更自信了，压根儿没有半分当年那个丑小鸭的影子。

她对季初一直都心怀感激，要不是当初季初莫名其妙插了这么一竹竿，她也没有现在的成就和生活。

当年的她是个背着一屁股助学贷款的穷学生，从不敢跟季初这种一双鞋能抵她三个月生活费的公子哥攀交情。

可现在她不一样了，她笑季初是"愤青"的时候，毫不掩饰地直视着季初，欣赏的神色呼之欲出。

"我说季初和苗淼啊，你们俩这也是缘分，要是都还单身，不如你们在一起凑一对了。"有同学继续拿他们俩开玩笑。

苗淼笑而不语。

她自然懂这种玩笑是不能当真的，她对季初确实有好感，只是季初对她是个什么态度，她还真拿捏不准。

同学们的玩笑越开越过分，季初索性又祭出了"女友大法"，不动声色地将安可可搬了出来，一劳永逸。

　　"我有女朋友了。"他干净利落地撇清关系。

　　这个回答太过突然与绝对，让苗淼有些吃惊，她再看向季初时神色就有些复杂，说不上来是什么滋味了。

　　尴尬的气氛还没活过一秒，就被鲍梵举起的酒杯给驱赶没了。

　　正所谓"有朋自远方来，不亦乐乎"。老同学难得见面，自然是要开怀畅饮，不醉不归的。很快，大家说说笑笑，几杯酒就下了肚。

　　安可可给季初打电话的时候，鲍梵正在教季初如何正确地写报告、批款子、找路子。

　　安可可说自己来还红包，问季初方不方便。

　　季初抬眼看了一圈，某个酒量不佳的老同学已经伏在苗淼的肩头，还在絮叨着季初为了苗淼和辅导员吵架的旧事，他便点了点头，让安可可过来。

　　安可可赶到饭店的时候，天已经黑压压糊成一片了。

　　这红包就像是四块重重的砖头压在她的包包里，让她心神不宁。她看完比赛就往季初这里赶，为了早点赶到，她特地去挤了地铁，还不小心在地铁站里摔了一跤。

　　苗淼抬头，好奇地打量着门外那个比白雪公主还要白上几分的少女。少女一身肌肤胜雪，可能刚刚是小跑着过来的，白里还泛着些粉，少许细汗随着长长的刘海滑了下来，整个人还抑制不住地轻微喘息着；马尾乖巧地搭在肩上，弯成好看的弧度，一件纯白色的娃娃衫，风格有些稚嫩了，但凡过了二十岁的女人穿上肯定有装嫩的嫌疑。可穿在少女的身上就恰如其分，让她浑身上下都洋溢着青春和美好。

没有女人不嫉妒还停留在青春期的少女——她们青春、诱人，就像是清晨含苞待放的花骨朵儿，就像是刚刚冲上天际的烟花，你永远不知道下一秒她会给你绽放出怎样的美好。

　　苗淼手里一直捏着红酒杯，在那里玩味十足地晃啊晃啊……

　　"小妹妹，你找谁？"苗淼幽幽地开了口，男人们这才注意到门口竟然站了个萌妹子。

　　安可可不好意思地冲着大家吐吐舌头，探出小半个身子，冲着季初勾了勾手指头，示意他出来说话。

　　"我女朋友。"

　　季初丢下一句轻描淡写的话，就放下手里的餐具出去了，只留下一众同学在包厢里哗然。

　　"可以啊季初，你宝刀未老啊！这一出手就是个大萌妹。"

　　"童颜、貌美、大长腿啊！"

　　"季初这是从哪儿拐来的小姑娘啊，也太正点了吧？厉害啊厉害……你艳福不浅啊，我等望尘莫及啊！"

　　桌上没两个女同学，男人们肆无忌惮地开启了艳羡模式，毫不掩饰对季初的羡慕。惹得苗淼心生不悦，却又不好说些什么，怕被人误会是嫉妒。

　　苗淼安慰自己没什么好嫉妒的，不过是个满脸胶原蛋白的漂亮小姑娘罢了，脑袋空空，等青春期一过，就迅速枯萎不值钱了。

　　以色侍人，终不能长久。

　　她不由自主地竖起了耳朵，想听听门外的他们在说什么，可屋内太过嘈杂，她什么也没听到。

　　季初走出了包厢门，这才注意到安可可的裙子破了，一点淡淡的血迹风干在裙角破裂的地方，不仔细看还发现不了。

　　"我就是来给你送钱的。"安可可急急地从包里掏出了那四个大红包，递还给季初，"阿姨包的红包实在太大了，我不能收啦，还给你。"

她都没问那红包是怎么到自己包里的。

她想过了，肯定是昨天季初趁她不注意的时候，悄悄放进包包里的。

"约法三章时不是说过，得了红包就归你？"季初没接红包。

"约法三章时还说不许动手动脚，你不也动了？"安可可轻微吐槽。

季初有点蒙，自己什么时候对她动手动脚了？

他认真回忆了一下前一个晚上的所有举动，似乎都跟"动手动脚"这个词沾不上边，除了他拉过安可可的一根手指头——在成年男人的认知里，那还没触到"动手动脚"的高压线吧？

安可可见季初没动静，索性把红包直接塞进季初的口袋里，然后松了一口气，拍拍胸口和季初道别，仿佛完成一件大任务："红包还你了，拜拜，我走了哈！"

季初皱眉。

在他眼里，安可可就是个小孩，或许第一次见面时对她有所偏见，觉得她就是个被家人宠坏的富家女，可相处多了，他发现她心眼挺好，像是个可爱的邻家小妹妹。

这个小孩跑那么远来送钱，腿还摔伤了，自己一句客套话都没有，好像有点过分。

在安可可消失之前，季初踌躇着开了口。

"等等！你是怎么来的？没有人接送的吗？要不，我送你回去？"

安可可的脚步顿住了。

安妈妈从小就教育她，跟别人说话的时候要懂礼貌，不要一边跑一边说话，一定要停下来，正对着别人的眼睛，最好可以视线正对着对方的鼻子，以示尊重。

可季初有点高，安可可要想将视线对准季初的鼻子，就需要仰着头。这种角度，让她恍惚觉得自己还是个在跟大人说话的小孩子。而且，季初的表情总是很严肃，与他对视会让她觉得有压力。

不过安可可还是既客气又礼貌地抬起了头，认真眨巴了一下大眼睛，冲着季初道："不用啦，我自己打车回去就好啦。"

纵使安可可心大，季初也没忘记电梯里的破事，不太放心小孩自己回家。

他没拿安可可当女朋友看过，只是觉得，既然小孩子是来给自己送东西的，那自己就要对她的安全负责。

"安全第一，我送你。"季初的话不是商量，是命令，"跟我进去，我拿车钥匙。"

许是当惯了老师，季初见到安可可这样的小可爱，就习惯性用那种严肃又不容违背的口吻说话。

安可可竟真的乖乖地跟着他返回了包厢里。

当季初领着自己那个"童颜、貌美、大长腿"的小女朋友返场时，老同学们都纷纷起哄。

"快快，挪个凳子。"

"季初，金屋藏娇不对啊！这么漂亮的小女朋友，赶紧给我们介绍介绍。"

季初没搭理他们，径直从饭桌上拿起了自己的手机和车钥匙，看起来像是要走了。

季初："我先送她回家，等下再过来。"

一只修长的手伸出来拦了拦，是苗淼的手。

苗淼："喝酒不开车，找个代驾送吧，或者替她叫辆出租车。"

她的话有理有据，让人无法反驳。

鲍梵是组织这场饭局的人，接风宴就是给季初安排的，鲍梵哪会放季初走呢！他起身将季初按回原位上坐好，又将安可可客客气气地请到季初旁边的位子上，招呼服务生再添一副碗筷。

鲍梵："苗淼同学说得对，喝酒不开车，有什么急事要赶着回去吗？给你接风，老同学都赶来了，你先开溜合适吗？都坐下来，先吃点喝点，等下喝完了我给你们找个代驾，把你们俩一起送回去，不就完事了。"

安可可很少参加这种社会上的饭局，这一大桌子人，安可可都不认识，她有些尴尬。

她不知所措地看着季初，乖巧地等着他的意思。

季初确实忘了自己喝了两杯酒这茬了，他看了一眼安可可摔伤的地方，又看了一眼她纤细的腰身，问道："你吃晚饭了吗？"

安可可小声地如实回答："还没呢……"

她一看完比赛就往这儿赶，赛场离这个饭店特别远，她连着倒了好几趟地铁才找到这地方，哪有时间吃晚饭呢。

"那先吃点再走吧。"季初冲着安可可点点头，用的是陈述句，不是问句。

啊？

安可可当时的第一反应不是要不要留下来吃点，而是在心中默默吐槽：这是要买一送一，陪着他应付完家长，还要应付朋友的节奏吗？

不过她没敢说出来。

在季初那张让人有压力的脸面前，安可可总是不太敢张口提出反对意见。

好在这时候服务生上菜了，一条足足有一米长的烤鱼被两个服务生奋力地抬上了桌。

"本店特色菜，江湖烤鱼。"

安可可还没吃过这么大的烤鱼，她好奇地瞪着圆溜溜的大眼睛看着那条扁扁长长的鱼，琢磨着这到底是个什么鱼。

季初懂了，小孩爱吃海鲜，鱼说不定也是她爱吃的。

鬼使神差地，季初主动站了起来替安可可撕下一大片烤鱼，放进了安可可的碗中。

"谢谢。"安可可对季初投了一个感激的眼神，果然没带犹豫地低头，默默地啃起鱼来。

季初了然。这就跟他学校里的那群小孩子一样，一给好吃的就会特别听话。他知道了，以后只要勤劳投食，两人肯定能相安无事。

不过，很快他就要回学校了，两人也没有什么以后不以后的。

想到这出，季初又鬼使神差地替安可可撕下了一大片烤鱼，二度投食。

两人默契的行为落在别人的眼中，就是秀恩爱了。

大伙特地撇下另一半，单独出来跟老同学鬼混，却没想到要看这种拼命撒狗粮的高能画面。顿时哀号连连、抗议满满，一个个都声称自己的身心受到了严重的刺激。

不过这些都影响不了安可可吃鱼。

她低着头，小心翼翼地一小口一小口地咬着烤鱼。这烤鱼不错，对得起"招牌菜"这个名头。

安可可的一旁坐着季初，另一旁坐着鲍梵，只听鲍梵随口这么一问："季初，你女朋友看着有点小啊，还在念书吧？"

季初没回答，只是敷衍地点点头。

"啧啧，老牛吃嫩草啊……"

"这么小的小美女，季初你是怎么骗到手的啊？"

"师生恋？"

季初听到"师生恋"三个字，立刻严肃起来了，没好气地白了那个开玩笑的男同学一眼，无视他们几个隐秘又八卦的眼神，一脸正气道："别瞎说，她比我们小三四岁而已，马上就大学毕业了。"

安可可快毕业了，他应该是没记错的。

苗淼既好奇又有些傲慢地问道："也在北京念大学？在哪所大学啊？"

当年苗淼考进他们念的这所名牌大学时，可谓是全村人的骄傲。她老家那个村子里从来就没出过大学生，更何况她考上的是皇城脚下的985大学，全国排名前二十位的高等学府。

这是苗淼改变命运的一块敲门砖，也是她毕生的骄傲。

自从安可可随着季初进门以后，苗淼就没少打量安可可。她见季初举手投足都挺宠安可可的，又见安可可小小年纪就背着Chanel，还是那种只有少女才会买的粉嫩款，便很主观地认为，安可可不过是一个仗着貌美、可爱搭上了季初这样的富二代拼命挥霍买买买的拜金女孩罢了。

这种女孩子哪肯花心思在学习上，多半就是念了个野鸡大学，跟她自然是没有任何可比性的。

安可可被人问话，礼貌地放下手中的烤鱼，认真地看着苗淼的眼睛眨了眨，软糯地回答道："是的，五道口大学。"

一句话落地，四下皆惊。

苗淼估摸着季初的女朋友这是开了个玩笑，可这一点都不好笑。

不管国内的大学排名如何变动，每年为了争排位如何风起云涌，有两所大学的地位都是稳如泰山、从来不变的，永远是公认的第一和第二。

其中一所大学是北京大学，另外一所大学则是清华大学。

清华大学因为位于五道口，所以被大家亲切地戏称为"五道口大学"。

这个小姑娘竟然敢自称是清华大学的学生?

苗淼冷笑了一声,一点也不掩饰自己心中的质疑。别说苗淼不信了,在座的也没一个相信安可可会是清华大学的在校生,只是大家没有苗淼表现得这么明显罢了。

"我没听错吧?她说的'五道口',是我们理解的那个'五道口'吗?"苗淼的声音有些嘲讽的意味,"小妹妹,你清华的?大四?"

安可可先点点头,可又摇摇头。

苗淼看安可可摇头就觉得这事如自己所料,这小女孩绝对不可能是清华的学生。

安可可摇头是因为自己还没上大四:"是清华的呀!不过过完这个暑假,等开学后我才读大四。"

一声玻璃坠地破碎的尖锐声音响起。

某个男同学尴尬的声音随着响起:"手滑,手滑……没事,碎碎平安,我来收拾一下。"

一群成年人都有点沉默,没想到看起来软萌的美少女安可可,竟然是在座的人中学历最有含金量的一个。

苗淼有些不死心,她都有冲动想问安可可是不是靠着艺术招生考进清华的了。可那是清华大学,就算是清华美院,也不是等闲之辈能轻轻松松考进去的……她犹豫了一下,最终还是讪讪地闭了嘴,没有问出口。

清华大学是所有学子心中的那道白月光,是很多人一辈子都遥不可及的一个梦。

这道金光闪闪的金字招牌加身,刚才那些一直在开安可可"童颜、貌美、大长腿"玩笑的男同学,再看向安可可时的眼神都不一样了,少了两分打趣,多了两分尊重和羡慕。

而季初则一脸淡定地坐在一旁。

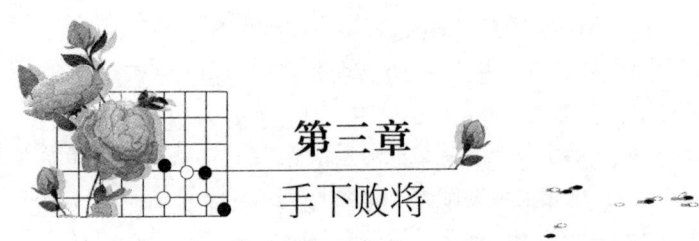

第三章
手下败将

    当初季妈妈热情洋溢地给季初介绍安可可时,他大抵在走神,除了知道安可可是围棋国手、快大学毕业外,其他的一无所知。这也是他第一次听安可可提起她是清华大学的。

    季初对安可可是有些刮目相看的,不过他脸上更多的是,不知不觉浮现出一种"我们家小孩学习不错"的老母亲式骄傲。

    "清华不好考啊!"鲍梵唏嘘,"当初,我的高中班主任三天两头、语重心长地找我谈话,说我是他最看重的尖子生,让我好好考,考个清华、北大给他长长脸。唉,结果……不提了,不提了!"

    考清华很难吗?安可可回忆了一下,不太难啊,似乎自己高中念完,挺轻松就考上了呢。

    她真诚地、不带半点炫耀色彩地在鲍梵后面补刀:"还好啦,不是很难啦。"

    她不知道,因为她是台湾籍。台湾籍的学子念清华大学所需要的高考分跟大陆凶残的竞争分数相比,确实是"不难"。

不过，她的高考成绩也非常亮眼了。

天真烂漫的少女句句话都自带超级大的杀伤力，杀得这一群人都不知道说什么才好了，好在这场上还有一个情商极高的组织者鲍梵。

鲍梵哈哈了两声，冲着季初竖起了大拇指，然后从善如流地掏出手机来，嚷嚷着要跟安可可互加微博。

"都说清华美女多啊，果然没有诓人。季初，你女朋友可是我认识的第一个清华美女，我必须要跟她互粉一下，以后出去也好吹嘘吹嘘。季初，我只是微博互粉，你可不许吃醋啊。"

季初当然不会吃醋，安可可本就不是他的女朋友，他没有权利在她交友这件事上指手画脚。再说了，鲍梵的人品他信得过，这小子情深义重，大学时苦追了四年外语系的校花，临近毕业才抱得美人归，工作稳定后两人就火速结婚生子，一直都是同学中的"模范夫妻"。鲍梵啊，根正苗红得很。

"你就搜安可可吧。"

"挺多安可可的……哪一个是你？"

"这个卡通头像的……OK，加上了吗？稍等哦，我回粉你。"安可可软糯的娃娃音仿佛自带音效加持，特别的可爱。

"靠……"鲍梵倒吸一口凉气，极其罕见地爆了粗口，引得大家纷纷把目光投过来。

鲍梵激动地把手机扔了出来，给大家看。

这不看还好，一看大家都震惊了。

如果说刚才的"五道口大学"给他们造成了致命的一击，那现在这个微博就像是在他们的心尖上丢下了两颗原子弹，那是炸得寸草不生、一片荒芜。

安可可的微博认证上简简单单写着两行：

中国台北女子围棋选手，职业七段。

粉丝数量高达五十万……

他们不懂围棋，但是这个看似简单却根本不简单的微博介绍，揭示了眼前这个甜美少女的另一重神秘身份——她竟然还是个围棋职业选手！

围棋这种高智商的竞技项目，那是普通人玩的吗？难怪她刚刚说清华大学不难考。

季初不玩微博，他那部破旧的手机里只有几个自带的装机软件。

他见大家这么震惊，便用余光扫了一眼，看到了"职业七段"四个字，一点也不意外，搞不懂他们在鬼叫什么。不过那个卡通头像倒是挺可爱的，神似安可可。

有个同学还算是了解一点围棋，不过他只知道那个世界冠军"卫奕"。

"卫奕也是下围棋的吧？他是职业几段来着？"某人问起。

"职业九段。"

七段和九段，差着整整两个段数呢。

苗淼不懂围棋的分级，也不认识什么卫奕，她算了算，觉得这个小姑娘也不算厉害，可能就是会下点围棋，考了个沽名钓誉的级罢了。她以为围棋段数就跟钢琴考级或者跆拳道考级一样，每年都有很多人去考，手里拿着钢琴十级证书和跆拳道黑带的人多如牛毛。

苗淼："每年去考职业七段的人多吗？"

安可可："挺多。不过不是考，是打围棋职业定段赛。"

苗淼听到"挺多"两个字便笑了，果然被自己说中了。

遇到不懂的人问围棋上的事，安可可就想认真多普及几句。

安可可："大陆成功定段在七段以上的职业选手，大概有几十人。我们台湾的话，只有几个人。不过圈中老前辈大多已神隐，还活跃在围棋界的年轻人不多，七段以上的连我在内，只有三个是女棋手。"

苗淼："……"

苗淼搬起石头砸了自己的脚，一不小心又给安可可的光环镀上了一层金。

说多错多，苗淼索性闭嘴不说话了。

那个懂点围棋的男同学好奇地追问："那你跟另外那两个女棋手比，谁厉害？"

安可可摇摇头："她们的年龄比较大，已经不太出来打比赛了，我还没跟她们交过手，说不上谁更厉害。不过台湾地区的话，我已经拿过台湾女子公开赛的冠军了。"

安可可的履历，已经漂亮得不太像个凡人了。

对方震惊："你这么小就是冠军了？可以啊……季初，你这找女朋友的眼力真是……"

真是天上掉下个小仙女！

还是个自带超级豪华背景大礼包的小仙女！

安可可认真纠正对方："我是十三岁的时候拿的冠军啦……"

"咔咔，十三岁……十三岁我们在干吗？"

有的人十三岁刚刚小学毕业，背着书包一脸懵懂地上初中，有的人十三岁却已经是世界冠军了！

安可可谦虚道："那也只是台湾地区的冠军啦……台湾的围棋高手没有大陆多噢。我拿了台湾地区的公开赛冠军之后，我们一家人就搬来了北京，让我和更多的高手切磋学习。目前，我还没拿过大陆赛事的冠军呢，在大陆打比赛真是好难啊。"

小姑娘独有的台湾腔娃娃音，就像是一道香甜的甜品，在空气中散发出甜甜的香气。

"那也很厉害了……咔咔，你们说是吧？"

季初还是第一次当听众，耐心地听安可可讲她和围棋之间的故事。

他头一次觉得，眼前的安可可不再是他眼里喜欢卖萌扮可爱、埋头默默吃东西的小女孩，而是一个……呃，是一个会秒变超级赛亚人跳进围棋里打通关的厉害小女孩。

话题太过高深，桌上找不出来能就围棋话题跟安可可探讨一二的人，顿时就有些冷场。

好半天后，鲍梵才打着哈哈招呼大家喝酒，场面才重新热闹了起来。

安可可科普完毕，继续乖巧地吃鱼。

季初又往她的碗里投食了几块鱼，以示奖励，她也用自己鼓起的腮帮子以示感谢。

投食，鼓腮帮，似乎已经成了他们两人之间默契的小动作，不需多言，彼此都懂。

鲍梵见安可可光顾着低头吃鱼，便叫服务员来点饮料，安可可歪了脑袋研究了半天菜单也没想好要喝什么。苗淼拿过红酒，热情洋溢地走到安可可的身边，替她满上了一杯红酒。

"来，念清华的小妹妹，我敬你一杯。"

苗淼的话音刚落，季初就夺走了酒杯，替安可可挡下了这杯酒。

"她不会喝酒。"

小孩就是小孩，小孩不能喝酒。

安可可悄悄举筷："我会喝一点点的……"

过年的时候，安爸爸、安妈妈都会喝红酒，还会给安可可稍微倒上一小杯红酒，一起庆祝新年。

"季初，你不厚道啊，你女朋友都说自己会喝了。"苗淼喝了些酒，借着酒劲有些小霸道，不管三七二十一，又给安可可倒了一杯红酒，径直递到了她的手上，再次朝她举杯。

"不行，她不可以喝酒。"季初再一次霸道地夺走了酒杯，这一次，他直接将一整杯红酒一饮而尽，"要喝，我跟你喝。"

这就有些尴尬了，苗淼站在那里，有些拿捏不准自己这会儿是进好，还是退好了。

过了十几秒，苗淼低头浅吟低笑，冲着季初也回举了一下酒杯，也一饮而尽。

"季初，你还是一如既往地护犊子……"

苗淼留下了这句意味深长的话，就很帅气地端着空酒杯走回了自己的座位上。这些年在大企业里打拼，她脱胎换骨，举手投足都有点女精英的味道，连走路都是带着风的。

季初护犊子在系里是出了名的。

有一回，季初宿舍里的一哥们考试挂了一门学科，以至于错失了那年的奖学金评选资格，后来查出来那门学科不是这哥们没考及格，而是老师在系统里输入成绩的时候，输错了他的成绩。虽然他那门学科的成绩最后给改回来了，但奖学金的申报工作已经结束了，系里没一个人想起这事，于是季初拉着他去找老师讨说法，硬是把这哥们的奖学金资格给争取下来了。

同窗四年，苗淼没跟季初打过交道，可他的"光辉事迹"她听过很多。

苗淼挺能喝的，可刚刚那杯酒让她有点醉。

她是一个没有青春的人，她的青春都在学习、学习、学习，似乎只有学习才是她唯一的出路。

过去几年，她和季初相识一场却错过他的全部，她现在有点想开始了解他，不知道还来得及吗？

苗淼有点冲动，即使知道季初的身边已经站了一个可以称为天之骄子的安可可，她却还有放手一搏的想法。

天下没有不散的筵席，酒过三巡，大家便陆续散了。

苗淼下了楼却发现自己忘了拿手机，便回包厢找手机。她刚刚走到包厢口，就听到季初和鲍梵在里面说事，索性就站在门口悄悄听，没急着进去。

"兄弟，这事你听我一句劝，你这申请报告太简陋了，不容易批，你回去重新写一份，我再给你润色润色。不过，这也不光是申请报告的问题，这么大一笔钱，总要一个部门一个部门审批下来的，两三个月总是要的，急不得。"

"最迟开学我就得回学校。"

"兄弟，你放心，你的事就是我的事，帮希望小学批修缮款，我也义不容辞。我会帮你把那些熟悉的部门跑跑，减轻你的负担，你看如何？"

"谢谢你了。"

"话说你真不准备回北京发展吗？王教授没少在我们面前念叨你，说你要是能回来帮他就好了。"

"我走了，学校那群孩子怎么办？"

两人正说着话呢，突然听到包厢外传来一声家具倒地的碰撞声，又有瓷器摔碎的清脆声，惊得两人皆转了头。

季初误以为安可可在门外瞎晃悠撞到了什么，冲出来看，却看到苗淼蹲在外面扶着一个小花架。

花盆碎了一地，一片狼藉，人倒是没事。

苗淼看到季初出来，冲着他友善地笑了笑，道："你们学校缺钱修教室啊？有什么要出力的地方，也算上我一份呗……"

季初回家的时候，季母正敷着一张面膜，以一个相当诡异的瑜伽姿势躺在沙发上看电视。更诡异的是，她不知道从哪个 APP 里找到了围棋频道，看得那是津津有味。

"我找个下围棋的女朋友您就看围棋，我要是找个开飞机的女朋友，您是不是也要上天了？"季初吐槽道。

"围棋挺有意思的，真的。"

"那您慢慢看吧，我回房洗澡去了。"季初换了拖鞋就要走。

"急什么？你小子一年到头也回来不了两天，回来了还从早到晚都见不到人，陪你妈聊两句不行啊？"季母白了季初一眼，"坐下。"

季初坐了。

"儿子，过来。我今天研究了一整天的围棋，终于让我发现了一个秘密。"

"您是发现了围棋有三百六十一个子，是吧？"

"你小子就这么跟你妈说话的？"季母又白了季初一眼，压低了声音神神道道地道，"我发现了，这个围棋比赛啊有好多种，打完这个比赛还要打那个比赛。"

"您可真是发现了一个不得了的大秘密……"

"别打岔，机智如你妈就发现了，安可可马上要打一个什么表演赛，选手名单里有她，明天就要开赛了。"

季初："……"

"我跟你说，地址我都抄下来了，明天下午你就悄悄去接她。她打完比赛一走出赛场，嗬，看到一大帅哥开着跑车站在门口等她，这得有多惊喜？得有多浪漫？是不是？你明天把你哥最宝贝的那辆保时捷借去，再买一束花。哎？你别走啊……你又走什么啊？你有没有在听你妈说话啊？"

季初懒得搭理她，他觉得他的妈妈一定是疯了。

第二天，安可可确实要出席季母说的那个表演赛。

在比赛之前，她也确实接到了季初的电话，季初说比赛完了会来接她。

倒不是季初听季母的话，而是季初给鲍梵送完报告就没别的事了。想到安可可是因为帮他才和他假扮情侣，她不肯收红包还磕破了腿，他心里对她就有点愧疚，想着为她做点什么，比如接送她。

安可可今天特别兴奋——因为这场表演赛，主办方竟然安排她和卫奕对战！

这场表演赛是慈善赛事，门票收入和直播打赏会悉数捐给慈善机构，来参加这场比赛的全是网络上人气比较高的年轻棋手。撇开棋手棋艺的高低，只比人气，那肯定是卫奕和安可可的人气最高了，前者以实力圈粉，后者以美貌圈粉。主办方安排他们两人对弈，就是奔着收视率去的，也可谓是安排得非常有心机了。不过，这刚好圆了安可可挑战一下世界冠军的梦。

安可可是第一个到的，卫奕是最后一个到的。

当瓷砖上啪嗒出的脚步声渐渐入耳，安可可就猜到是卫奕来了——除了卫奕，不会有第二个棋手这么随便地夹着人字拖就来参加直播比赛的。

果然，一分钟之后，卫奕眯着他那双永远都像是没睡醒的眼睛、顶着一个鸡窝头坐到了安可可的面前。

安可可两手伏在裙边，看卫奕一副依旧炫酷狂踹的模样，心想：他的心理素质还蛮不错的，并没有因为输给绝艺而自暴自弃。

摄像机立刻机灵地跟了过来，分别给了卫奕和安可可一个面部特写。

一男一女，一个邋遢一个精致，两人形成了鲜明的对比。

安可可做了一个"请"的手势。

在正式的比赛前，一般会抓阄决定谁执黑子，执黑子的一方占了先机，可以先行。

卫奕不屑一顾地瞥了安可可一眼，心想：举办方怎么会脑残到安排她跟自己对弈，简直就是在侮辱自己的水平。

对于安可可，卫奕一直都是有偏见的。

他很小的时候就听说台湾出了个美少女棋手，叫安可可。围棋圈的杂志都快把安可可捧上天了，什么"台湾之光"，什么"少男杀手"，等等。

卫奕一直觉得，围棋界应该是一个讲实力的地方，而不是搞这些浮夸的噱头，吹捧颜值和外表。后来，安可可从台湾来到了大陆，在定段赛中卫奕也见过安可可几回，觉得漂亮倒是漂亮，只是实力……呵呵，他觉得除了那几个九段高手还能勉强跟他一战，其他棋手都不配跟他过招。

"不用抓了，你黑我白。"这种表演性质的比赛，规矩也不是一定就要遵守，卫奕打着呵欠，无视镜头，更是没把安可可放在眼里，"速战速决。"

既然卫奕这么说了，安可可也不客气了。

她翘起小指，抬手执了黑子，然后落入了天元（注：围棋棋盘正中央的星位叫"天元"）。

卫奕不假思索地落子跟上。

这场棋赛的节奏非常快，快到让安可可非常有压力，每每她一落子，卫奕就立刻跟上。卫奕的棋招打得又快又狠，她不得不打起十足的精神来应付。卫奕落子的速度越快，她就越是小心谨慎，往往思考半天才会落下子来。

别看安可可在日常生活中活泼、鬼马，可她比赛的时候像是换了一个人似的，眉头微蹙，常常专注到忘记自我，坐在那里就像是一尊冰雕，给人一种高冷的距离感。

最后，安可可果然败给了卫奕，不过差距不大，输得不算太难看。

输了棋的安可可心悦诚服地双手合一，冲着卫奕敬了个点头礼，做足了礼数。

直播镜头还没关，说话一贯臭屁的卫奕小声自言自语了一句："跟女生下棋就是没劲。"

安可可在围棋圈的人缘特别好，不爽卫奕的却大有人在。

卫奕的话音刚落，马上就有棋手替安可可打抱不平："卫奕你什么意思？歧视女性？这就是你的素质？"

"棋下得好了不起啊？败类，先学学怎么做人吧！"

围棋界一贯比较平和，鲜有这样的事发生。突发异况，主办方吓得赶紧切断了摄像机，直播戛然而止。

安可可尴尬了，卫奕就更尴尬了。

其实刚刚那盘棋，安可可发挥得不错，卫奕也对安可可"靠脸吃饭"的印象有所改观，发现她不是纯粹靠媒体吹捧出来的，确实在专业上有几把刷子。不过卫奕喜欢下快棋，面对她这种谨慎、保守的落子作风，卫奕打得有些不耐烦。

他嘀咕的那句话不过是嫌弃安可可下棋的节奏太慢，没有别的意思，没想到却被别的棋手给放大了。

卫奕有些愣，他想解释，却又不知道怎么开口。

生活里的卫奕本来就是个十足的宅男，每天面对的不是棋盘就是棋谱，并不擅长跟人沟通。

眼见着好多棋手都围了过来，事情可能要闹大，突然有人连声叫着"误会误会"，拨开人群，拼命挤了进来。

安可可见挤进来的是史一航便松了一口气，史一航最会插科打诨，有他在，这群人铁定吵不起来。

季初很早就驱车抵达了赛场，但他对围棋这种一局动不动就能下上好几个小时的竞技项目兴趣不大，也懒得上去观战，索性坐在车里等安可可。

当季母的夺命连环 call 打过来时，季初正百无聊赖地听着电台广播呢。

"你在哪儿？你女朋友被人欺负了你知不知道？"季母在电话里就劈头盖脸地嚷嚷开了。

季母是很关心自己未来的小儿媳的。比赛刚刚开始，她就拉着大儿媳一起，坐在沙发上看安可可下棋了。虽然两个女人看不太懂围棋，但是不妨碍她们评头论足一番。

她们一边夸着安可可的装扮淑女、举止优雅，一边吐槽安可可对面那个卫奕太过邋遢、坐姿难看。

季母老谋深算、自信满满，觉得自己给小儿子规划的这一场浪漫大戏，等下肯定能在赛场外造成轰动，保不齐还能上一回新闻。

没想到下着下着，镜头里突然围了好些人过来像要吵架，吓她们一大跳。她们还没看清楚到底是怎么一回事，镜头就被切掉，进入广告时间了。

季母担心安可可，赶紧给季初打电话。

上次电梯惊魂有例在先，季初一听二话不说就往楼上冲，生怕安可可受欺负。

他冲到楼上比赛大厅的时候，一群黑压压的人围在一起，不知道在干什么。好在他那一米八四的大高个太过突出，越过人头他一眼就看到了被困在正中间的安可可。

季初不由分说地冲进了包围圈里，一把将安可可护在了身后，眼神犀利地一扫，老母鸡护崽一般厉声质问那群棋手："怎么回事？"

他的声音就像是晴天中的一声惊雷，威严而不可侵犯。

有人的地方就有江湖，有江湖的地方就有摩擦。

史一航好不容易才在众人中间连连调和，把这场莫名其妙的风波给平息了下来，没想到功亏一篑，让季初给重新燃起来了。

他有些不爽地看向季初，终于想起来这个男人是谁了——那个一脚把电梯门踢凹了的大哥！

"误会，都是误会……"史一航生怕季初一言不合就动手，小心脏一颤，赶紧劝和，"大哥，不要冲动，已经没事了……"

一群人围着一个娇滴滴的小姑娘，季初怎么看都不像没事，他的眼神依旧是那么犀利。

最该尴尬的人应该是安可可。

不过此刻躲在季初身后的安可可,却不知道为何有点小雀跃,季初宽厚的肩膀、线条分明的背像是一堵铜墙铁壁，将风雨统统挡在他的身外。

可她也不能真这么躲着……

安可可抬了手,翘起一只细指来小心翼翼地戳了戳季初的背。

没反应？

她又戳了戳。

季初转头："你不用怕，有我在。"

安可可："真的是误会哎，季哥哥……"

季初皱眉："真没事？"

安可可哭笑不得："真的没事啦！"

十分钟后，安可可坐进了季初那辆又高又大的路虎车里，她心情甚好地摸了摸后视镜上的平安符，又心情甚好地摸了摸空调出风口。

她从来都没觉得车是有灵魂的，可她觉得季初的车是有灵魂的,他的车就像是他的人，人高马大，给人一种特别稳健的安全感。

季初往副驾驶上递了一瓶饮料，又扔了一块巧克力。

安可可接住一看，是自己喜欢吃的牌子，顿时眼睛一亮："谢谢季哥哥。"

季初："你刚才叫我什么？"

刚刚在上面，他就听到一声"季哥哥"了。

有人称呼他"季老师"，也有人称呼他"小季"，却从来没有人叫过他"季哥哥"。

少女甜到发腻的"季哥哥"就像是一颗太妃糖，好像有些黏牙，季初有些不太适应，还得再消化消化。

"季哥哥呀……"安可可愉快地拆开了巧克力的外包装，不客气地咬了一大口，"不叫你'季哥哥'，那我要叫你什么？"

季初语塞。

确实没什么合适的称呼，季哥哥就季哥哥吧！可他总觉得听起来怪怪的……

突然季初道："嘴。"

安可可："？"

季初掰过后视镜给她看，她这才注意到自己的嘴角沾了巧克力的碎屑。

她伸出小舌头小心翼翼地往左边探了探，舔掉了那块小小的碎屑。

那可爱的模样，很像季初在藏区常见的一种土拨鼠——有人投食，它就会活泼可爱地跳出来，眨着大眼睛看着你，吃完了就会抹抹嘴，抱着圆滚滚的小肚皮等着你的下一轮投食。

季初突然觉得只买了一块巧克力有点少。

家中有个小妹妹，似乎也蛮不错呢。季初如是想着……

苗淼说要出力帮季初，可不是说着玩的。

她想放手一搏追季初，也不是想着玩的。

她所在的那家互联网公司是开发软件起家，在某几种软件的领域，几乎可以说是龙头老大的江湖地位。公司实力雄厚，福利待遇在圈内出了名的好，公司上上下下有将近五千名行业精英。

苗淼听鲍梵说过，政府审批款子的流程长，她便想试试动用身边的资源给季初筹够修校舍的钱。

聪明如她，很快便想到了办法。

苗淼自己就是从贫困山区走出来的孩子，对贫困山区的现状最有感触，她声情并茂地写了一份洋洋洒洒、长达上万字的倡议书发在了公司的论坛上。

在倡议书里，她附加了好多触目惊心的照片，希望能引起大家的注意。

果然，公司里很多人都留言表示愿意捐款。

自然，她作为一家公司的中层管理，还是很清楚这种事不方便私人收钱的。紧接着，她又联系上了公司的工会，希望由工会出面收集捐款，监督善款的使用去向。

事情进行得相当顺利，仅仅几日下来，工会那边就收到了近十万块捐款。

苗淼得意扬扬地把这个好消息告诉了季初，并约他有空出来，她代工会将这笔善款亲自交到他的手上。

苗淼还在电话里说，私人捐款只是第一步，她还在替他奔走，看看公司那边每年的慈善经费她能不能替他申请下来一些，让他所在的希望小学，成为她们公司固定的资助对象。

季初感激不尽。

其实这笔钱，是可以直接转账的，可苗淼偏要当面送给季初。

不见一面，怎么显得自己对他情深义重？

两人见面那天，苗淼特地打扮了一番。她脱下了自己经常"武装"成事业女性的衬衫西裤，换上了一件更显女人韵味的长裙。

地点是季初选的，某家商业广场里的咖啡厅。

苗淼揣着十万块，风风火火地走向了季初。

"我知道这钱只是杯水车薪，不过你别急，我已经跟工会那边沟通过把你所在的那所希望小学纳入我们公司资助对象的事了。肯定没问题，很快就会有更大、更好的消息传来。"

苗淼开门见山，人还没坐，就把包着十万块的牛皮纸袋放到了季初的面前。

现金是最有分量、最能让人感受到诚意的。

季初收下了："我替孩子们谢谢你，真的，你这是雪中送炭。"

苗淼很满意这次两人见面的氛围，做善事可以让她和季初的关系拉近一大步，也显得她很有爱心。

"你就别跟我说客气话了，能帮到孩子们我也挺高兴的。想想缘分也是很奇妙了，当年要不是你，现在急着筹钱替孩子们修学校的人可能就该是我了。"她故意提起了当年的那件事，这是她和他曾经唯一的交集。

季初对苗淼报以一个微笑，其实他跟苗淼不熟，真的不熟，除了感激，他都不知道该跟她聊什么才好。

好在苗淼现在的性格跟当初在学校里完全不一样了，以前的苗淼像个闷豆子，一天到晚埋头学习，很少跟人说话，现在的她自信又健谈，是根本不可能冷场的。

她挥手唤了服务生，先点了一杯咖啡，又抬头问季初喝什么。

季初不准备浪费钱喝咖啡，不过他看橱柜里的马卡龙倒是做得挺可爱的，估计小女孩会喜欢，便让服务生打包了两个。

苗淼脸上闪过一丝不自在，这种甜到发腻的甜食只有小孩才爱吃："带给女朋友的？"

季初点头，算是承认了。

出师不利，苗淼有些丧气。不过这还不至于让她一蹶不振，好歹她也是在大企业里摸爬滚打了几年，什么世面都见过。她立刻重整旗鼓，冲着季初笑了笑，道："其实，你会跟你那个小女友在一起，让我挺惊讶的……"

"怎么说？"

"我也不知道，可能觉得你们不是一路人。你看，你正直、有爱心，但在现在这个社会，人人都朝着钱看，有几个人能像你这样，放着好日子不过，跑去大山里支教，还一蹲就是好几年？你那个小女友背Chanel，你却穿破牛仔裤，你们站在一起的时候，看着有点怪怪的。"

季初低头看了自己的破牛仔裤一眼，难得又露出一个笑，像是在认同苗淼的说法。

破洞牛仔裤一直都很流行，不过季初的牛仔裤却不是故意买的破洞款。去支教之后，他就没再买过裤子了，大学时买的那几条牛仔裤被他反反复复地穿了洗，洗了穿，自然而然就破了。

不过他也不甚在意，裤子破了照样穿。

他和安可可本就不是情侣，自然也没像不像一说。

不过现在，季初是拿安可可当小妹妹对待，这几天他人还在北京，索性担起了接送安可可的重任，也顺便做做姿态，好堵住季母的嘴。

季初的笑容给了苗淼得寸进尺的勇气。

她又侃侃而谈，更露骨地表达了自己的看法。

"可能我这个人很理想主义，总觉得你特别爷们儿，感觉你应该会找一个正义感特别强的女人，而不是一个……乳臭未干的小屁孩。"

说这句话的时候，苗淼特地扫了桌子上的那包钱一眼，意味深长地将"小屁孩"三个字咬得重重的。

不过，下一秒，苗淼就尴尬了。

因为她口中的"乳臭未干的小屁孩"此刻就站在她的身后。安可可有些不知所措，扬着尾音天真地问："我是不是打扰到你们了？"

苗淼连头都没敢回……

她完全不知道安可可为什么会突然出现在这里。

背着人家说坏话，还被当事人直接抓包，这情况，与被捉奸在床一样难堪。

苗淼站了起来，都没跟安可可打招呼，胡乱编了个借口，就要走人。

苗淼可是真金白银筹集了十万块过来救急的，季初客气地送她到门口。

本想落荒而逃，可到了咖啡店门口，苗淼又鼓足了勇气，回过头来冲着季初会心一笑，很是暧昧地碰了碰季初的胳膊肘，道："咱们俩是什么关系？这么客气做什么？不送了，回见。"

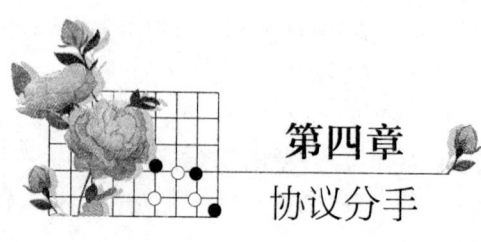

第四章

协议分手

明明咖啡厅里冷气十足，季初却觉得有些焦躁难耐，仿佛刚刚接受过三伏天的洗礼，浑身的毛孔里都淌着汗。

他焦躁的源头自然就是安可可了。

很明显，安可可像个受了气的包子似的站在原地。

刚才她清清楚楚地听见了那句"乳臭未干的小屁孩"，然后她不太高兴。

小女孩不会掩饰情绪，高兴就是高兴，不高兴就是不高兴，从来都是明显地写在脸上。

女人真是麻烦……季初无力吐槽。

送完苗淼，季初回来寻思着该怎么开口向安可可解释才好。

安可可在这附近比赛，季初早早就约好在这里等她，刚巧苗淼要给他送钱，他便把位置报给了苗淼。

哪知道这个苗淼出来送个钱，竟然送出了这么多屁话。

季初真是愁，家里的那两个女人一唱一和都够让他愁了，没想到在外面也要忍受这种无妄之灾。

不行就先投食吧。

季初看着安可可那张受气脸，把桌上那个打包袋往前推了推，清了清嗓子，道："怕你下棋下饿了，就给你买了点吃的，也不知道你爱不爱吃。"

果然，一听到吃的，安可可的注意力就被转移了。

她"咦"了一声，立刻就拆袋了，从袋子里面掏出一个淡黄色的马卡龙来，一边咬一边自言自语："这是什么口味呀？好奇怪哎……"

季初松了一口气，对待小土拨鼠果然要先投食。

他趁着安可可心情转好，赶紧解释清楚，免得造成误会："我那个女同学帮我们学校筹集了一笔钱，刚刚她只是给我送钱来了，没有别的意思。她说的话你不要往心里去，她应该是无心的。"

说完，他像是怕安可可不信似的，把那牛皮纸袋打开了一个角，让她看看确实有很多钱。

安可可唏嘘："我成年了，不是什么乳臭未干的小屁孩。"

季初："嗯……"

一只成年没多久的小土拨鼠。

安可可："我看得出来，她喜欢你，所以才说我坏话。"

季初："……"

小女孩的直接让季初有点不知所措，他与苗淼交情不深，苗淼喜不喜欢他他不确定，不过有一点他很确定，他自己对苗淼没有那层意思，这就够了。

北京的夏天真是让人太焦躁了。

季初将手插进裤子口袋里，却发现口袋不知何时破了一个大洞，手伸进去后差点没能抽出来。

季初："我觉得有件事我应该跟你说清楚，免得引起误会。"

安可可没说话，两只圆溜溜的眼睛盯着季初，不知道他要说什么。

季初："你应该知道，我妈急着给我安排相亲，是因为我一直都没有女朋友，又很少回来，我妈就想赶鸭子上架。"

这个安可可知道。

季初："既然我这么多年都没有谈过恋爱，自然也不会随随便便喜欢上谁。起码，苗淼不是我的那盘菜，我也不会跟她搞暧昧，懂吗？"

季初觉得自己向一个小女孩解释这个，比站在讲台上做毕业答辩还要难。

甜甜的马卡龙下了肚，安可可觉得连空气都是甜的。

季哥哥这是在向自己保证？撇清他和其他女人之间的关系？

哎，自己跟他只是假扮情侣啊，他的情感生活不需要向自己汇报吧？

安可可刚刚只是生气苗淼说她是"乳臭未干的小屁孩"而已，并不是在吃苗淼的醋啊！她怎么感觉季哥哥好像是误会了？

不过看季初那副紧张的样子，她又有点小窃喜。

安可可也跟季初一样，缺乏应付这种事的经验，过了好半天，她才低头咬了咬唇，小声道："季哥哥，我们又不是真情侣，你喜欢谁，不喜欢谁，其实不用告诉我的……"

说完，她的脸还红了，甚至还不好意思地抬头看了季初一眼，又心虚地赶紧将目光移到了脚上。

季初的脸僵了一下，自己在一个小孩子面前强行解释这些做什么？

不过他真的很讨厌被人强行拉扯男女关系，即使是个小孩子误会他跟别的女人有点什么，也不行。

季初板着一张脸，特别严肃地道："总之，你记住了，以后不要再开我和她的玩笑，知道吗？"

安可可吐吐舌头，季哥哥好凶哦。

季初："吃完了吗？吃完了我送你回家。"

安可可摸了摸食品袋："还有一个，我可以申请留到晚上再吃吗？"

季初点点头，表情就像是刚刚接孩子放学的家长。

安可可高兴地抱着那个剩下的马卡龙，跟在季初的屁股后面。

她在学校里觉得自己不矮，她也有一米六几啊！为什么一到季初的面前，她就觉得自己好矮……她怕是得踮着脚才能钩住季初的脖子。

安可可正在季初背后唏嘘着呢，他冷不丁回过头，她差点撞到他身上去了。

季初像是想起了什么似的，特别严肃认真地冲着安可可交代着："下周我就回西藏了，之后就不能接送你了。"

安可可点头。

季初："等我回去了，我们就不用再演情侣了。"

安可可再点点头。

是夜，安可可躺在床上，翻来覆去都在想季初那句话。

"等我回去了，我们就不用再演情侣了。"

她有点难过，那种感觉就像是小学六年级的时候，班主任对着懵懵懂懂的他们道："等这学期上完，你们就不用再来上课了。"

小学念完还有初中可以念，季哥哥走了还会回来看她吗？

经过这几天的"并肩作战"，安可可觉得自己跟季初相处得挺开心的。只要她有比赛，季初肯定会来接她，只要她一上车，车上肯定就有零食。

季初买的零食都很合安可可的口味，一想到以后就没季哥哥的零食吃了，安可可还有些舍不得。

离别的日子总是到来得特别快。

一转眼，就到了季初和安可可约定要分手的日子。

那天一大早，安可可就从床上翻身坐了起来，捏着手机不安地等待了一个上午，但都没等来季初的分手短信。

连安妈妈都有些奇怪，女儿这是怎么了，怎么连吃饭都抱着手机不肯放？

安可可心虚地说，她是在等学校的开学通知。

到了下午的时候，安可可终于憋不住了，她主动给季初发了一条短信。

安可可：季哥哥，你是不是忘了什么事？

过了好长一段时间，安可可才收到了季初的短信回复，什么文字都没有，只有一个简单到不能再简单的问号。

安可可不知所措地盯着这个问号，不懂季初到底是几个意思。

她小心翼翼地组织了一下措辞，又发了一条信息过去。

安可可：咦，半个月了哦，我们是不是该分手了？

季初回复：好。

安可可心中的一块大石头终于落地了，假扮情侣这件事以后就翻篇了。不过她又觉得不妥，歪着脑袋想了半天，又给季初发了一条短信。

安可可：季哥哥，我们是不是要统一下口径？万一阿姨问起来我们为什么要分手，我们要怎么说啊？

季初：你就说我太老。

最后这句"你就说我太老"差点没让安可可笑坏肚子。

季初明明才二十五岁，比自己大不了多少，却偏偏总喜欢装深沉，一副少年老成的模样。

他哪里老了？

明明就很帅！

可笑完之后，安可可觉得特别失落，比她第一次参加围棋比赛，没有拿到任何名次时还要失落。

季初确实买了票回学校，不过他没走成。

早上他收拾行李的时候，季母突然跑过来跟他说自己恶心反胃。他本以为季母是为了留他而装病，便懒得搭理她。没想到，没过一会儿，季母就吐了一地。

季初急急地将他妈妈送去医院，这就错过了飞机。

一堆检查做下来，医生说季母患了消化性胃溃疡，需要留院观察，病情严重的话可能需要进行手术。

安可可发短信问季初两人要不要分手的时候，季初正在医院里忙前忙后。

别看季母平日里能耐得很，装病的时候"哎哟、哎哟"叫得可响了，生怕别人听不见。可真到了身体抱恙的时候，她就怂了，躺在病床上病恹恹的，连小声哼哼的力气都没有。

季初刀子嘴、豆腐心的特点是遗传季母的。

虽然这半个月季初在家没少怂季母，可真到季母生病的时候，他比谁都上心，连病房里空气湿度够不够，都要操心。

这感情上的事，他自然就先抛到一边了。

季母平日为人豪爽，小姐妹特别多。她在医院里住了几日，来探病的人就特别多。往往是这拨人刚走，那拨人就来了。

一日，送走好几拨前来探病的小姐妹后，季母期期艾艾地问起季初来："怎么我都住院这么些天了，也没见可可过来看我啊？"

季初这才想起来，他已经跟安可可协议分手了。

面对季母丢出的世纪难题，季初只能借口出去抽支烟躲躲了。

季初很少抽烟，只有在特别煎熬的时候才会抽两口。

上一次他抽烟，是他支教的学校教室塌了一个角的时候。

现在他就觉得挺煎熬的，他不知道自己该如实告诉季母他和安可可已经分手了，还是骗她说他们没分手。

如实相告的后果，可能是把季母直接气死在病床上，可骗她的话，他又要出尔反尔，让安可可再陪他演一出戏。

在季初蹲在住院部后门口抽闷烟的时候，好巧不巧就撞上了安妈妈和安可可。

安妈妈见季初抽烟，不免就皱了一下眉头。

她不太喜欢爱抽烟的男人。

季初有些蒙，他不知道为何安可可会突然出现在医院里。不过他的反应很快，看脸就猜到安可可身边这人是安妈妈，他立刻站得笔直，将半截烟头按进垃圾箱灭了火，赶紧叫了声："阿姨好。"

安妈妈这是头一回见季初，印象有些不太好，不过她还是很有素养的，和善地关心起季初的妈妈来。

"听闻你母亲住院了，我便带了可可过来看看，现在她情况怎么样了？身体可好些了？"

"稍微好些了，不过还要再观察几天，医生才能知道需不需要做手术。"

"那这阵子要辛苦你了。"

"不辛苦，应该的。"

季初几句礼貌又有分寸的话，终于在安妈妈面前拉回了一点印象分。

他没想到安可可会带着安妈妈来探望自己母亲，有些意外，但更多是感激。这样也好，他就不用为怎么敷衍母亲而伤脑筋了。

季初领着安妈妈和安可可进了病房，季母听季初介绍说，眼前这位气质淡雅的中年美妇是安妈妈，立刻唤季初扶自己坐起来。

双方家长第一次见面，自然是客气再客气，光客气话都说了一箩筐，季初和安可可这两个晚辈倒像是多余的，站在一旁没有半点存在感。

安可可悄悄冲着季初勾了勾指头，暗示他出去说话。

季初心领神会，悄悄出门。

病房外刚刚消过毒，过道上充满了消毒水的气味，不时有病人路过，重重咳上几声，以示难闻。

安可可也不太受得了这个味，掩了鼻子哼哼唧唧。

季初开门见山："你怎么会来？"

他的言外之意是：安可可怎么会知道他母亲病了？

安可可道："你忘了，你妈妈是我妈妈朋友的朋友。"

那个热心拉红线撮合他们相亲的阿姨从医院探望完季母，就感慨万千地在安妈妈面前提了一嗓子，说季母这病还挺严重的，也许要做手术。安妈妈不知道安可可和季初已经分手了，还问了问安可可。安可可也特别震惊，就把自己刚刚和季初分手的事告诉安妈妈了。

其实安可可和季初能如期分手，安妈妈挺高兴的。

不过安妈妈觉得在这个节骨眼上分手不太好，设身处地地替人想了想，让安可可等季母病好了再分手。

安妈妈重礼数，觉得于情于理，她们母女都应该过来探望一下季母，于是，她问朋友要了季母的病房号后，就直接过来了。

安可可交代了缘由，狡黠地眨巴着眼睛，小声在季初面前邀功："季哥哥，我够意思吧？"

好几天不见季初，季初的脸上长出了一些胡茬，因为连续陪夜，他的黑眼圈也有些严重。不过在安可可眼里，他还是一如既往的帅。

这些天，季初确实有些累。医生叮嘱他，说消化性胃溃疡挺麻烦的，一定要让患者规律饮食，保持良好的心情，要是季母知道他和安可可已经分手了，肯定会把季母气得病情更严重。他没想到安可可乖巧，安妈妈善良，主动来医院探病，还提出两人先不分手。这可真是帮了他一个大忙，他鬼使神差地伸手摸了摸安可可的脑袋，只说了一个字："乖。"

真是个乖巧懂事的小孩。

安可可被夸了，像只骄傲的小猫咪，尾巴都快翘到天上去了。

城市里的CBD永远有着匆忙行走、各种精英打扮的OL，苗淼站在第二十七层的办公室里，举着一杯咖啡，透过巨大的落地玻璃窗看着路上那些一如她曾经那样刚刚进入社会时的青涩少女，她在犹豫一件事。

桌上放着一个牛皮文件袋。

互联网企业做事一贯讲究效率，苗淼提交给工会的关于将季初所在的那所希望小学纳入他们公司互助对象的事已经办妥了，第一笔互助金五十万，工会随时可以打款。

东西都在文件袋里，不过苗淼却不知道该不该立刻告诉季初。

上一次的十万，只换来短短十分钟的见面。

这次是五十万，苗淼不想浪费机会，得好好计划一下该怎么利用。

二十分钟后，她将那个文件袋塞进了办公桌的抽屉里，然后给季初发了一条短信，她说公司工会互助流程的审批还挺顺利，很快就会出结果，但是她还需要季初配合一下，再提交一些更详细的资料。

季初的回复只有四个字：妥，谢谢你。

围棋圈的人都知道卫奕"毛病"多多，不仅年轻气盛、有点狂妄，还从不打混双。

所谓混双，就是两男两女下混棋，黑白双方各有一男一女，轮流落子，比的不仅是棋术水平，还要比队友间的默契和配合程度。

卫奕一直拒绝打混双，傲称"不喜欢被异性棋手拖累"。

不过这一次世界精英智力公开赛围棋的混双名单上，竟然出现了卫奕的名字，这让圈内形成了轰动。

围棋界的女棋手本就稀少，高手更是凤毛麟角，混双并不太好找搭档。

卫奕搭档的这个女棋手叫叶彤，刚刚才定段六段，成名不久。为了让他们能在赛前多磨合一下，卫奕所在的棋院找上了安可可和史一航所在的棋院，商量赛前捉对练习几天，临时抱抱佛脚。

能跟世界冠军切磋的机会可不多，安可可所在的棋院欣然应下。

安可可自从跟卫奕交过一次手之后，就一直期待能有机会再次切磋。

卫奕的棋招稳、狠、准，像是武侠电影中的顶级剑客，剑要么不出鞘，一出就是招招致命。

跟这种高手过招，水平提升得快。

知道这段时间能和卫奕一起训练，安可可和史一航都有些小激动。

安可可和史一航是固定的搭档，他们俩不仅私下里是好朋友，在各种混双比赛中也是配合默契，拿下过很多奖项。

第一天训练，两人有说有笑地到了训练基地。

"你说谁这么想不开，跟卫奕搭档打混双啊？"史一航见卫奕他们人还没来，就悄悄在安可可耳边吐槽，"等下下了臭棋，肯定要被卫奕骂惨了。"

"卫奕哪有你说得那么……"

"你看着吧，我押一毛钱，下完棋，卫奕肯定要骂人。"

"你敢多押点吗？"

"不行。"史一航一本正经地摸了摸他的眼镜，道，"小赌怡情，大赌伤身。珍爱生命，远离赌棋。"

两人正嘻嘻哈哈开着玩笑呢，就听到一句没有半点情绪起伏的话从他们背后飘了过来。

"棋艺不怎么样，坏话倒是说得挺溜。"

安可可一脸惊喜地转身，果然是卫奕那张标准的宅男脸，还有他一成不变的鸡窝头。

"卫奕，以后多多指教！"安可可兴奋地挥了挥小粉拳。

卫奕抬了抬他那薄薄的单眼皮，看了一眼面前的甜妹子，面无表情地坐到她对面的座椅上："等着被虐吧！"

卫奕说要虐人，那肯定就是虐人。

在接下来的几个小时训练中，安可可和史一航被卫奕按在棋盘上反复蹂躏，反复摩擦，把把都被虐得体无完肤，把把都是只有挨打的份，毫无招架之力。

打完最后一局，史一航伸了个懒腰，大叫了一声："爽！"

卫奕的嘴角不经意间露出一丝微笑："喜欢被虐？明天继续躺着挨揍……"

那个六段女棋手叶彤坐在一旁，懊恼地算着刚刚下棋时自己的失误步数，心想：这个卫奕也没传说中那么难相处嘛。

不过，她的小庆幸马上就被卫奕傲娇的责骂声给砸成了稀巴烂，她差点没当场哭出来。

卫奕面无表情地冲叶彤丢了一句："要是你明天还下得这么烂，就不用来了！"

接下来几天的训练，依旧都是安可可和史一航被卫奕蹂躏得死去活来,他们只有偶尔逮住那个叶彤严重失误时才能赢上一局。

不过能和高手过招,又是在这种碾压式的训练下,安可可和史一航都被激发出了潜能,棋艺迅速上了一个台阶,有了明显提升。连那个小心翼翼跟在卫奕身旁做搭档的女棋手叶彤,都进步了不少。不过她挨骂也挨了不少。

最后一局下完,卫奕嘲讽道:"你就是来捣乱的吧!"。叶彤直接崩溃地哭了。

史一航一见气氛不对,赶紧给叶彤递纸巾,然后拼命给卫奕打眼色,让他别说了,赶紧哄哄。

偏偏卫奕的鼻孔朝天,狠狠地又补了一刀:"就这心理素质,后天还怎么上场打比赛?"

史一航了然,指望卫奕安慰女人,那是绝对不可能的……卫奕的眼里怕是只有下棋、下棋、下棋!

训练结束后,时间尚早,安可可寻思着训练地离医院不太远,就给季初打了个电话。她准备去医院看看季阿姨,顺便搜罗一下季哥哥的口袋里有没有什么好吃的。

电话响了很久才接通。

安可可声音甜甜地问道:"季哥哥,阿姨今天怎么样了?你在医院吗?我过来看看阿姨。"

季初皱眉:"病情突然严重了,要马上做手术。"

当安可可赶到医院的时候,脸色苍白的季母正躺在病床上等着医生来检查。季母一脸苦相,连话都说不出来了,看到自己最喜欢的安可可也只是轻轻地点了点头,就算是打过招呼了。

看着季母那张没有半点血色的脸,安可可有些吓到了。

她印象中的季母永远是风风火火、精神抖擞的,是个热情洋溢的中年阿姨,没想到病来如山倒,说不行就不行了。

趁着医生来检查的工夫，安可可悄悄拉着季初的袖子，关心起季母的情况来。

季初皱着眉头，言简意赅道："不知道。病情说恶化就恶化，我们都挺意外的。医生说必须马上安排手术。"

安可可惊讶："今天就要做手术吗？"

"没这么快。"提到这个，季初的眉头就皱得更紧了，"我妈的血型特殊，不好匹配。医生说最近血库空虚，怕是要等待两天……"

"啊？你们家人的血也不行吗？"

"都试过了，不匹配。"

安可可紧张，她又不懂医术，也没什么可以帮忙的。不过她还是很想尽自己的绵薄之力，便抬起自己的手腕，乐观地冲着季初道："要不，我也试一下？看看血型匹配不匹配？"

"不行！"季初果断拒绝了。

虽然说他对安可可有救命之恩，但是他不想亏欠安可可。

他总觉得，虽然自己拿安可可当妹妹看待，可和她的牵扯越来越多，似乎不是什么好事……

"试试嘛，试试又没关系，说不定就匹配上了呢？"

"不行！"

季初没同意安可可验血，不过安可可瞒着季初去找医生验血了。

验血的结果没这么快出来，安可可抽完血回家，在心中祈祷着季母一定要早点好起来。

不过是休息了一日，安可可就迎来了世界精英智力公开赛，围棋男女混双的比赛安排在赛程的首日第一场。

这场比赛，不光卫奕和他的新搭档叶彤参加了，安可可和史一航也参加了。安可可他们两人搭档下男女混双已久，一直都是棋院里重点培养的种子选手。参赛之前，院里找他们两个聊了好几回，让他们一定要稳定发挥，争取能在这次比赛中拿个名次回来。

安可可和史一航拿过好几次男女混双的奖项了，这一次，两人都做足了准备，对前三名是势在必得。

初赛就是普通的淘汰赛，一场定输赢。

一大早，安可可和史一航就到了赛场，领了各自的号码牌，等待着比赛正式开始。

经过这些天的切磋，安可可和卫奕已经熟络起来了。虽然卫奕依旧沉默寡言，但是安可可跟他打招呼的时候，他不会再甩出那种"我们不熟"的臭脸了。

还有三十分钟就要开始比赛了，史一航冲着似乎心事重重的安可可挤眉弄眼："不慌啦，淘汰赛而已，我们只要不抽到卫奕这种变态级的选手，肯定可以顺利晋级的。"

淘汰赛是开赛之前由电脑随机决定对战方的。

安可可倒不是担心这个，她是刚喝了一杯颜色惨白惨白的牛奶，突然就想到了季母那张惨白惨白的脸。

也不知道阿姨怎么样了……

安可可这种从小就南北征战，打了无数场职业赛的专业棋手，当然知道在混双比赛中，帮助搭档稳定情绪有多重要。

她将额头上的愁云舒展开来，很肯定地冲着史一航点了点头，然后冲着他挥了挥小粉拳："一起加油！"

"准备关机吧，等下就要比赛了。"史一航提醒她。

一般正式比赛的时候，棋手们都会将手机设置成静音模式，或者直接关机，以防打扰到自己比赛。

安可可点了点头，从包中翻出手机，准备关机。

关机键还没按下，突然手机屏幕上冒出来一个陌生来电。

打来电话的人是季初的哥哥季云。

季云打电话来是想问安可可有没有空，能不能今天到医院抽一下血，为季母的手术做准备，季母的情况恶化得很快，手术不能再拖了。

安可可有些意外，自己的血型竟然和季母的血型匹配上了？

早上季云来医院换季初的班，季初连着守了季母两个通宵，困得不得了，回去补觉去了。

医生来查房的时候，通知季云可以马上安排手术了。

季云有些意外，便问医生是不是血库里找到合适的血了。医生直接反问："你们家不是有个亲戚的血型匹配吗？化验结果出来了，她的血可以用。"

季云就更加稀里糊涂了，他们家哪个亲戚的血型匹配上了？

等到了医生办公室一查信息，季云才知道原来是安可可的血型匹配上了，他顿时有点激动。

季云给季初打电话，季初可能在睡觉，没接。

季云寻思着安可可是季初的女朋友，又不是外人，这事季初肯定知道，安可可一定是愿意输血救季母才会去验血的。他便直接按照医生化验单上留的电话给安可可打过去了，问她什么时候可以安排输血。

季母危在旦夕，手术时间拖不得，安可可的血简直就是救命血。

安可可有些意外，也有些激动，她想都没想，直接在电话中就答应季云自己马上到医院输血。

可挂完电话她才想起来，她现在在赛场上走不掉，重要的比赛马上就要开始了……

这种淘汰赛，必须等全部选手下完棋，主办方公布完比赛结果，众人才可以离场。

有些选手下棋很慢，她要是等到比赛结束了再去医院，只怕花儿都谢了，这一天的时间全耽搁了。

一边是重要的赛事，一边是救人性命。

安可可握着手机想了想，立刻下定了决心，抬头冲着史一航道歉："对不起，一航！这场比赛，我可能要弃权了……"

季初很少睡得这么沉。

他心里一直压着很多心事，他的母亲突然恶化的病、学校里的危房、始终在走流程的批款，还有小卓玛反反复复的肠胃病，这些事情占据了他整个脑袋，让他一日都不得安宁。

他就算是睡着了，这些事也会搅成一团钻进他的梦里，让他连觉都睡不好。

一会儿，他梦到小卓玛又食物中毒了，扶着教室的墙面呕吐，接着那面墙突然坍塌了，只听一声惨叫，小卓玛被无数块砖头死死地压在了地上，让她只能残喘。他刚刚准备去救小卓玛，就见小卓玛的脸突然变成了季母的脸，季母用微弱的气息跟他交代后事，说她的遗愿就是让他娶安可可，再添个大胖孙子。然后安可可怎么突然也来了，蹲在一旁呜呜地哭，她说她还小，不愿意这么早就生孩子，能不能等两年，季母说等不及了，她马上就要死了……

季初的头都要炸了。

"砰"的一声，他听到自己的头真的炸了。他惊得浑身一紧，条件反射般直直地坐了起来，这才发现自己竟然是在做梦。

而那一声"砰"的巨响，不过是为了人工降雨，打上天的火箭弹。

虚惊一场……

季初抹了一把冷汗，伸手去摸自己的手机，想看看自己到底睡了多久。

手机上有三个未接来电，全是他的哥哥季云打来的。

还有一条短信，也是季云发来的。

季云：睡醒了赶紧来医院，咱妈下午做手术。

季初赶到医院的时候，刚好见到嫂子谭依依扶着安可可从医生办公室里走出来。

看安可可的脸色似乎有点虚弱，不像往日那般活泼，她的手也捂在手臂上的某一处，很是反常。

季初一头雾水："这是怎么回事？"

安可可没说话。

谭依依心怀感激地感叹道："我们家真是要好好谢谢可可了，要不是可可给咱妈输血，咱妈这手术，真不知道要拖到什么时候才能做了。"

听了这话，季初更是一头雾水，他看向安可可："你刚刚抽血了？"

安可可诚实地点点头。

季初无语……

"你血型匹配得上？"

"匹配上了。"

季初心里五味杂陈……这回，安可可对他、对他家可真的是救命之恩了。他既想感谢安可可，又觉得寥寥几句感谢的话实在是没有什么分量，根本拿不出手，只能……

季初不爱说空话，他在心中暗暗打定主意，以后安可可就是他的亲妹妹，只要她有任何需要他季初的地方，就算是刀山火海，他也在所不辞。

正当季初不知该如何启齿时，季云办完一些乱七八糟的手续也跟了进来。

一见到季初，季云就松了一口气，他拍着季初的胳膊道："你终于来了，手术安排在两点。赶紧的，你去准备室里陪着咱妈，依依在这儿陪可可休息一下，我还有些费用要去缴，走吧。"

季初都没机会跟安可可说句感谢的话，就被季云给拉走了。

在生死面前，什么情情爱爱都得先靠边。

好在一切都很顺利，血型匹配顺利，手术进行得更顺利。一圈亲人紧紧包围着季母，然后季母被护士推进了手术室，等季母做完手术，又被他们从手术室里迎了出来。

只要有足够的血，这种手术算不得什么危险的大手术。

季母刚刚从手术室里推出来就开始絮絮叨叨，嘴一刻都不带停："活着真好，吓死我了！刚才我进手术室时，我就在想啊，我还年轻，我这么美，我不能死啊……"

"别美了，医生说了，你这病多半是节食减肥饿出来的。"季初无力吐槽。

他不能理解女人为了体重减轻一点，就拼命饿肚子、不吃饭的行为。相比较而言，他更欣赏安可可土拨鼠式的喜欢就吃的态度。

"那不行，减肥是女人一辈子的使命。"

"命都差点减没了……"

"你小子很烦哎，我大病初愈，你就不能说点好听的话哄哄我？"

只要季母精神起来了，季家就永远不缺热闹。

好不容易等到季母乏了，终于消停了、叫困了，季初才寻着机会单独跟安可可说上话。

门外依旧是浓浓的消毒水味，地面上有些潮湿，应该才喷洒过消毒水不久。这种气味仿佛就是鬼门关的气味，萦绕在季初和安可可的周围，让他们有一丝后怕，也有一丝庆幸。

如果没有安可可伸出援手，季初都不敢设想后果……

安可可见季初老是眉头紧锁，便主动说好听的话安慰他："季哥哥，阿姨福星高照，手术又这么成功，你不要担心啦，老是皱着眉头，都不帅啦！"

安可可总是这么甜，这么可爱，又正能量满满，就像是早晨八点的阳光，真的很温暖，与她相处起来，也让人觉得特别舒服。

季初也察觉到自己似乎有些太爱皱眉头了，便努力在安可可面前扯起嘴角笑了笑："好。"

感谢的话，再难启齿，也还是要说的。

季初："说真的，我不知道怎么谢你才好了。"

安可可帮上了忙，心情也特别好，嘿嘿笑了两声："不知道怎么谢我，那你就请我吃好吃的呀！"

季初不假思索道："以后只要是你想吃的东西，不管多难弄，我都给你弄到。"

安可可："嘿嘿嘿……那你可要小心咯，我喜欢吃的东西……有点多！"

神使鬼差地，季初突然冒出来一句话："可可，我认你当妹妹吧……"

能有这样一个妹妹，也蛮好的。

而且，以后自己就可以以哥哥之名，永远保护她了。

安可可吐了吐舌头，冲着季初做了个鬼脸："季哥哥，我都叫你这么久的'哥哥'了，原来你从来都没有把我当妹妹看？我好委屈啊！"

季初突然觉得，小孩子皮起来，似乎也挺难应付的……

两人正有说有笑，突然几个医护人员推着一辆空的移动床位从他们身边慌慌张张跑过，似乎有什么紧急情况。

安可可想给他们让路，便往一旁避闪，没想到地面太滑，她一个没站稳，"哎呀"了一声，就往一旁倒去。

季初反应迅速地伸手去捞她，她就倒在季初的怀里，虚惊一场。

等安可可从惊吓中回过神来，才发现自己竟然紧紧贴着季初的胸，双手也不知何时搂住了季初的腰，似乎还搂得挺紧。

季初的心跳声顺着她的耳朵跳进了她的血管里，一下一下流进了她的心房，与她的心跳渐渐合二为一，怦，怦，怦……

有点尴尬，安可可如是想。

还没等她从季初身上弹开，刚巧开门出来的季云就看见了这让人浮想联翩的一幕。这怎么看都像是自己的弟弟和小女友你侬我侬、感情好到在医院里也要躲着大家，找机会腻歪一下。

没想到自己的弟弟表面上这么正经，私下里竟然这么腻歪。

季云咬了一口脆脆的苹果，极其戏谑地靠在门框上，调侃他们俩道："哟，我说你们俩感情这么好，早点订个婚得了！"

"屁话真多。"

季云被季初一脚踢回了病房，在病房门关上的那一刹那，安可可听到了季云开怀大笑的声音。

完了，安可可如是想。

如果她没猜错的话，季云肯定会在季母面前把刚才看到的画面，再加油添醋地形容一遍。季母对她一贯热情有加，保不齐等下见到她要拉扯出一堆尴尬的话题来。说不定季母真就着"订婚"这个话题与她展开讨论，恨不得立刻就替自己儿子办好订婚宴了。

安可可决定三十六计，走为上计，先逃了再说！

"那个……季哥哥，对不起啊，给你添麻烦了。"安可可吐了吐舌头，做了个鬼脸，"阿姨手术也做完了，这里也没我什么事了，我先走了哈！"

“我送你。”

“不用不用，阿姨刚刚做完手术，你还是陪着她吧。”

“女孩子不要一个人到处乱跑，我送你。”

季初的话稳中有力，有着让人无法拒绝的力量。

其实他的想法跟安可可一样，保不齐自己的妈妈、爸爸、哥哥、嫂嫂就在里面嘀咕着怎么“卖”他呢，与其这个时候进去撞枪口，不如找个借口先送安可可躲出去再说。

季初伸手揉了揉安可可的脑袋，让她在门外等着，自己进屋替她拿包。

果然不出他所料，门一推开，他就听到季母高亢的女声，那声音兴奋得怎么听都不像是刚刚做完大手术的病患：“马上就让他们把婚订了！不能拖！这臭小子，我就不相信，有了未婚妻还拴不住他的裤腰带。”

季初无语地白了季母一眼——背后说人闲话，也不知道小声一点，这么尴尬的话也不知道门外的小孩听到没……

隔着一堵墙，安可可的脸在微微发烫。

她心虚地拍着胸口，暗暗庆幸还好季初够体贴，想得够周到，要是她自己进去拿包，然后听到这种话，估计就……就不知道以后该怎么面对季家人了。

屋里季母的声音还在不断地传来：“臭小子，来，我们正商量你们订婚的事情呢。刚好你还在北京，我们把你这婚先订了，你看如何？”

紧接着，就是季初略带嘲讽的回答：“妈，你消停会儿吧，别忘了你现在的身份是病人。”

“我的身份是你妈！你小子一天到晚就知道往西藏跑。到这个年纪了，你也该想想自己的婚姻大事了，不是二十岁刚出头的毛头小伙子。你能守着山区那帮小屁孩过一辈子吗？”

季妈又开始老调重弹了。

季初无语地撇了撇嘴，拎起包就跑："我送可可回去了。"

季母见季初一言不合就开溜，气急败坏地冲着他的背影吼道："你小子，一说你就跑，你是要诚心气死你妈吗？"

门在身后被重重关上，仿佛那个狂轰滥炸、冲他丢亲情炸弹的世界彻底地被隔离开来。

季初将包丢给安可可，迈开腿，大步流星往外走："走吧。"

安可可点点头，收起怦怦直跳的小心脏，抱着包，乖巧地跟上季初。

她想问季初，是不是他回西藏之后，她就没机会再见他了，可她咬了咬唇，还是没好意思问出口。

少女的心就像是悄悄沉入海底的绣花针，看不清，捞不着。

安可可回到比赛现场的时候，比赛还没有结束。

史一航看到安可可回来，终于松开了一口气："我的可可小公主，你总算是回来了！你献个血怎么脸色这么白啊，赶紧坐下来，别累着。刚刚咱们院长给我来信息了，问我们初赛结束没，下得怎么样，我该怎么回他啊……"

弃赛是大事，棋院里是肯定要仔细盘问的。安可可不在，史一航拿捏不准能不能在领导面前直接说安可可弃赛去献血了。

"我的问题，我来说吧。"安可可吐吐舌头。

史一航打量了安可可身后的季初一眼，他对这个人没太多好感。

史一航除了是安可可的搭档，还是安可可的男闺密，自然知道安可可答应季初假扮临时女友的秘密，只是说好的是帮忙，现在却需要给假婆婆献血，这不太厚道吧？

"你就跟院长说你早上吃坏了肚子，因为肚子疼，才弃赛的。"史一航在安可可耳边嘀咕着，"咱们院长一直都不喜欢棋手被情感左右，影响比赛。要是院长知道你是因为男朋友而放弃了这么重要的比赛，肯定要批评你的。"

说完，他还特地瞟了季初一眼。

安可可吐吐舌头："知道啦，谢谢你哦，没打成比赛还要替我打掩护。对了，现在比赛怎么样了？"

"淘汰赛还能怎么样啊，各凭本事，愿赌服输呗……"史一航看着场内的情况，一副老江湖的语气道，"圈子就这么点大，谁会晋级，谁会淘汰，基本上大家心中都有数的，变数不大。"

"也是哦。"安可可感慨，"卫奕他们下完了吗？"

"早下完了。他这个快枪手，第一个下完晋级了。谁跟他搭档，真是出来捡奖杯的，搞不好这次跟着卫奕躺赢个冠军奖杯回去。"

"他是世界冠军嘛……"

两人正有说有笑着呢，刚好卫奕就大摇大摆地走过来了。

安可可："卫奕，恭喜你晋级哇！"

卫奕对安可可的祝福并不感冒，反而皱了皱眉眉头，抬起他那薄薄的单眼皮看了安可可一眼，道："你怎么没上场比赛？"

安可可："有点私事耽误啦……"

其实比赛弃权了，安可可和史一航也挺郁闷的，他们俩都挺想一路杀进决赛，然后跟卫奕在决赛中会师，痛快淋漓地下一局。

这个愿望，只能留在下次了。

卫奕也不知道是在向安可可抱怨，还是在自言自语地吐槽："没劲，混双的水平都太差了，早知道他们是这样的水准，我就不来参加比赛了，纯属浪费时间。"

这个卫奕，总是口无遮拦，想到什么就说什么。

在这些天的捉对训练里，史一航和安可可都跟卫奕成朋友了，已经熟悉了他的说话风格，知道他只是心直口快罢了。

史一航小心翼翼地看了周围一眼，才道："我的卫小爷，你可别这么说，现场有媒体的，要是他们听到了，保不齐又要捕风捉影写点什么了。你啊，树大招风，哪回比赛不出点新闻啊？"

卫奕不以为然："他们的嘴长在他们身上，想传什么我管不着，我的嘴也长在我自己身上，想说什么他们也管不着。"

史一航头上三条黑线："多一事不如少一事嘛……"

卫奕一贯不喜欢与人交往，能跟他们两个唠几句简直就是他的极限了，他可没什么聊天的兴致。

只见卫奕抓了抓自己乱糟糟的头发，就跟安可可和史一航告别了："没意思，走了。"

"你不看比赛了？"史一航震惊。

虽说赛事规定了不等到组委会公布比赛结果，所有参赛者不许离场，但是作为世界冠军的卫奕，总是喜欢违反规定，下完就走，这种规矩对他而言犹如放屁。不过一般的赛事，组委会还真不敢用这些烦琐的条条框框来约束他。谁让他牛呢？每次只要有他参加的比赛，都特别有人气，大家习惯了他的作风，索性都睁一只眼闭一只眼了。

"一群手下败将，没什么好看的。我回家研究棋谱去，现在唯一能挑起我战斗欲的，就只有人工智能了……"

卫奕的话飘在空气中，仿佛天地之间唯我独尊。

他就像是个孤独求败的顶级剑客，又孤独，又失落，拿不拿冠军对他来说并不重要，能找到跟他痛快一战的对手才不枉此生。

以安可可或者史一航的单人实力，卫奕根本不屑于跟他们下棋，可他们两个合体下混双，多年的默契配合，还是能让卫奕感到一定的压力，并打起精神来认真应对的。这也是为什么经过这段时间的训练之后，卫奕会对史一航和安可可的态度有了一百八十度大转弯。

"卫奕，你还要跟人工智能再比一次吗？"安可可好奇地追问。

"必须的！"

这几个年轻棋手中的翘楚在一起聊着有关围棋的事，季初自始至终都没有打扰过半分。

他不懂安可可的世界，正如同安可可不懂他的世界。

不懂没有关系，互相尊重就好。

趁着他们聊天的工夫，季初接了个电话，是他大学的教授打过来的。

当初他念大学的时候，虽然性格比较桀骜不驯，不太受辅导员的喜欢，但是系里几个教授都特别喜欢他。因为他在计算机的专业课上表现出了极高的天赋，经常会对课后作业提出不一样的解决思路，颇得教授们的赞赏。尤其是那位王姓老教授，更是多次劝他留校继续深造，跟着自己做学术研究。后来，他去西藏支教了，王教授常常感叹错失一员爱将，爱才之心，可见一斑了。

听鲍梵说季初回北京了，王教授立刻联系了季初，希望季初能回学校看看他，顺便参观一下他们最近研究的课题和新项目。

季初在电话里答应了王教授。

等到安可可和她的小伙伴们聊完了，卫奕两手插袋先一步离开了比赛现场，季初才问安可可："我现在要去一趟学校，答应了教授去看看云城市的项目。你呢，要留在这里看比赛吗？还是我送你们两个回家？"

他是计划着直接送两人回家。

王教授是个科研狂魔，这一去学校还不知道自己几点能回，让小孩一个人在外面打车，季初有点不太放心。

没想到安可可听完这话，眼睛一亮："季哥哥，你是学云城市的？那你肯定也懂人工智能吧？"

季初："不是一个研究方向。不过万变不离其宗，原理都是触类旁通的。"

安可可兴奋得蹦了几下，像是发现了新大陆一般，撒着娇，软磨硬泡起季初来："季哥哥，你给我讲讲人工智能吧？"

她娇滴滴的语气让史一航抖上了三抖。

季初点点头："可以。不过我现在要去见教授，你若是不着急，就下次再说；要是急，就跟我一起去学校，我们在路上聊。"

安可可当然急："就今天吧，别下次了，万一你过几天就要回西藏呢？"

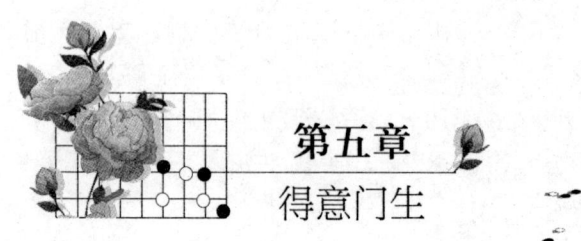

第五章
得意门生

安可可跟着季初去了季初的大学。

史一航也跟着去了。

一路上，史一航都盯着安可可，就像是个职业盯梢的一般，硬是想从安可可的动作、表情上观察一下安可可到底是不是喜欢上季初了。

不管是安可可瞪着大眼睛崇拜地听着季初讲解人工智能原理的模样，还是安可可偶尔给出"咦""是这样子吗"的回应，在史一航的眼里，都非常可疑。

史一航今年二十七岁，自从几年前安可可来到这家棋院开始，他就和安可可搭档下混双了，可以说他是看着安可可长大的。

虽说安可可棋艺出众，院长总是夸她智力超群，可在史一航的眼中，她就是个涉世未深的小女孩，既天真又可爱，他可不想她被来路不明的野男人给拐走。

到了学校，季初将安可可和史一航放在校园小道上，让他们随便溜达，自己去见教授。

学校的科研项目中很多都属于高新技术，不方便带外人随便观摩。

　　微风吹拂着校园里的槐树，发出"沙沙沙"的摩擦声，安可可和史一航在校园里瞎逛着。不时有抱着课本的学生经过两人，他们或是为了某个学术话题争得面红耳赤，或是窃窃私语讨论着考研心得。

　　这还是暑假呢，安可可感叹，她没想到季初念的大学学术氛围会这么好，一点也不比清华差嘛！

　　"你怎么会突然对人工智能这么感兴趣？还非得跟着人跑到这里来。"季初不在身边，史一航推了推他的眼镜，开始盘问起安可可来。

　　"咦？"安可可疑惑了一声，反而反问起史一航，"你不好奇吗？"

　　"有什么可好奇的？人脑比不过电脑，这不是很正常的事情吗？连卫奕都三连败输给了人工智能。以后围棋界，怕是没有棋手能赢得过人工智能了。"

　　"可是，电脑是人脑发明出来的东西啊！"安可可不这么认为，"我总觉得，人工智能是有固定思维的，不是没有破绽的。人类才是最聪明的高等动物，应该能有办法突破人工智能的思路吧！"

　　"话是这么说，没错，可是我们院从来都没有安排过棋手和人工智能对战，就算你研究出了对付人工智能的法子，又没有机会试……"史一航停下脚步来，半开玩笑地打探道，"可可小公主，你不会是喜欢上了季初，故意打着了解人工智能的幌子，伺机接近他吧？"

　　安可可听史一航胡说八道，脸一红，一脚朝着史一航的皮鞋重重踩了下去："乱讲话，小心被蛇咬！哼！"

"真不是？"

"真不是啦……"

"那你为什么叫他'季哥哥'叫得那么亲热？我们认识这么久了，怎么不见你叫我'哥哥'？"

"你下棋都赢不了我，还想让我叫你一声'哥哥'？"安可可知道史一航只是跟自己在开玩笑，索性挥了挥小拳头，在他面前"嘿嘿"笑了两声，调侃他道，"什么时候能下赢我再说吧！"

"女大不中留，真是女大不中留啊！"史一航哀号。

开够了玩笑，安可可才认认真真地解释道："其实我是想帮卫奕啦，卫奕不是说他还要跟人工智能对战吗，我就在想，有没有办法让他更了解这个对手一点呢？"

"搞了半天，你是要帮卫奕？"史一航听安可可这么说，才松了一口气，不过转而又唏嘘起来，"卫奕这小子虽然总是一副跩跩的模样，但是跟他下棋，真的是很爽，而且他才二十岁，真的是前途无限啊……"

想想自己二十岁时才定段职业五段，史一航就唏嘘不已。

而二十岁的卫奕，早就登顶职业九段，连霸世界冠军的宝座整整四年了……

自古英雄出少年啊！

不过就算是天才少年，也是会遇到挫折的。人工智能就是卫奕面前的一座通天巨山，他想要跨过去，不管是看热闹的外行人还是看门道的内行人，都觉得不容乐观。

人类和电脑的对决，别说安可可了，史一航也是坚定不移地站队卫奕，希望卫奕能挑战成功，战胜人工智能。只是理想很丰满，现实却很骨感。目前看来，卫奕并没有胜算。

"是啊，好希望每天都能跟卫奕一起下棋。"

"你嫁给他，就能每天一起下棋了。"史一航开了个小玩笑。

没料到，话音才刚刚落下，安可可的"魔脚"就踩了下来，狠狠地落在史一航的皮鞋上。

"再胡说八道，我真放蛇咬你噢！"

"饶了我吧，公主大人。"

某栋不对外开放的办公楼里，王教授正意气风发地对着一排排整齐运作的巨型机器向季初介绍着。

王教授："季初啊，你记不记得，你当初的毕业论文就是《基于云模型的数字城市模拟系统算法与讨论》？"

季初当然记得，这个毕业论文可是耗费了他不少心血才写成的。

不过当初，这篇毕业论文，很有争议。

以王教授为代表的几个教授觉得季初提出的算法，虽然只是一个不太成熟的想法，完全脱离了现实，属于理想状态下的一种不可能实现的假设而已，但毕竟季初只是一个本科生，能有这样创新的思维和想法，实在是难能可贵，应该打高分。

另外几个保守派的教授却不敢苟同，觉得这纸毕业论文纯属天马行空、瞎写、乱写，完全没将大学四年学到的东西融会贯通，以为靠着一点小聪明提出一个行不通的模型，就能蒙混过关，并坚持不该让季初的毕业论文过关。

最后还是王教授的话，让大家松了口。

王教授说："要多给年轻人一些机会。如果我们做学术的总是去禁锢学生的想法，科技还怎么进步？"

季初对王教授的这番话，记忆犹新。

他点点头，眼中是一如既往的敬重："当然记得了。要不是您，我的毕业论文怕是要重写了，大学都毕不了业。"

他们这所大学，虽然名头不如北大、清华那般耀眼，但是计算机专业在国内也是排在前几号的。

王教授感叹道："你刚毕业的时候，超级计算机硬件条件不足，根本撑不起你假设的那种模型。可是你看看，现在时代发展得这么快，计算机行业日新月异，那时候看起来天方夜谭的想法，现在却成了各大互联网公司花大价钱去钻研的方向。"

季初沉默了。

当初他提出那个模型的时候并不是为了写论文，他一直想创建一个模型，一个可以将整座城市都化为二进制，连接在一起的模型。在这个模型下，社会可以实现资源的最有效利用，比如可以通过大数据库预测每天的交通状况，最合理地安排交通设置，也可以优化安排警力与清洁资源，而通过收集云数据，每个市民的每一天都会变成无数个0和1，并存进数据库，求医、上学等等的行为都会变得更加便捷与容易，实现可以远程看病、远程教育等。这个模型可以让整个城市变得智能起来，是种非常理想的状态。

他去西藏支教的这几年，其实已经渐渐脱离了大城市的生活，过得像是一个山村野夫。可是他对于学术的热情从没变过，这也是为什么王教授一给他打电话，他就赶来了。

可是鱼和熊掌不可兼得，他若是回学校搞科研，势必要放弃大山里的孩子们。

季初沉默是因为他心里清楚，王教授可不仅仅是叫他来学校叙旧的。

果然，王教授见季初不说话，索性开门见山地说了。

王教授："季初啊，念书的时候，我就说过你是我最喜欢的学生，你是个有想法的人。现在学院里在跟国内顶尖的互联网公司搞合作，专门研究'云城市'这个课题，跟你当初毕业论文里提出的观点有异曲同工之妙。你看这些超级计算机，都是市面上运算速度最快的，院里的硬件基础跟上去了，现在缺的就是人才啊……怎么样，回来跟我这个老头子一起搞科研项目，做点造福人类的事情？"

当初季初提出的假设和模型，想法比较简单，只是一个粗糙的、不够成熟的理念。现在王教授领头的"云城市"的科研项目，是基于季初的创意理念，做了深化和细化的完善模型。两者相比，一个是砖，一个是玉。

这是可遇而不可求的绝好机会，可季初沉思了许久，深深地向王教授鞠了一躬，才开口拒绝了教授的邀请。

现在季初不像数年前那么年少轻狂，而是变得沉稳了许多："王教授，一日为师，终身为父。您舍得放弃教我们这帮资质愚钝的学生，专心致志只搞科研吗？"

王教授感慨："也不是没有考虑过。不过当惯了老师，不舍得离开讲台啊。"

季初："您不舍得，我也一样。我若是离开了，山里的那帮留守儿童可能就真的看不到未来了……"

季初言辞恳切，虽然话不多，也并没有刻意去渲染情绪，但是句句锥心。

王教授欲言又止，数次想要张口挽留，最后还是什么挽留的话都没说，只是用饱含赞赏的眼神看着季初，无比遗憾地叹息一声。

"你小子啊！"

三日后，北京某家咖啡馆里。

卫奕被安可可按在沙发中坐下，然而他的屁股都还没坐稳，就弹了起来，抓抓鸡窝头烦躁道："都不认识，有什么好聊的？"

"聊聊人工智能啊。一回生，二回熟嘛，两个男人见面，你那么尴尬干吗呀？又不是逼你相亲……"安可可的声音从大转到小，用只有自己才能听见的声音嘀咕着，"我相亲的时候都没你这么尴尬呢。"

史一航看着卫奕别扭地坐了回去，打心眼里佩服起安可可来。

这个卫奕，一贯是圈中公认的大宅男，别说出来见陌生人了，就连安可可这样漂亮的大萌妹，他日常见着也是连眼皮都懒得抬的。圈里人都说他没有交过女朋友，他的女朋友就是围棋。没想到今天，安可可竟然可以说服他出来见季初，还真把人给拐来咖啡厅里了。

"都不是外人，季初是可可的男朋友，也是个计算机高手，你们就随便聊聊，不用那么拘谨的。"史一航帮腔起来。

卫奕听到"男朋友"三个字，脸色变了变，然而因为他的头发太久没有修剪，刘海几乎遮住了眼睛，谁也没有发现他脸上微妙的变化。

三人等了足足二十分钟，才见到姗姗来迟的季初。

安可可抬起头，突然觉得眼前一亮。

每次见面，季初都是穿着再简单不过的白色T恤衫、牛仔裤，安可可一直都很好奇，如果季初换个造型会怎样。今天，季初竟然破天荒穿了一件一看就很高档的白色衬衫，领口微开，袖口叠起，露出好看的手臂线条，下摆服帖地扎在黑色西裤中，显得整个人都非常有型。再加上他原本就堪比模特的个头，在人群中犹如鹤立鸡群般，耀眼至极，让人挪不开目。

除了"好帅"，安可可一时竟找不到合适的词来形容了。

她立刻站了起来，急急地挥了挥手，甜甜叫了一嗓子："季哥哥，这里。"

季初也看到她了，大步流星朝着她所在的方向走了过去，一边走一边致歉："有点事耽误了，让你们久等了。"

本来季初是计划着从苗淼那边见完所谓的负责审核的领导就过来，哪知道那个公司领导不过就是随便问了几句情况，走个过场就完事了。可苗淼一再留他聊些事情，一来二去就耽误了不少时间。

这身让他感到不太自在的打扮也是苗淼提前提醒过的，说是大公司特别注意个人形象，让他别穿牛仔裤来，最好穿得正式一些。衬衫、西裤，都是借了季云的。

"没等多久啦……"安可可吐吐舌头，抓紧时间介绍起来，"季哥哥，这是卫奕，我跟你提过的，围棋世界冠军。"

"你好，久仰大名。"季初跟安可可在一起相处多了，自然知道卫奕这个围棋界的天才少年，面对这种百年难出一个的天才，季初友好地伸出了自己的手。

面对季初的手，卫奕竟然愣了一下，没有接。

"他不习惯跟人握手啦！"安可可冲着季初扮了个鬼脸，好心替卫奕解释了一下。

围棋圈里的棋手多半很讲礼节，开局之前往往会握手示好，久而久之这就形成了习惯。可卫奕下棋就不爱做这种虚礼，没少在直播的时候被观众吐槽。不过棋手们都比较专注，注意力往往会放在下棋上，多半不会计较这种无伤大雅的小细节。

季初落落大方地收回了手，表示理解，可卫奕悄悄地将季初从头到脚打量了好几个来回。

在过去的二十年里，卫奕从来都不觉得自己的打扮有问题，可今日他低头看了一眼自己凉拖中伸出来的五根脚趾，脚指甲都野蛮、任性地生长着。突然，他有些后悔不修边幅就出了门——好歹洗个头啊！他那一头乱糟糟的鸡窝头，与季初那干净利落的短发形成了鲜明的对比，一个就像是流落街头数日的流浪儿，一个就像是法式电影里的贵族青年。

他不知道自己为何会突然产生这种情绪，有些低落，又有些无助。这种情绪就像是清澈的河水中淌入了一股黑潮，迅速占据了他所有的血管，整个人都莫名地丧到不行。

卫奕从来都不是一个擅长掩饰情绪的人，他的沉默与拘谨大家都看得一清二楚，尤其是史一航。

史一航轻咳了一声，解围道："我说大家都挺忙的，就别客套了，直接进入正题吧。卫奕他想……不，是我们都挺想了解人工智能的，你跟我们说说呗？卫奕最近要跟人工智能再比试一场。"

当史一航的视线从卫奕身上挪开，偏头落到季初身上时，却尴尬地发现大家似乎都没在认真听他说话。此时，安可可正认真地翻着季初的口袋，可季初给她做了个"没有"的手势，惹得她有点失望，鼓着腮帮以示不满。季初看到她小土拨鼠式的别扭脸，会心一笑，伸手揉了揉她的头发。

史一航醉了，假情侣都这么腻歪，让他这种单身狗怎么活啊？

好在季初并不是完全没有在听，他应付完寻食的安可可，便转过头来解决史一航的诉求。他是个老师，最擅长做的事就是将一些复杂、抽象的概念简化，然后用通俗易懂的语言表述出来。

该如何跟眼前这三个围棋专业棋手解释"人工智能"，季初胸有成竹。

季初："围棋的棋盘有多少个落子点？"

史一航："三百六十一个。"

季初："假设你现在在跟人工智能下棋，你先落子，占据了一个落子点之后，人工智能下一步的落子位置有多少种可能？"

史一航："三百六十种可能。"

季初点头："没错。当人工智能落下第二个子之后，你接下来的落子位置有多少种可能？"

史一航：“三百五十九种可能。”

季初：“最早期的人工智能都是这样一个思路，通过暴力穷举的手段去预测每一步棋所有可能的情况，并从中筛选最优势的走法。不过这种思路有个非常大的缺陷。”

安可可的脑袋好奇地凑了过来，插了句嘴：“什么缺陷？”

季初耐心地解释道：“每步棋的下法都有几百种可能，那棋盘上可能出现的局面总数是个非常可怕的宇宙级数字，若是每下一步棋都要处理、运算这个庞大的数字，会将人工智能累死。这是个笨思路，一点也不智能，相反，还傻得很。”

史一航和安可可听着季初如此接地气的解释忍不住哧哧地笑。

史一航：“那现在的人工智能不是用这个思路下棋的吗？”

“当然不是。现在常见的人工智能，比如你们都知道的阿法狗，智能很多。说复杂了可能有些深奥，但是我可以给你们简单形容一下。”季初想了想该如何跟这几个完全不懂计算机的门外汉介绍一个专业性非常强的东西，“拿阿法狗来说，这种人工智能，你们知道的，它会在背完大量的棋谱之后，不断地自我升级、自我强大，对吧？”

“对对对！以前阿法狗刚出来的时候还没这么厉害，现在简直神了，越战越勇，据说国外的那些围棋高手，没一个下得过它。”史一航拼命点头，可又觉得困惑，“为什么它靠背棋谱就能实现自我强大呢？”

“不光是背棋谱，它有个学习系统，不管是输入的大量棋局数据，还是在与人类模拟对弈之后，它都可以根据结果形成新的范式，消化成自己独到的经验。不过，这不是它能制胜的关键，关键是它还有两个法宝，一个叫深度神经网络，一个叫蒙特卡洛树搜索。”

季初徐徐道来，安可可和史一航听得全神贯注。

正说到重要的地方呢，史一航无意间瞥了卫奕一眼，却见卫奕盯着季初的鞋子，不知道在想什么。

史一航伸手戳了戳卫奕，冲他努努嘴，道："你想什么呢？说到重点了！"

卫奕这才回过神来，傲慢地抬了抬头，听听季初能说出什么花样来。

季初："和最早那种什么步骤都去算一遍的笨方法相比，这个深度神经网络就智能多了。他会对局势做出判断，直接不考虑没有价值的落子路线，减少运算量，也能优化每一步的落子策略，预判局部战术，达到减少失误的目的。就像我们面对一个三岔路口，知道其中有两条是通往死胡同，那就不用去试了一样，直接根据经验选择第三条。"

史一航："那你说的蒙特卡洛树又是什么呢？"

季初："蒙特卡洛树是一种搜索算法，人工智能是利用这种算法进行决策落子的。这种算法能先行预算出最优点，在下棋的过程中，它会不断地决策落子，使局面向它预测的最优点进行靠拢，直到游戏胜利。你们可以理解为，是一种未卜先知的算法能力，就跟算命先生推测出你一生的运势，然后你就向那个最好的结果努力一样。"

下围棋的脑袋瓜都转得特别快，史一航一听就恍然大悟："本来我们在网上也查了很多有关人工智能的资料，可那些资料都术语好多，我就看得一知半解、稀里糊涂的，听你这么一说，我好像有点懂了。总之，它又会'算命'，又会抛弃没价值的路线，还会过目不忘、自我升级呗……"

季初点头："可以这么理解。"

史一航："这么厉害的存在，是不是真没办法破解啊？"

季初："事在人为。既然电脑是人脑发明出来的，自然是有破解的法子。"

季初的话音刚刚落地，就听到史一航一脸困惑地皱眉，自言自语道："这话怎么听着这么熟悉呢？是不是谁说过？"

史一航的目光从季初身上绕到了卫奕身上，看卫奕又走神了，一边叹气，一边摇了摇头，又把目光转向了安可可。

看到安可可，史一航才恍然大悟，一拍大腿："想起来了，那天可可也跟我说过一样的话来着！"

不是在说人工智能吗？怎么就突然扯到了自己，安可可吐吐舌头，拍了史一航一下，暗示他不要转移话题。

卫奕不喜与人打交道的性格在这次会面中展现得淋漓尽致。

原本安可可说要带卫奕来见季初，让他们两个聊聊人工智能，结果变成史一航兴致勃勃地拉着季初问东问西，而卫奕一直坐在一旁，自始至终一句话也没说，一个问题也没问。

沉默寡言的世界冠军和侃侃而谈的支教老师，形成了鲜明的对比，一个像是少女漫画中的暗黑大魔王，一个像是光芒万丈的太阳神。

没有了零食分散注意力，安可可的眼神全都跟着季初在转，看他讲到激情之处会做一些小手势，露出指节分明的宽厚大手；看他耐心聆听史一航的提问时，会侧过脸来露出特别立体的脸部线条，她不知不觉就入了迷。

安可可从不追星，尤其是对画着浓浓眼线和盖着厚厚刘海的帅哥无感，每次身边的女同学扎堆花痴男明星的时候，她都是充耳不闻，抱着她的棋谱专心研究。

脂粉气息重的男人有什么帅的？像季初这样英气十足还充满正义感的男人，才称得上帅啊……

空有好皮囊的帅哥很多，可没几个男人敢像她的季哥哥一样勇敢，去西部支教，将自己的青春挥洒在西部地区，让大山里的阳光在脸上留下最自然的晒痕，她的季哥哥才是最帅气的！

骄傲不知不觉就浮上了少女的脸庞……

城市中的霓虹灯渐渐亮起，可可提醒说时间不早了，史一航才意犹未尽地放季初回家。

季初送安可可，史一航和卫奕顺路便结伴同行。

明明下午还是烈日当空，这会儿却突然雷鸣电闪，毫无征兆地响了几声惊雷后就下起了暴雨。

豆大的雨点砸到了地上，砸哪儿哪儿就化出了一圈涟漪。

史一航见势不妙，拉起卫奕就跑，卫奕的人字拖在雨中发出"啪啪啪啪"的踩水声，一如他此刻烦躁不安的心。

两人好不容易跑到了公交站台，史一航才松了一口气，可他一转头便发现卫奕皱着眉头，脸都快拧成了一个"囧"字了。

"安可可从台湾来北京进入我们棋院开始，我就认识她了，她是我见过的最善良的女孩子。她拉你来见朋友，是因为她听说你又要挑战人工智能，想帮助你，没有别的意思。"

史一航略长他们几岁，既不像安可可那般天真，也不像卫奕那般不通人情世故，他早就看出来，卫奕并不喜欢今天这种会面。

"我不需要帮助。"卫奕一口否定，脸上丝毫不掩饰他厌恶的情绪。

他也不知道自己在厌恶些什么。

是厌恶安可可拉他出来？还是厌恶安可可身边的那个又高又帅气的"男朋友"？又或者是厌恶"帮助"这个词本身？

他是无人能敌的世界冠军啊！可笑，他需要什么"帮助"？就因为他输了一场和电脑之间的较量，就沦落到需要别人的同情与帮助了吗？

"好啦，那只是安可可表达友谊的一种方式啊。"史一航友善地拍拍卫奕的肩膀，示意他放轻松。

虽然卫奕脾气很臭，但是史一航依旧喜欢跟他相处，因为他这个人很特别，特别简单直率。

这个世界并不是"我对你好，你就一定会对我好"这么简单的，成年人的世界更像是下棋，你来我往，兵不厌诈。

卫奕却是一个异类——他从来不懂得掩饰自己的情绪，他的直率容易被人简单地理解为嚣张和跋扈，往往出口伤人而不自知，被人误解也不自知。

比如眼下，他就脱口而出一句："我跟她不是朋友。"

他在生气，可他不知道自己为什么生气。

卫奕越是生气，史一航越是眼角笑得弯弯："对，你们不是朋友，是亲人。"

卫奕："啊？"

史一航："台湾大陆两岸一家亲，我们是最亲的亲人啊。"

卫奕："……"

世界精英智力公开赛因为卫奕首次参加混双组比赛，而格外受到众人关注。

从初赛到决赛，卫奕和叶彤这对搭档都靠着卫奕碾压级的水准轻松过关斩将，一路杀进最后一场比赛。

早早在初赛就弃权的安可可和史一航难得当一回观众，轻松无比地坐在观众席上猜着输赢。

"第一次打混双就打进决赛争夺冠亚军……"安可可唏嘘不已，"我们俩走了五年还没能走到终点的路，他五天就走完了！"

"那可不一定。"史一航摸着下巴摇头晃脑，"我们也拿过亚军啊，谁说他这次一定能超过我们的成绩？"

"你觉得卫奕和叶彤决赛会输？"

"嗯。"史一航点头。

"可是，我觉得他们不会输啊。卫奕那么强，只要叶彤水平在线，卫奕不要直接在场上责备她，影响她发挥，他们至少有七成的赢面啊。"

"问题就出在卫奕的脾气上了。信不信？要不要我们赌一把？"

"赌就赌啦，赌什么？"

安可可毫不示弱，她就是看好卫奕，卫奕就是围棋界当下当仁不让的王者，只要对手是人，他就不会输。

"我赌一毛钱。"

史一航一本正经地下了赌注，遭受到安可可强烈的鄙视。

安可可："又来，每次都是一毛钱，你敢多赌一点吗？"

史一航："这次不一样。"

安可可："怎么不一样了？"

史一航看着场上还没比赛就开始给搭档脸色看的卫奕，一脸笃定道："我少押点儿，是怕你输得没裤子穿……"

卫奕和叶彤最后屈居亚军，还真让史一航给说中了。

颁奖的时候，是叶彤一个人哭着鼻子上去领奖的——这种情况在混双比赛的历史上从未出现过。

决赛的时候，叶彤刚刚坐下，还没调整好比赛的心态，就被卫奕一句话伤得够呛。

卫奕说："比赛的时候用点脑子，别老是送子。"

叶彤比卫奕最少大个十来岁，在女子围棋圈也是排得上名号的佼佼者，人到中年的她却被卫奕这个毛头小伙鄙视，形容成没脑子，心里自然特别不是滋味。

当着那么多观众的面，叶彤差点没控制好自己的情绪，连着好几次撇嘴，看起来像是要哭似的。

偏偏卫奕看着她那张似哭非哭脸，又浑然不知地补了一刀。

卫奕："要哭就赶紧哭，别在比赛的时候哭。"

叶彤真想"哇"的一声哭出来算了，是谁派她来跟卫奕当搭档的？她恨他！

赛前心情就没调整好，比赛的时候自然就状况百出了。叶彤没少落臭棋，惹得卫奕接连不断地在场上给她脸色。比赛的时候选手不许说话，卫奕也只能用又黑又臭的脸来表达自己心中的不满。

这场比赛在安可可看来，还是挺好看的。

叶彤一落臭棋，就需要卫奕来救场，前者挖坑，后者填坑，对手揪着叶彤穷追猛打，卫奕常常神来之笔把场面救回来。双方势均力敌，越下越紧张，隐隐约约有打平的征兆，怕是不到最后一刻都分不出胜负，看着特别过瘾。

哪知才下到一半，卫奕突然气急败坏地站了起来，抛子弃权。

"没劲，不玩了！"

围棋比赛向来是友谊第一，比赛第二，鲜少发生这种事情。

裁判目瞪口呆，过来再三向卫奕确认，卫奕不耐烦地连说了好几个"是"之后，裁判才宣布这局卫奕和叶彤弃权，放弃争夺冠亚军的资格，对手不战而胜，顺利拿到冠军奖杯。

对手全程被卫奕压着打，只能靠着盯紧叶彤的失误来扳回局面，完全没有想到最后自己会以这种方式赢，以至于喜上眉梢，连连击掌庆祝惊险获胜，捡回一个冠军。

镜头通常只属于胜利者。

没有人注意到，赛后的叶彤一直都躲在角落里哭鼻子。

这还不是最惨的，最惨的是，弃权的卫奕旁若无人地直接离开了赛场，而伤心欲绝的叶彤却被人叫上台去领奖。

当晚，卫奕登录了微博，面对留言区棋粉大片的好奇和质疑，卫奕直接挂上了几句话算是回应。

卫奕：围棋于我，注定是单打独斗的比试，而不是一场玩英雄救"蠢"的游戏。

评论区原地爆炸。

史一航唏嘘："卫奕这一刀可捅得够狠的。我要是叶姐，肯定被伤得体无完肤，要起退隐的心了……"

可安可可的关注点不在这个上。

她皱着眉头问史一航："一航，他这话的意思是不是他以后都不会再下混双了？"

史一航："应该是吧……"

安可可："那以后我们岂不是再也没有机会跟他下混双了？"

史一航撇嘴："可可小公主，你的关注点也太奇怪了点吧？别人都在替叶姐打抱不平，你却惦记着跟卫奕过招？你们两个还真是满脑子都是围棋啊……"

安可可吐吐舌头。

哪有啊，她的脑子里也会装别的东西啊！比如，她已经开始倒数着季哥哥离开的日子……

世人总是早早做好别离的准备，却永远猜不到谁会先离开。

安可可以为季初回藏区学校的日子，就是他们别离的日子，却没想到，那一天还没等到，她就先要说再见。

这几年，围棋文化不仅仅在亚洲风靡，在欧美也逐渐流行起来。

欧洲那边组织了一场跨国围棋文化交流周的活动，通过相关组织，想邀请一名国内的围棋高手过去做交流，宣传围棋文化。

事发突然，几大棋院商量了一下，一致推举了甜美可人的安可可担此重任，出国担当"世界围棋大使"。

当然了，安可可不光是因为长得好看才被选中当大使的。

具有亲和力的长相和卓越不凡的棋技固然是一方面因素，但主要因素还是安可可的台湾护照可以欧洲免签，说走就走。另外，她的英语水平也相当过硬，可以轻松应付与外国围棋爱好者的交流。

带着神圣的使命，安可可踏上了飞往欧洲的飞机。

临走之前，安可可给季初发了一条短信，大概意思是自己要出国了，也不知道能不能在他回西藏之前赶回来。

季初回复她八个大字：为国争光，不辱使命。

偏偏季初发完短信就随手把手机丢在了餐桌上，拣了两件衣服，进浴室洗澡去了。

他的手机里没有秘密，从来就没设过密码。

他洗澡的时候，苗淼给他打了两个电话，季母嫌电话声吵，便随手接了电话，告知苗淼季初在洗澡，让她晚些时候再打过来。挂下电话，手机屏幕停留在了那条正经到不能再正经的短信界面上，季母看了个完全，连标点符号都没落下，为自己儿子的直男程度唏嘘不已。

这分明就是钢铁直男啊！

等到季初洗完澡，擦着头发出来时，季母连同嫂嫂谭依依正襟危坐在沙发上，一副会审问罪的模样，就等着季初出来呢。

季初莫名其妙："妈，你腰疼吗？坐这么直。"

季母瞪了季初一眼："想当初，你妈我也是'百花丛中过，片叶不沾身'，怎么就生了你这么个不知情趣为何物的儿子？"

说完，她还无比困惑地看向自己的大儿媳，质疑道："你说我当初是不是在医院里抱错孩子了？他这是半点儿都没遗传到我浪漫主义的优良基因啊。"

谭依依唯婆婆马首是瞻，无比配合地点了点头。

季初不明白这两个女人葫芦里卖的又是什么药，不过他可以肯定的是，绝对不会是什么好药。

眼下，他和安可可的"感情"不是挺稳定的吗？这两个女人又想搞事情？

季初："我回房吹头发去了。"

惹不过就躲，季初随便找了个借口就要开溜。

可他还没迈出客厅，就被季母给叫住了："你这浑小子，连谈恋爱都不会，还要你妈亲手来教？"

说完，季母就将季初的"古董"手机砸向季初。

季初眼明手快地接住了手机，庆幸这个手机是砸不坏的，他眉头一皱："妈，你又偷偷翻我手机了？"

季母冷哼一声，傲娇道："你那破手机里，异性名字加上你妈我都不超过十个，有什么值得我翻的？"

这倒是实话。

季初不太喜欢跟女人打交道，对于异性，一贯是避之不及的。

季初摊摊手，算是认可，也懒得计较季母有没有翻他手机的事，转身想要继续回房。季母却在他身后提醒着："女人告诉你她要走了，就是为了让你开口挽留。你瞧瞧你，发的都是什么屁话？像话吗？Siri 都比你知情趣。"

季初皱眉："你果然翻我手机了……"

季母可不怕儿子，面对季初的指责，她一概视为故意转移话题。魔高一尺，道高一丈，她不理睬季初，反倒是扭过头去问大儿媳："我说依依啊，咱们一家人有多久没出去旅行了？"

"半年了吧。"

"北京的夏天这么热，你想不想出去玩啊？比如，我们一家人去欧洲旅个游什么的？"季母眨巴眼，语调里满满都是兴奋，仿佛此刻她已经置身香榭丽舍大街，马上就能进奢侈品店里疯狂地买买买了。

"好啊好啊！"谭依依拍手附和。

季初真心觉得这一家子的女人都疯了，他拼命白了季母一眼，冷冷丢下两个字："无聊！"

然后季初躲进了房间里。

吃晚饭的时候，季初从房间里出来，发现季母和嫂嫂一人抱着一个 iPad，正疯狂地议论着什么。

季初默默地坐到饭桌上吃饭，不敢去招惹她们。

树欲静而风不止。

季母看到季初，便热情洋溢地挥手召唤着季初："儿子，你护照号码是多少？快报给我们，你嫂子好订机票，明天咱们就去办签证！"

说完，她还冲着季初得意扬扬地晃了晃手中的 iPad，上面是明晃晃的埃菲尔铁塔。

"妈，你刚做完手术，折腾什么？旅行很累的。"季初无语。

"就是因为大病初愈，天天蹲在家里无聊，才需要去欧洲呼吸一下新鲜空气，调剂一下心情嘛……"季母挤眉弄眼，根本不掩饰自己那点小心思，"顺便串个门，去看一下我的小儿媳……"

"妈，可可去当围棋大使，网上肯定有采访行程，等下，我来搜搜。"

"依依啊，还是你贴心……"

疯了，这两个女人一定是疯了！

季初放下筷子，又一次落荒而逃。

苗淼给季初打电话是为了告诉他，五十万的善款已经到位。

戏演到哪一步，就要做哪一步的事。

苗淼故意找借口说领导要面审，邀请季初去他们的公司配合一下，就是为了多见季初几面。只是这面审也审了，老拖着款子敷衍他，也有些说不过去，她拖了他好些天，终于舍得把钱打过来了。

当五十万转款成功，显示已经打到指定账户时，苗淼仿佛感觉到自己和季初唯一的纽带已经成功脱离了自己。

她叹了一口气，希望季初能记得这份恩情。

只是她又何尝不清楚，以季初的真实身家，怎么会把五十万当成多大的恩情呢。

季初的电话接通时，她听到的是一个洪亮的女声，便猜测对方多半是季初的母亲。她听几个同学提过一嗓子，说季初的长相随自己母亲，模样周正。当初开学的时候，季母打扮入时，开着一辆拉风的跑车，将季初送到大学宿舍，根本不像是母子，反倒像是姐弟。

季母出手阔绰，非要请宿舍里的几个室友吃饭。那一顿饭，据说吃掉了五位数，让季初一夜成名，系里上上下下都知道了新生里有个极品富二代。

彼时的苗淼还是个傻乎乎的农村姑娘，当她那几个室友在宿舍里兴致勃勃地大肆谈论季初时，她替她们感到害臊。

那个时候，苗淼根本没见过世面，觉得大伙传得也太邪乎了点，什么饭能吃掉五位数啊？吃的是金子吗？

现在的她没当初那么傻了，她已经能够认清马路上的车都是什么牌子，大概是什么价位。

季初回北京，她统共见过三回，可每一回见面，季初都开着不一样的车。而且，一辆比一辆贵。

在同学聚会时初见，季初开的路虎，在咖啡厅时再见时，开的奔驰，来公司时开的劳斯莱斯，这哪辆车下了七位数？

连那个负责公司工会善款的领导事后都打趣说："苗淼啊，你这位同学，真的是支教老师？他能开得起劳斯莱斯，为何不自己掏个五十万修学校？非得这么大费周章地在我们这儿弄点支持？"

苗淼只能尴尬地圆场，说季初虽是富二代，但他老爸并不支持他去西部支教，更不可能让他掏家里的钱去修学校。

领导看出来苗淼对季初有意思。

他说："苗淼啊，公司上上下下都觉得你很优秀，那么多靠谱的小伙子追你，你都没看上，都说你苗淼眼光高，所以一直单着。现在我算是明白了，你这眼光，确实够可以的。"

明着夸季初，暗着夸苗淼。

苗淼脸红，连着惭愧："不敢当，不敢当，我确实只是想为孩子们做点好事。"

她和季初，八字都还没一撇呢。

这几十万善款，能化作她和季初之间的那条红线吗？

季初在某些方面和卫奕有些像，比如，对女人退避三舍的态度。

不管苗淼怎么热情洋溢地给季初发短信，收到的回复永远是那几句：妥。谢谢你。感激不尽。

要不是短信没有自动回复功能，苗淼都怀疑自己是不是在跟自动回复的机器人聊天。

苗淼心中"咯噔"一声，她做的最坏打算果然变成了真的——那五十万就像是石沉大海，投进季初这颗深不见底的心，没有惊起任何的涟漪。

不过幸好她还有别的牌。

公司的善款需要提供详细的款项用途以及收据发票，并且做好后续的报账工作，方便公会公示善款去向。

修校舍不是小工程，苗淼还有很多机会和季初联系。

再不济，她和他还有那么多共同的同学和朋友，大不了放下面子，走走曲线救国的路线呗……

苗淼把主意打到了鲍梵的身上。

没有比鲍梵更适合的红娘了。在那段青葱岁月里，苗淼记得鲍梵似乎和季初走得很近，若不是鲍梵约出了难得回北京的季初，还叫上了一直很边缘化的她，她根本没有那个机会动心。

在她的字典里，既然动心了，就不会轻言放弃。

第六章
怦然心动

如果你以为苗淼是那种野心全都写在脸上的女人，那就大错特错了。

她能从出生便抓了一手最差的牌面，然后低开高走，一路逆袭走出漂亮的人生，靠的可不是费尽心机与投机倒把——她有她待人真诚的一面，也有她自律努力的一面。

想求鲍梵牵线当红娘，苗淼可不准备只打感情牌。

她听说鲍梵的老婆喜欢听音乐剧，高价从黄牛手中买了几张国际乐团来华演奏的音乐会门票，然后亲自送到鲍梵的家中。

鲍梵对老婆那点烧钱的兴趣爱好再了解不过了，这几张门票值多少钱，他心中有数。

"老同学，上门坐坐随时欢迎，礼物可要不得。无功不受禄，我这工作性质摆在那儿呢，我要是收了你的票，可就是受贿了。"鲍梵义正词严地拒绝着。

不收钱，不收礼，一贯都是他秉承的原则。

苗淼"扑哧"一笑，她早就听说过鲍梵两袖清风，这才绞尽脑汁选了音乐会门票这种低调又不张扬的小礼物，没想到依旧没有送出手，被对方给推了回来。

聪明如苗淼，知道以鲍梵的性格肯定是不会收下门票了，立刻不动声色地笑了笑，道："行吧，不让你为难。"

拐弯抹角的话说了一大堆，苗淼才敢提到正题，装作风轻云淡地说出"季初"两个字的时候，苗淼的心加速跳个不停。

她说做慈善时心会特别宁静，就像是在帮当初的自己。

她还说希望以后老同学之间有什么活动，别忘了算上她一份。

鲍梵也是感慨连连，他说："是啊，季初临走时还说，这次多亏了你的帮忙，他才能早点回西藏。"

苗淼听了，猛地一抬头："季初走了？"

鲍梵："走了啊，回去修学校去了，你不知道？"

她一无所知啊……

直到从鲍梵家里混混沌沌地走出来，头顶的烈阳射得苗淼睁不开眼时，她才意识到，在季初的心里，她就是最普通的朋友，是离开了都不需要特别告知的关系。

苗淼觉得眼皮子疼，心更疼……

季初突然回西藏的事，确实没有告诉几个人。

除了家人，还有答应帮他继续在北京跑腿批修缮学校款项的好哥们鲍梵，其他人一概没有告知。

站在北京西站时，季初给小女孩发了分手短信。约定的时效早就过了，他们这对假情侣，也该分手了。

季初干净利落地编辑了几句祝福的话，按下了发送键。

火车站里挤满了大包小包的人，人在这里会合，又从这里散向不同的目的地，就像人和人之间的命运，在短暂的交集之后，总归会走上完全不同的人生轨迹。

季初背上重重的行囊，走向属于他的人生轨迹……

季初给安可可发分手短信的时候，安可可正在香甜的睡梦中。

欧洲的围棋交流活动氛围很好，有很多大人带着可爱的小孩前来观摩，学习这种东方的棋盘游戏是怎么玩的。

长相甜美、亲和力十足的"围棋大使"安可可收获了很多的掌声，甚至有个金发碧眼的法国小男孩给她送上了一顶自己亲手制作的金色小皇冠。

皇冠上歪歪扭扭地写着：To my Go Princess.（译：送给我的围棋公主。）

安可可郑重其事地将那顶小皇冠摆在了床头，乐呵呵地看着它，渐渐进入了梦乡。

她做了一个美梦，梦见那顶皇冠变成了一条特别漂亮的公主裙，如羽毛一般柔软，雪花一般洁白。她迫不及待地穿上了裙子，高兴地转了几个圈，转着转着就飞到空中去了。她害怕地捂住了双眼，却被一双沉稳有力的大手托住腰，带着她徐徐落地。

安可可一脸羞涩地回头，发现那人竟是季初，她有些意外，却又觉得在情理之中——她的季哥哥每一次都能在她危难的时候出现，不是吗？

镜头突然转换，四周变成了教堂，季母站在不远处热情洋溢地朝他们招手，催促他们赶紧进去行礼。安可可这才注意到，季初穿着一身白色西装，特别帅气，跟她的公主裙刚好配成了一对……

说好只是假情侣，怎么突然就要结婚了？安可可捂住脸。

正在梦里胡思乱想着呢，突然手机"叮叮叮叮"响了，将安可可从梦中惊醒。安可可睁开眼，看到眼前带有欧洲风情的酒店装饰，才发现自己是在做少女梦。

梦都是反的呢，安可可拍着胸口安慰自己。

她随手将响个不停的手机拿了过来，一看，是自己的大学同学汤巧巧发来的搞笑视频。

安可可看完"扑哧"一笑，随手给汤巧巧回了个表情。

信息栏里有未阅读短信。

安可可滑开一看，是季初发来的。

季初：这段时间多谢帮忙，已回西藏，分手的事父母那边我会处理好，你不用担心。有机会再见了，祝你事事顺利。

这还是安可可头一回见季初发这么长的短信。

她松了一口气，自言自语着："梦果然都是反的呢，刚梦到结婚，醒来就收到了分手短信。"

法国最近治安不太好，新闻上总有些唬人的报道让人忧心忡忡。

安可可想吃零食，可又不敢随便乱跑，只能拜托工作人员帮她买。

零食这种东西，没吃到嘴里的时候，总是心心念念惦记着，可真吃上了，却又总觉得不是那个味儿。

安可可一边和汤巧巧接视频，一边拆了一包巧克力，塞进嘴中。

"真羡慕你啊，暑假满世界跑，还能去法国，不像我，暑假只能老老实实去实习。"

"哪有，我也很辛苦哎。每天都要很早起床，全程都要微笑，西餐翻来覆去就那么几个花样，吃多了好腻哦，好怀念老北京火锅啊……"安可可抱怨着。

"你可是世界围棋大使哎！身负重要使命的！"汤巧巧"嘿嘿"两声，道，"我跟我妈说，你去国外当大使宣传围棋文化了，她可高兴坏了，逢人便吹，好像你是她亲闺女似的。"

"阿姨喜欢我嘛！"安可可与汤巧巧的母亲见过几回，汤母跟汤巧巧一样热情，说起来汤母还有几分季母的性子。总之，都是很好的阿姨。

想起季母，安可可就想到了季初，前几天还在北京的时候，她没少从季初的兜兜里掏零食。

这个牌子的巧克力，季初给安可可买过一回。

明明就是一模一样的东西，季初给的就很好吃，现在她手里的，吃着却是味如嚼蜡。

安可可感慨："巧巧，你说为什么别人兜兜里的东西就更好吃呢？"

汤巧巧警觉："别人是谁？你吃谁兜兜里的东西了？"

安可可："一个小哥哥啊……"

汤巧巧"哇"了一声，然后饱含八卦的眼神向她逼问道："什么小哥哥？长得帅不帅？"

安可可想了想，季初当然是帅的。

她冲着视频里的汤巧巧点了点头，算是应答。

汤巧巧再次"哇"了一声，感慨万千道："那，怕是爱情的味道……"

安可可："怎么会呢？我们就是好朋友而已啊。"

汤巧巧逼问："哪个好朋友？我在学校时怎么都没听你提起过认识长得很帅的小哥哥？"

安可可哭笑不得："暑假才认识的小哥哥啊。"

汤巧巧："才认识就成了好朋友？进展这么快，你还说这不是爱情的味道？"

安可可百口莫辩，红着脸挂了汤巧巧的视频通话："你很八卦哎，人家不要跟你讲了啦……"

安可可挂了电话，抱着巧克力平躺在了床上。

她将巧克力举到眼前，看着那块巧克力，满脑都是季初的影子：季初牵了自己的手，季初的摸头杀，还有季初的怀抱，这些画面就如电影默片一般，纷至沓来，将她的脑袋塞得满满的。

"难道真的是爱情的味道？"

安可可莫名其妙地自言自语，可很快又摇了摇头，将这种突如其来的想法驱逐出脑。

她拍了拍自己红扑扑的脸蛋，提醒自己这种想法很危险啊。

可是……为什么就是忍不住去想他呢？

其实在收到分手短信之后，安可可就给季初回了短信，不过就是几句无关紧要的话，可回可不回，以至于季初就没回她了。

安可可没有正经谈过恋爱，她不知道自己这种奇怪的想念究竟算什么。

人在异国他乡，心事无人可诉的感觉有点不太好受……跟汤巧巧说吧，汤巧巧也是个没有谈过恋爱的妹子啊，哪能给她什么靠谱的建议？

这种事，总不能打电话问妈妈当初喜欢爸爸的时候是怎样的心情。

终于，安可可鼓足了勇气，给季初发了一条短信。

在下棋的时候，安可可从来都是勇往直前、无所畏惧的，虽然她不太懂这种奇怪的情感，但她心中有个声音在驱使着她，告诉她：与其憋在心中发酵得不明不白，不如直接问个清楚。

安可可直接问了。

她说：季哥哥，我有些想你。你在西藏还好吗？

一天，她没有收到回复。

两天，她依旧没有收到回复。

眼见着欧洲之行就要结束，再过几日就能回国了，安可可的手机始终如一潭死水般平静。

心情又像是回到了半月之约到期的那一天，安可可没收到季初的分手短信，忐忑了一整天，她感到不知所措，整个人都不知道该怎么办才好了。

　　自己主动打电话过去问他为什么不回话，这也太尴尬了吧……

　　没回信息，应该就是拒绝吧？

　　欧洲之行的最后一站是英国，这个爱下雨的国家，每天都用绵绵不断的雨水向安可可表示欢迎。

　　阴霾的天、阴霾的雨，安可可的心情就像是英国人口中最爱说的那句："It's a terrible rainy day！"

　　混混沌沌过了两日，安可可既没睡好也没吃好，连安妈妈在视频中都看出来她清瘦了许多。

　　安可可心虚地解释说自己吃不惯薯条和鱼排……

　　"回来想吃什么爸爸妈妈带你去。"安妈妈心疼闺女，随口跟她聊着，"最近西部地区发生了地震，有人说北京也有震感，搞得我这每天晚上睡觉都睡不踏实，你看妈妈是不是都有黑眼圈了？"

　　安可可听到"西部地区地震"这句话后猛地抬起头。

　　偏偏这个时候，手机信号卡顿，安妈妈的脸在视频中卡成了木偶人。

　　"妈妈，你刚刚说西部地区地震？"

　　"对啊，你没看新闻？"

　　安可可每天早出晚归，哪有时间看新闻。

　　突如其来的直觉告诉她，季初没有回她信息，也是因为这个。

　　安可可突然没由来惶恐，她撒了个小谎，挂了电话，然后紧张兮兮地上网搜索关于西部地震的新闻。

中国地震台网正式测定：7 月 27 日 16 时 27 分，西藏那曲市尼玛县（北纬 30.35 度，东经 87.67 度）发生 7.1 级地震，震源深度大约 8 公里，西藏、云南等地区震感强烈。

"地震"这两个字像是一道魔咒，将安可可的脑袋给箍得死死的。

她握紧了手机，几乎毫不犹豫就给季初打了过去。

"您所拨打的用户暂时无法接通，请您稍后再拨……"机械的女声在听筒中不断重复着。

再打，不通。

再打，还是不通。

安可可急了，急得快要哭出来，她的季哥哥不会出事吧？

卫奕是个特别古怪的人，他经常会在雨天一身透湿地出现在比赛现场，毫不顾忌地甩甩头上的雨水，然后坐下去下棋。

他从来不撑伞，更不会躲雨，任何身外之物于他而言都是累赘。

偏偏今年夏天，北京的暴雨有些多。

许是因为天气不佳，或是因为卫奕之前输过一回，所以此次他二战绝艺，前来观战的观众并不多，公开赛并没有满座，只稀稀落落地坐着一些老棋骨，还有一些前来观战的专业棋手。

当卫奕出现在大家眼中的时候，又是一身雨水。

他习惯性地甩甩头，旁若无人地坐到了场中，一副胜券在握、早点下完比赛早点回家吃饭的狂妄模样。

只可惜，这场比赛下得并不如他意。

首战输了几子。

赛后，史一航跑到后台给卫奕打气。

早些时候听闻卫奕脾气特别大，每次输了比赛都要发各种脾气，可真看到卫奕输了比赛的模样，史一航突然觉得那些传闻都是有人随意捏造的。

输棋后的卫奕如同一个自责的小孩，一声不吭地坐在台阶上，两手抱头，一动不动。

"人机大战挑战赛"的红色横幅挂在他的头顶上，像是泼红的油漆一般醒目。

卫奕如雕塑一般坐在那儿，周围仿佛开启了一个结界，将外界一切纷扰都拦在了结界之外，什么都影响不了他的思考。

"那个……"史一航张了张口，想说点安慰的话，可千言万语到了嘴边，又突然觉得组织不好语言。

一个连霸的世界冠军需要自己这种手下败将的安慰？史一航踌躇了。

独孤求败是什么感觉史一航不知道，可输棋的感觉史一航特别清楚。有时候是失落无比，有时候是更加激起了战斗欲，但是大多数时候，输棋的滋味都很不好受。

他闷不吭声地坐到了卫奕的身旁，似乎是自言自语，又似乎是说给卫奕听："胜败乃兵家常事，有输就有赢啊。今天输了比赛，也许明天就能扳回一局呢？"

说完，他扶了扶自己的眼镜，悄悄地看了卫奕一眼。

卫奕依旧一动不动。

"我还记得我第一次打职业定段赛的时候，特别激动，比赛前还幻想着自己这么一段一段地打上去，说不定很快就能登顶九段，成为世界冠军了。"史一航继续自言自语，"后来，我输得体无完肤。那时我才发现，人外有人，天外有天。其实竞技是没有天花板的，不是吗？要是太容易就成天下第一了，也很无趣呢。有个打不败的对手，也是一件趣事。"

不管史一航说什么，卫奕都如老僧坐定一般，既不说话，也没表情。

"你要是心里真的难过，就说出来，说出来比憋在心里好。"史一航叹了一口气。

他认识的棋手里，心态最好的还是安可可。

刚认识安可可的时候，安可可还是一个小丫头，不过那时候也已经是个非常漂亮的小丫头了。

那会儿她刚刚到大陆来下棋，面对高手如云的大陆棋手，安可可始终是抱着学习的心态跟大家切磋。

时光荏苒，当年的小丫头片子慢慢长成了清新脱俗的少女，棋技也越发高超，即使小小年纪就已经定段七段，也依旧不忘初心，始终抱着学习的心态，不管比赛是输还是赢，她都不骄不躁。

而卫奕，嗯，卫奕的脾气如同他的棋风，又快又急，又骄又傲。

多说无益，史一航见自己无论怎么开导卫奕，卫奕都像是没听见似的，依旧孤单地坐着，索性就陪着卫奕默默坐着，不说话。

两个风格迥异的青年并排坐在一起，一个温文尔雅，一个傲气满满，竟然也出奇的和谐。

也不知坐了多久，史一航的屁股都坐麻了，卫奕才突然抬起头来，说出一句话来。

他说："也不知道雨停了没……"

史一航有些激动，他不知道卫奕这句话只是简简单单问雨有没有停，还是别有深意，他总觉得卫奕是话中有话。

"暴雨总是来得快，去得也快。应该停了吧，你要回去吗？"史一航好奇。

"不，去一个地方。"卫奕起身便走，待到快走出大门时，又突然回头想起史一航，"你要一起去吗？"

"好啊！"

史一航本就没事，拔腿跟上。

卫奕带着史一航到了一所毫不起眼的小学门口。

许是放暑假的缘故，学校的大门关得紧紧的，他们根本就进不去。

不过这根本拦不住卫奕，他轻车熟路地绕到了学校后面，找到了一堵矮墙，拍拍屁股就麻溜地翻了过去。

卫奕穿的是 T 恤和短裤，爬墙方便，可史一航总喜欢在有比赛的时候穿正正经经的衬衫西裤，以示对围棋的重视。他摸着那堵矮墙，欲哭无泪，咬咬牙，好半天才跟着翻了进去。

卫奕带史一航去了一间教室，史一航心中隐隐有些兴奋，卫奕这是要带自己走进他的世界吗？

果不其然，在教室里，卫奕缓缓打开了话匣子："这是我读小学的教室。那时候我很腼腆，刚入学时总是被同学欺负，却一直不敢还手。"

史一航有点惊讶，嚣张如卫奕，竟然还有着腼腆被欺负的童年？

"你跟同学相处不来，所以就爱上了围棋？"

"不。"卫奕缓缓道，"那时候的我爱上了逃课，出去上网打游戏。"

时光仿佛回到了十几年前，那时候卫奕厌倦上学，讨厌学校里总是欺负他的孩子们，总是趁老师不注意偷偷翻墙逃学出去打游戏。

那会儿他还没发育好，个头小小的，爬那堵矮墙爬得很是吃力，总是要在脚下垫几块砖头才翻得出去。

有一回卫奕翻出去上网，却遇上了停电，整条街都暗沉沉的。他背着书包不知道往哪儿去好，直到他走不动了，见着几位老爷爷坐在巷子里下围棋，旁边还有个空座，便毫不客气地过去占了座位。这一坐，他就坐到了天黑。

他从来不知道这种黑白两子的东西会这么有趣，明明是长得一模一样的棋子，却像是不同的生命体，在手起手落之间，担负起不同的使命。

谁也猜不到，一个世界冠军的围棋启蒙之路，会是在一条名不见经传的昏暗小巷中。

听完卫奕的故事，史一航有些惊讶。

很多围棋手，譬如他，是因为自幼拜了名师，作为兴趣爱好在培养，学习下围棋。又或者像安可可那样，家中有长辈热爱围棋，所以自幼耳濡目染，很小就入了门。

像卫奕这样八岁左右才开始接触围棋，没有经过正规训练，纯粹靠在街边看人下棋的野路子出道，却能在短短几年里就自学成才，一路冲杀，拿下世界冠军，不得不让人感叹一句："天才就是天才！"

卫奕蝉联了几届世界冠军来着？

算上今年，有四届了。

现在卫奕才二十岁，这也就意味着他十六岁就登顶职业赛了，而他八岁才接触围棋，这是一种什么样的进步速度？简直就是被命运轻吻过右手的天选之子啊……

史一航低头，想了想即将迈入二十八岁大关的自己，连定段七段都没成功，不禁伤心不已。

"哎，卫奕，真的，我们不一样，也许你生来注定就是王者。"史一航感慨着，"可能这个世界上，也就只有人工智能能打败你了。"

一贯被遮在刘海后的眸子突然亮了。

卫奕口齿不清地从喉咙里发出声音来："不，人工智能也别想打败我，我卫奕是打不败的。"

一个年轻男人的野心在史一航的面前突然绽放。

　　这才是真正的卫奕啊！

　　没有什么能够在围棋之路上阻挡他。神挡杀神，佛挡杀佛，他执子为剑，所向披靡。

　　这些年人工智能发展迅速，日新月异，战绩辉煌，甚至这两年，人工智能不让子已经没有人类棋手可以与之一战而胜。

　　史一航突然打了一个冷战，直觉告诉他，或许卫奕真的可以超越人工智能，告诉世人，人脑可以无畏电脑的宇宙级运算速度，奇迹永远都是由人类创造出来的。

　　恐怖如斯，史一航有点不太敢想象了。

　　接下来的两天，史一航怀着复杂的心情看完了剩下两场比赛，卫奕野心满满，实力却没能跟上野心，两场比赛都以一子之差落败。

　　一子之差，已经是微乎其微的差距了。

　　大家都说，如果卫奕稍微谨慎一些，说不定这两局棋就赢了。

　　可惜这个世界没有如果，历史不能假设，输了就是输了。

　　圈中媒体的新闻报道还没发出去，就被卫奕一条微博给震惊得全部撤了回来。

　　卫奕：热爱围棋十余载，围棋让我哭过，笑过，惶恐过，也欢喜过……人工智能发展到现在，已经慢慢展露它强大的实力，二败绝艺，我心服口服。可是，不管是绝艺还是阿法狗，始终都是冰冷的机器，与人类相比，我感受不到它们对围棋的热爱，它们有的只是不断地算计与落子……我不会再浪费我对围棋的热情去对战只会机械式下棋的机器。

　　这段话的意思很明显，就是卫奕不会再对战人工智能了。

　　败而不再战，像是个……懦夫？逃兵？

　　微博评论区迅速被各种流言占领，有安慰他胜负不重要，快乐下棋最重要的，也有嘲笑他输不起的，更多的是在微博下面感叹，未来的天下恐怕是人工智能的，人类何去何从……

十分钟后，卫奕关闭了微博评论功能，眼不见为净。

他心里清楚，他不是逃兵，他对围棋的热爱，不需要旁人来指指点点。

门外传来敲门声，是卫奕的母亲来问卫奕要不要吃点夜宵，她下了水饺。

卫奕烦恼地吼了一声"不吃"后将头埋进了腿里。

一子之差也是输了，输了就是输了。

过去几年，年少轻狂的他骄傲地斩落无数世界名将，成为围棋界公认的第一人。少年得志，得意满满，就连他患了腿疾不能行动的奶奶被人推出去晒个太阳，也能跟街坊骄傲地说自己的孙子是个世界冠军。

可他的所有骄傲都在这几次与绝艺的人机大战中，彻底被击溃。

他曾以为的孤独求败，原来只是坐井观天啊……

人工智能仿佛就像是遥不可及的天，近在卫奕的眼前，可他无论如何都触不到。

静谧在卫奕的四周悄悄弥漫，他的心却如同正在擂鼓一般，七上八下怦怦跳着。

蜷缩的身影被昏暗的日光灯照成小小的一团，看上去弱小又无助。

这一刻，那个不可一世的天才冠军不见了，只有一个暂时迷失自我、不知前路的迷茫少年……

安可可下了飞机，出了关，提着行李箱直奔国内航站楼，毫不犹豫地买了去西藏的机票。

谢天谢地，她还记得季初支教的地方，似乎是叫墨脱县。

　　不管了，先去了再说！

　　恋爱中的人总是冲动的。

　　安可可脑子一热就踏上了飞往西藏的飞机，临走前，还向安妈妈发了一条信息，撒谎说是自己想留在欧洲再玩几天。

　　飞机缓缓在拉萨降落，有种异样的感觉在安可可脑子中涌起，她觉得头痛欲裂，可她又说不清那是什么感觉。

　　下了飞机，安可可才知道她有高原反应。

　　很多人初到高原地区会产生高原反应，这是一种很正常的缺氧现象。

　　"不严重就吸点氧，严重就住院吊水。"机场外就有卖一次性氧气罐的，卖氧气罐的大妈递过来一瓶氧气罐，问安可可要不要。

　　安可可想了想，自己得抓紧时间找到季初，住院麻烦，她耽误不起时间，便接过氧气罐问道："不严重，这多少钱呀？"

　　"二十元一瓶。"

　　"一瓶能管上一天吗？"

　　"姑娘，你开玩笑呢？一瓶只能管一会儿，头痛的时候你就吸几口……"

　　"那先来五瓶吧。"安可可点点头，递过一张红票票，等着大妈给她拿货。她这头痛可不是一点点痛，她得多囤着点。

　　安可可甚至有些懊恼，为何自己在北京的时候没有多问季初一些关于西藏的情况，现在她除了知道季初可能在墨脱县外，其他的一无所知。

　　也许季初现在未必在墨脱县呢……不管了，她把心一横，先找再说。

　　大妈数好了五瓶氧气罐，一股脑塞到安可可的手中。安可可随口问了一嗓子："阿姨，您知道墨脱县吗？"

"知道啊，林芝的墨脱嘛……姑娘你要去那儿？那里很偏的，最近发生了地震，哪儿哪儿都不安全，你不如就在拉萨待着。"

"我是去找人的，您知道墨脱县有地震没呀？那边有没有一所小学，我是指那种希望小学，会有大学生过来支教的那一种？"安可可急急向大妈形容着，可她对季初支教的地方了解甚少，完全不知道该如何形容。她希望自己这只瞎猫能碰上死耗子。

"不知道，地震都已经过了……"

安可可一听，便松了一口气，可紧接着，大妈的一句话又将安可可松的气给重新提回了嗓子眼。

大妈说："谁知道那里会不会有余震呢。"

安可可是经历过地震的。

她还住在台北的时候，经常遭遇大大小小的地震。

那时候，安可可的年纪还小，经常睡到半夜，她的父母突然就将睡梦中的她摇醒包裹着毯子，抱去空旷的地方，又或者是塞在桌子底下。

那些零零碎碎的记忆都已经模糊了，但是地震过后，抢险救灾、停电停水的日子，让安可可难以忘怀。

有一回，地震不大，又是停水又是停电，附近超市的矿泉水都被扫荡一空。安妈妈抢到几盒泡面却苦于无水下锅，一家人愣是抱在一起饿了好几顿，安可可还记得自己饿着肚子哇哇叫着的可怜模样。

就算没有余震了，现在也应该到了最难熬的灾后救援工作了吧？

一想到季初可能没饭吃、没水喝……安可可立刻提起自己的行李，也不管自己认不认识路，就往出租车停靠点冲。

身后大妈的呼声像是被风吹散的落叶，随着风就没声响了：

"哎呀，姑娘，还没教你怎么使用氧气罐啊……"

出租车师傅一听安可可是要去墨脱，纷纷摆手。

"去不了，那边塌方了。"

"那边的路都还在抢修，不好开，进不去。"

"多给钱也不行啊，钱好还是命好？这个钱挣不得。"

"过两天路通了，你再去吧！"

安可可急哭了："我要去找个人，等不了呀……"

司机师傅都是看多了悲欢离合的人，一看可爱的小姑娘提着行李箱手足无措地哭成了泪人，纷纷都懂了，小姑娘来找男朋友的呗。

有个好心的师傅给出了个主意："要不，我给你送到墨脱附近，你看看能不能搭上救援队的车进去？不过，你要有心理准备，这路是真的不太好走啊，救援队也未必愿意带你……"

人都到西藏了，总不能半途而废吧？安可可毫不犹豫地点点头，不管三七二十一，提着行李就上了车。

安可可第一次来西藏，坐在车后排，抱着氧气罐，看着窗外的山慢悠悠地晃过，心急如焚。

公路上倒是没什么车，路也不算难走，可司机就是开得慢如蜗牛。

"师傅，能开快点吗？"安可可急啊，开了这么久，才走了那么点路。这么开下去，什么时候能到墨脱啊？

"小姑娘你第一次进藏吧？咱们这的路都是限行，一段路一个哨岗。刚才路过那个哨岗你注意没？都会掐时间算你行车速度的。"司机耐心地解释，"你看这路上，哪辆车敢开快的？"

安可可这才注意到，确实路上的车都开得不怎么快。

"为什么限行啊？"

"为了安全呗。你看这路，好多地段都危险着呢，别说地震的时候了，就是平时，一个不小心翻下去，就小命呜呼了。"司机看着安可可总觉得既漂亮又眼熟，好像在哪儿见过，"小姑娘，你是不是明星啊？上过电视？"

安可可确实上过电视，不过那是他们围棋比赛的现场直播。

她也不知道是因为高反而脸红，还是因为被夸赞是明星而脸红，不好意思地否认道："没有呢……"

司机认错了，也不好意思地挠挠头："去年那个什么民族歌舞团来藏区慰问演出，来了好多明星，嘿嘿，我也去看了。说真的，好多明星都还没你漂亮，你要是去唱歌演戏，以后肯定也是个大明星！"

"我不喜欢演戏，我喜欢下棋。"安可可红着脸嘀咕。

其实她还在台北的时候，确实有剧组在她们学校借场地拍戏，清纯可爱的安可可受到了导演的青睐，钦点了她和另外几个学生当了群演。不过一天的戏拍下来，她只觉得笑得脸都快僵硬了，对着镜头演别人的喜怒哀乐，就忘记了自己的喜怒哀乐。相比较演戏，她还是觉得下棋更有意思。

"下棋哪有演戏好，下棋又不能挣钱。"司机随口有一搭没一搭地搭着话。

"不是这样子的。任何一样兴趣爱好，都不能用挣不挣钱来衡量，更何况，围棋是人类智慧的结晶，是一项非常有意思的策略棋盘游戏。"

一说到围棋，安可可就一脸认真，说话也严肃起来。

"那它还不是个游戏吗？"

"不是这样子的……它不仅仅是个游戏……"安可可身为"世界围棋大使"的职责感和使命感立刻就起来了，认认真真坐正了，开始给司机师傅普及起围棋知识。

在漫长又无聊的旅途上，司机师傅意外打开了话匣子，开始接受安可可这个"围棋大使"对他的科普与"洗礼"……

从天亮开到快天黑，终于，车开到了一座哨岗，司机靠边停了下来，接受完测速和身份检查之后，司机没法往前继续开了。

"小姑娘，前面修路，我这车过不去了，只能送你到这里了。"司机好心地递过一杯热水，那是他刚刚在哨岗里找民兵要的，"我跟里面的兵哥哥说好了，留你在这儿等着，要是有救援队进墨脱，你就问问他们是不是愿意带你。你可千万别自己乱跑，知道吗？"

安可可咬着唇，点了点头。

天已经彻底黑了下来，不时还有几只黑乎乎的鸟儿在天空盘旋嘶鸣，安可可也分不清是乌鸦还是老鹰，公路上伸手不见五指，只有这一座哨岗发出微弱的灯光，有些恐怖。

安可可有些害怕地从车上跳了下来，付了车费，然后两手紧紧地拉紧了行李箱拉杆。

前不着村，后不着店，她不知道这里究竟离墨脱还有多远，更不知道所谓的救援队什么时候才能路过……

待出租车渐渐走远，只留下两道昏暗的车灯在远处一闪一闪，安可可"哇"地哭了出来——季哥哥，你在哪里啊?

安可可出现在背崩乡希望小学的时候，季初正光着膀子带着几个村民在修教室。

牛仔裤被他松松垮垮地挽到了膝盖上，露出修长的小腿和好看的脚踝，一双白鞋被水泥溅成了斑点鞋。再往上看，不着寸缕，汗水顺着线条分明的肌肉流成了几条明显的沟壑，滑到腹肌处，就聚成了汗滴，悄无声息地滴落在泥巴地里……

要是以往见到谁光着膀子，安可可肯定要别扭地偏过头去，非礼勿视。可当她看着光着膀子在挑水泥的季初，还有季初身后那些光着膀子在干活的村民时，一点也不觉得尴尬，她反而想掏出手机来，拍下这充满力量的一幕。

只可惜，她的手机早就没电了。

"你怎么来了？"

看到安可可，季初相当意外，那一担重重的水泥就这么悬在了半空中，他甚至忘记了先放下来。

"我……"安可可也不知道该怎么向季初解释为什么自己会出现在这里。

一路上，少女幻想的高能画面在此刻统统都化为了不现实。

她本以为，两人再见面，她一定会扑到季初的怀中，将他紧紧搂住，告诉他自己有多想他，告诉他自己有多喜欢他。

可真历尽千险，好不容易才来到他面前时，她却只会紧紧拽着自己的衣角，咬着下唇，连话都说不出来，只会不争气地任眼泪在眼眶中打转。

地震之后，多处山体滑坡，塌方严重，公路断了多日。

安可可被困在哨岗里，哆哆嗦嗦盖着兵哥哥的大棉被，等了一夜又一天，才等到进墨脱的救援队。

好在她在国外没少买零食。这一整天，她就靠着行李箱里的零食，就着兵哥哥的热水，焦急地望着马路尽头，祈祷着救援队赶紧出现。

这支进墨脱的救援队是民间组织的，本来大家不愿意冒这个风险，带上安可可。这个小姑娘，一看就是娇滴滴的乖宝宝，手无缚鸡之力，又没有半点抗险救灾的经验，万一路上出了意外，谁都担不起这个责任。

安可可哀求又哀求，跟领队拼命保证自己一定遵守救援队的纪律，一定尽自己所能地配合大家抗险救灾。

刚巧救援队里有个台湾籍的志愿者，是个很有经验的大叔，在队伍里很有威望，他淡淡地开了口，替安可可求情："带上她吧，我们台湾的女孩子并不是温室里不堪一击的花骨朵。"

有台湾大叔作保，领队这才点头同意带上安可可。

虽然救援队是进墨脱的，可目的地并不是季初在的这所希望小学。哪里有险情，哪里需要帮助，他们就往哪儿开。

安可可跟着救援队七拐八拐，每天不是在公路上帮忙清理滑坡塌方的山石，就是给被困在路上的旅人发方便面和水，有时候还要帮助沿路的村民抓跑丢的羊，又或者帮他们修屋顶。

安可可进藏是为了找季初，可当她亲眼看到那些因为天灾而差点失去家园的老百姓后，她那颗善良的心就难受得要命。她卖力地跟着大伙搬石头、搬口粮，从不叫苦，也从不叫累，困了就往车座上一靠，和衣就睡，饿了就啃几口压缩饼干顶顶饿。

在过去的二十一年里，安可可从没活得如此狼狈过。

脏兮兮的头发像是焗过油似的贴在头皮上，离她一米之内铁定能闻到若有若无的汗臭味，明显是好多天没洗过头，也没洗过澡了，连最基本的卫生需求都是蹲在露天就地解决。

救援队终于一路走到了背崩乡，安可可就是顶着这样糟糕的形象出现在她日思月想的季哥哥面前。

"我……我跟救援队一块来的。"安可可站在季初一米开外的地方，老实交代道。

季初岂会看不出来安可可这一路吃了不少苦，可这里是震区，不是富家小姐来体验贫苦生活的玩闹之地。

"胡闹！"季初皱着眉头，语气很是严肃。

忙着修房子的村民们也纷纷放下了手中的活计，围到季初的身边来，他们好奇地打量着眼前这个裙子脏兮兮却掩盖不住清秀脸蛋的漂亮小姑娘。

乡里就这么些人，谁都认识谁，地震后封路好些天了，这个漂亮小姑娘总不会是天上掉下来的吧。

"季老师，这是？"

"季老师，出什么事了吗？难道通路了？"

村民们穿得破破烂烂，插起话来也七嘴八舌没个秩序，但都非常尊敬地称呼季初为"季老师"。

季初抬手擦了把汗，冲着大伙点点头，道："救援队进乡了。"

"哇！"

"太好了！终于等到救援队了！"

"真的，快看！那边是救援队！救援队真的来了！"

比起对安可可的好奇，村民们对救援队的到来更加兴奋，自救了这么多天，他们终于等到救援队了！

大家倾巢而出，像是沦陷区的老百姓终于等来了解放军，他们欢呼着、雀跃着，朝着救援车队冒头的方向冲去。

很快，在学校外的空场地上，就只剩一身汗臭的季初和随风飘着酸腐味的安可可，这是一场非常"有味"的会面。

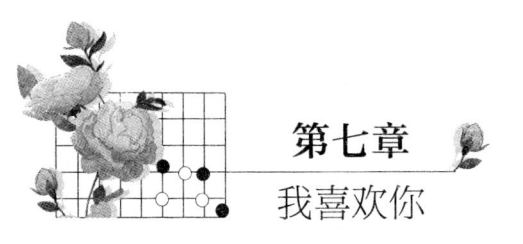

第七章
我喜欢你

起风了。

安可可的马尾辫随风卷成一个漂亮的弧度，似飘带，似海藻。

季初盯着安可可，不知道该说什么好。

他觉得，不管眼前的小孩是因为什么出现在这里，都是在胡闹。

地震过后，山体滑坡，出去的路被堵死了，学校附近倒是没有多少村民，年轻力壮的劳动力多半出去打工了，留守下来的基本上都是老人、女人和孩子。

山路一封，村民们便失去了希望。

这里和东部的山区不太一样，高原地区本就物质匮乏、封闭落后。以前这里没有公路，偌大一个乡，人们的衣食住行全靠自给自足，地上跑的、树上结的、地里种的，一旦有点什么天灾人祸，那大伙就要饿肚子了。除了这所希望小学是1998年上海印钞厂集资赞助建造的水泥房，放眼望去，全乡没有一栋水泥建筑，全是用原始法子建造的老土房。

老土房不抗震，稍微大点儿的地震一震就塌了。

地震当晚，村民们纷纷从睡梦中惊醒，尖叫着从屋子里连滚带爬地逃了出来，不约而同地聚集到了学校门口。

背崩乡希望小学原本就有几间教室是危房，季初回北京就是急着批款修教室的。他带着苗淼公司的善款回到西藏还没两天，刚刚买齐了砖头、水泥这些修缮材料堆在学校里，就地震了。

这下可好，经过一场不轻不重的地震，教室塌了一半……

没电、没水、没信号，连唯一一条进出的路都切断了，老弱残的村民乱了阵脚，好在还有季初。

季初心塞地看了一眼坍塌的教室，转头就镇定地指挥大家自救。

他怕地震会再次袭来，先让大家集中在几间没坍塌的教室里打地铺睡下，教室外就是空旷的广场，方便地震时大家逃跑。

村民家中的存粮都集中搬到了学校里，没有水，他们就接雨水，缺乏口粮，季初就带着大家去坍塌的土房子里扒吃的。

那句老话说得没错：自己动手，丰衣足食。

等吃喝睡的问题都解决了之后，村民的情绪都渐渐安抚了下来，季初趁着大家都在，便指挥起大家修葺校舍。

当安可可和救援队赶到的时候，村民和季初一起正热火朝天地盖房子呢。

此刻，安可可情绪复杂，感慨万千，磨着脚勇敢地往前挪了一小步，又往前挪了一小步。她的每一步都走得相当艰难，像是人鱼公主忍着剧痛在刀尖上行走，小心翼翼地走向她的人类王子。

童话故事里，人鱼公主直到最后都没有告诉王子是自己救了他，安可可鼓足了勇气也没敢在季初面前说自己是担心他，所以来了。

安可可给自己的西藏之行编了一个蹩脚到不能再蹩脚的理

由，是个人都能听出来她在撒谎。

她说自己刚从国外飞回来，听说西藏地区发生了地震，她想都没想，就和在机场里认识的志愿者一起进藏支援灾区了。

反正暑假还有一段时间才结束。

安可可鬼扯完理由，自己都脸红了。

偏偏这样一个漏洞百出的解释，季初没有反驳，但没有反驳不代表季初就信了，支援灾区有那么多地方可以支援，为何小姑娘偏偏跑到墨脱来？

虽然他没正儿八经谈过恋爱，但是小姑娘红红的脸下埋藏的心思，他多多少少还是能猜到几分。

只是眼下，他没时间去猜少女玲珑十八弯的心思。

"胡闹。"季初翻来覆去就这么一句话，"跟救援队一起回去。"

"我不走！"

"这里条件这么恶劣，你留下来做什么？"季初急了，他不知道安可可这一路做了多少好事，吃了多少苦才能走到这里，此刻，在他的眼里，她只是一个任性胡闹的刁蛮富家小姐。

"我……我来救援啊！我留下来帮你们忙！"安可可赶紧表明立场。

"你能帮什么忙？"季初无语，不帮倒忙就不错了。像安可可这种被父母捧在手心长大的娇娇女，怎么可能吃得了这种苦？别说小姑娘了，就这些祖祖辈辈都住在这里的村民在地震过后，也不太受得了这种睡水泥地、吃野菜充饥的苦日子。

难道她要背着香奈儿包上山去挖野菜吗？

"我帮你搬砖！"

安可可为了证明自己也是能帮忙的，冲上前去搬起了两块沉甸甸的砖块，在季初面前举高高。

季初头疼，自己要怎么说服小姑娘回去呢？

救援队带来了不少食物和饮用水，当村民欢呼着从车上往下搬口粮时，大家都默契地认为安可可是季老师的女朋友。

不是女朋友，怎么会在这种危险的时候跑到墨脱来？

墨脱这个地方只有一条又偏僻又原始的路可以进出，每次季初要回学校，是下了火车站之后转大巴，转几趟大巴之后还要徒步好几个小时的山路，才能回到学校。

墨脱在藏语中是"隐秘的莲花"的意思，这里是眼睛的天堂、身体的地狱，很多驴友都把墨脱的徒步之路称为"生死之路"，以一辈子可以徒步穿越一次墨脱为荣。

这样一个与世隔绝的地方，除了在气候不那么恶劣的季节能见到几个过来徒步旅行的游客，其他时候都是只寥寥升起那么几口炊烟，住着为数不多的原始村民。

像安可可这样漂亮到不像话的小姑娘，村民都没见过，纷纷像是看着稀罕宝贝一样，忍不住多打量几眼。

"季老师，晚上你女朋友睡哪儿啊？也跟我们一样睡地板吗？"有个爱操心的村民搬水路过季初身边时，多嘴问了一嗓子。

他们皮糙肉厚的，睡几晚地板没事，季老师的女朋友看起来细皮嫩肉的，睡不了水泥地吧？

季初无语地摊摊手："她不是我女朋友，你别乱说。她是我……表妹。"

村民恍然大悟，原来是表妹啊。

他们似乎马上就理解并接受了季初给安可可安上的表妹身份。季老师长得帅，他的表妹自然也长得漂亮。再说了，在自然灾害过后，表妹担心表哥的安全，突然跑来大山里头找人也似乎说得通。

可也不是人人都能理解。

季初所在的这所希望小学里面一共有七个学生，从六岁到十五岁，有大也有小，都在这山野间放养长大。他们不曾见过外面的世界，偶然见了安可可这样的漂亮姐姐，眼睛一个比一个瞪得大，都以为她是小仙女下凡。

安可可羞涩地低着头，接受着大家的围观。

这仿佛又回到了安可可第一次见季初家人的情景，她站在饭店包厢门口，被季家人扎堆围观，季初调侃他们说"要看猴，就上西单动物园去看"。

有个小机灵鬼跑到安可可的腿边，露出星星眼，道："姐姐，你长得好漂亮啊！你嫁给我们季老师当老婆好不好？"

季初无语地白了小鬼头一眼，道："小边巴，你皮什么皮？"

这个被称作"小边巴"的小鬼头才不怕季初呢，他摇头晃脑地说道："阿妈说了，季老师你是被我们耽搁了，所以到现在还没娶到老婆，要是你娶到漂亮老婆了，阿妈就不用替你操心了。"

安可可被这个小鬼头逗乐了，看他的个头不大，年纪最多也就九岁，倒是人小鬼大，说出来的话一套一套的，逻辑思维清晰得很。

小鬼头的妈妈比季初和安可可还要尴尬，冲过来赶紧把自家的熊孩子给拎回去："季老师，这孩子尽天天瞎说，回去我狠狠揍他。"

小边巴一听要挨打，立刻跟皮猴一样，夹着尾巴溜了。

眼前的小闹剧在季初眼里似乎跟什么都没发生一样，没有引起半点涟漪。他见大家陆陆续续把救援物资搬进学校里了，再一次有条不紊地指挥着大家做起事来。

"大家分成两组，一组去看看救援队需要什么帮助，一组跟我留在这儿继续修房子。"

季初遇事镇定自若、领导力十足的模样，让安可可越看越觉得自己的季哥哥有魅力。

"季哥哥，有什么我能帮忙的？"安可可举手。

"你去帮救援队吧。"季初沉思一秒，就下了指令。

这里都是粗活累活，不是搬砖就是挑沙、挑水泥，小女孩肯定做不了。她老在眼前晃悠，大伙说不定又要打趣他们俩，不如打发她去救援队帮忙。

可小女孩不是这么想的。

安可可摇摇头不肯去："季哥哥，我留在这儿帮你。"

好不容易见到季初了，她一秒都不想离开他。

季初无语："要你帮我什么？你那细胳膊细腿的，是能挑担子还是能搬砖啊？"

"我都会！"安可可鼓着腮帮子，不甘示弱地就去挑那刚刚被季初放在地上的担子。

她只在书上见过扁担，城市里哪有机会见这种玩意儿？

她自以为会很轻松就能挑起那扁担，哪知她使出了吃奶的劲儿，都没能把那两担子水泥给挑起来哪怕一厘米。

安可可再次蹲下努力。

失败。

又失败。

小姑娘太要强……季初摇摇头，走上前去，从安可可的肩头接过扁担，继续挑着他的水泥往前走去。靠近的那一瞬间，安可可才注意到，季初的肩头早就因为扁担的压迫勒出了两条深深的印痕。

大伙见季老师又开工了，纷纷各就各位，热火朝天地干起活来。

"季哥哥！我来帮你搬砖！"安可可不甘落后，搬了两块砖，几步小跑立马跟上季初的脚步。

一整天，季初走到哪儿，安可可跟到哪儿。季初挑不停，安可可就搬不停。

救援队喊吃饭的时候，安可可鼓着腮帮子吃了一大碗方便面，连汤汁都喝得一口不剩，才勉强填饱了肚子。

她可累坏了！

季哥哥说得一点都没错，她这细胳膊细腿的，既不能挑担子也不能搬砖头。她一边端着碗吃面，一边反思着，回去以后得加强锻炼才是。

农家没什么好碗，都是那种粗陶的黑碗，有两个地方还磕坏了口，以至于安可可喝汤的时候都小心翼翼地，生怕自己划伤了。

她刚刚认识季初的时候，觉得季初去山区支教很有爱心，现在看来，何止是有爱心，简直就是超级伟大好不好？

这种苦日子，她都不能保证自己熬得过一个月，可季哥哥在这一待就是好几年……

安可可感叹，看季初的眼神中不免又添了几分倾慕。

小边巴早早就吃完了饭，躲在角落里眼巴巴地看着安可可吃饭。

"小鬼头，你没吃饱吗？"安可可发现了边巴的凝视，好奇地询问。

小边巴摇摇头。

安可可就更加奇怪了："那你为什么盯着我看呀？"

"观察。"小边巴道。

"观察什么呀？"

"观察你到底喜不喜欢季老师。"

"扑哧……"安可可差点笑喷，这个小鬼头，还真是个小大人，"那你都观察出什么结果了？"

"你喜欢季老师。"小边巴很肯定地点点头。

"为什么呀？"

"因为你老偷偷摸摸地看季老师。"

安可可脸微红，连这个小鬼头都看得出来自己爱慕着季哥哥，季初本人不可能愚钝到看不出来她喜欢他吧？

小孩子都能看出来的东西，季初他自然也能看得出来。

只是……

只是小孩子的喜不喜欢来得快也去得快，今天可能噘着嘴说喜欢你，明天可能就像抛开旧玩具一样说不喜欢就不喜欢了。

再说了，山里清苦，小女孩胡闹几天就该回去了。到时候一个在北，一个在西，隔着天南地北，远得很，别说什么未来不未来的，就算两人真在一起了，他怕是也不能像普通人谈恋爱那样扮演好男朋友的角色。

如果不能负责，就不要随便开始。起码季初是这样认为的。

就像他对家长们的态度，如果没有准备好当父母，就不要随便生孩子。

大山里的有些孩子只是生活清贫了一些，譬如小边巴，有奶奶和阿妈宠着，天真活泼、无忧无虑。可有的孩子就是真正的留守儿童了，譬如小卓玛，她这十多年里都没见过父母，只能依靠家中那张破旧的结婚照来记住父母的样子。地震那晚，小卓玛什么都没拿，翻下床紧紧抱着父母的结婚照就冲了出来。那张照片是小卓玛和父母唯一的羁绊，若是丢了……她怕再也认不出父母了。

可就是那个相框，在地震中震碎了，玻璃碴截得小卓玛一手臂的血，事后他给她包扎了很久，才止住血。

季初看着安可可，在心中叹了一口气。

安可可还小，她这个年纪本就应该跟那种浑身都是阳光味道的男孩子在一起挥洒青春，而不是跟他这个长年累月在深山老林里待着出不去的支教教师浪费时间。

残酷的话季初说不出口，他的喉结上下动了动，最后还是软下语气来问她饿不饿。

安可可一听，眼睛顿时一亮，闪出特别好看的小星星，拼命点着头——难道季哥哥要给自己做饭吃？

看着安可可一说到吃就两眼发光的模样，季初无奈地将两只手插进裤子口袋里，转身走进厨房里。

其实他也不是纯粹给安可可做饭，到饭点了，救援队送来了口粮，大伙终于能吃上一顿像样的饱饭了。

安可可紧紧跟上："季哥哥，我来帮你忙！"

她想看季初做饭的样子。

在北京了解的他不是完整的他，到了西藏才发现另一个他，她想了解关于他的一切，既想看那个帅气孝顺的季哥哥，也想看隐秘伟大的季老师。

"你会做饭？"

"不会……"安可可跺跺脚，只恨自己为何平时不多学点生活技能，譬如做饭。

安妈妈宠着她，什么家务都不让她做。

现在她什么都不会，在季初面前显得好没用。

季初："……"

她不会跟来帮什么忙？帮倒忙吗？

不过聪明如安可可，马上就找到了自己的用武之地，举手道："我帮你淘米！"

淘米倒是不难，季初没想太多，点点头放手让她去做。

几分钟后，季初就后悔自己做了这个决定。

他没想到，就连淘米这种最简单、最基础的活儿安可可都没做过。他无语地看着地上那几个空矿泉水瓶，心痛得厉害：果然是帮倒忙！小女孩什么的就是用来宠的，让她下厨房做什么？

"你这样淘米，水都会被你浪费光了。"水是灾区最珍贵的资源，季初直接接过淘米锅，不再让安可可瞎折腾。

"啊？不是这么洗吗？"

安可可不知所措，自己哪步做错了？淘米不就是用水一遍一遍把米洗干净吗？

"不需要你帮忙，你站那儿吧。"季初叹了一口气，随手指了一个位置，示意安可可站过去，然后背过身去，熟练地放米下锅，劈柴生火。

安可可像是小学生罚站一样走到季初指的位置，觉得自己好没用啊。

委屈在她心里悄悄蔓延……

是夜，暮色像是一块黑布笼罩了整个天空，无数的神秘星辰像是装载了少女无数的秘密，看得见，却摸不到，也猜不透。

安可可在救援车上睡不着，裹着大棉服跳下车来看星星。她看星星是假，暗暗期待着些什么是真。

安可可偷偷望向校舍的方向，悄悄地祈祷着季初也能出来看星星。

可惜，夜太过静谧，似乎整个大地都陷入了沉睡中，除了孤独、寂寞，出来看星星的少女，半点生机也没有。

好多天了，卫奕都不敢上微博。

他怕自己二度败给人工智能之后，网络上会出现各种各样讽刺的声音。

竞技圈就是这样，成者为王，败者为寇，大家都知道世界第一高峰是珠穆朗玛峰，却很少有人清楚世界第二高峰是乔戈里峰。

就像人们能记住他卫奕的名字，是因为卫奕是围棋界连霸多年的冠军。

可一旦他连续输了，掉下了神坛，会不会……

卫奕鼓起勇气打开微博的时候，指尖都在忍不住地轻颤。

不对劲，微博回复区竟然是零？

他冷静地看了看，这才想起来自己在对战人工智能失败，发了那条微博之后，就顺手将评论功能关闭了。

卫奕顿时松懈了身子，神态自若地打开了私聊区，一个可爱少女的卡通头像率先跳入了眼帘。

安可可：胜败乃兵家常事，你在我心中永远都是最厉害、最值得一战的对手哟！加油！

明明就是一个再普通不过的二次元头像，此刻却像有了灵魂一般，在卫奕面前眨巴着眼睛，一如安可可平常的小动作。

卫奕会心一笑。

许是太久都没笑过了，卫奕很不习惯"笑"这个动作，还没笑到一半，他就感觉自己面部的肌肉因为向上勾起而引起了轻微的面部抽搐。

他捂着脸来到了镜子面前，看了看自己不适的面部表情，还有那一头乱糟糟的鸡窝头，突然对自己的形象有些小失望。

卫奕有扭开水龙头，好好冲洗一下头发的冲动。

史一航自诩也算是卫奕的朋友了，他见过臭屁的卫奕，也见过失落的卫奕，可他从没见过"帅气"的卫奕。

卫奕那头标志性的鸡窝头剪成了清爽、干净的发型，一对总是像在打瞌睡的单眼皮在新发型的衬托下倒是有几分当下最流行的青春范；万年不变的T恤和短裤则换成了干净整洁的白衬衫和修身西裤，总是拖在脚上的那双人字拖也换成了锃亮的黑皮鞋，跟平时判若两人，竟然还有些偶像气质。

"哇哦！"史一航忍不住冲着卫奕吹了个口哨，"今天卫小爷有点帅哦！"

卫奕看着史一航的镜框下那略显轻浮的眼神，忍不住撑开眼皮冲着他翻了一个白眼。

"可可呢？"

"安可可？"史一航随口回道，"院里派她当围棋大使，去欧洲交流了，去了好多天了。你不看围棋圈的新闻的？"

卫奕吐血。

他确实从来都不看新闻，新闻有什么好看的，看了能提高棋艺吗？

既然安可可不在，那他待在这儿也没意思。

卫奕有点抓狂，剪了头发，买了新衣，还穿上了这让人难受的皮鞋，特地来找她，她竟然不在？

史一航眼见着卫奕拔腿就要走，连忙拉住他，问他："你找安可可有事？要不，我替你转达？"

卫奕臭着一张脸，像是想抓竹叶吃却啥也没捞着的大熊猫，自己跟自己生了好半天的气，才从牙缝里挤出个理由来，显得很有些滑稽可爱："没事，我找她下棋。"

他确实是想找安可可下棋。

虽然安可可的棋艺不如他，但是下棋的时候特别有灵气，经常会出人意料地落子在不寻常的点上，不按套路出牌，让人恨不得拍着大腿叫一句"好棋"。

当然，这不是安可可最吸引他的地方。

每每有安可可的直播比赛，收视率都会远远甩开别的棋手一大截。

安可可"少男杀手""侧颜杀"的外号可不是白叫的，虽然安可可平时活泼、鬼马，可一旦下起棋来，就专注力十足，将所有的表情都收敛了起来，以至于在镜头前看起来像是冷若冰霜的女神雕塑一般，气质逼人，美得让人屏住呼吸，根本挪不开眼。

她下棋时喜欢翘起小尾指，两指轻轻夹起棋子落入棋盘。

有人曾经在她的微博下面评论说，此生别无所求，只盼望能做一回女神手中的棋子。

过去卫奕认为安可可沽名钓誉，纯粹是靠着一张漂亮脸蛋在围棋界混。可真跟安可可交过几回手之后，卫奕不得不承认，安可可是凭着真本事杀上职业七段这一级的。她的年纪很小，棋风却很稳，说不定再磨砺一两年，跟卫奕一样杀上职业九段也是极有可能的。

每次跟安可可下棋，专注如卫奕都需要拼命稳住自己的心神，尽量不往安可可身上瞟……

史一航好不容易逮住了卫奕，死活就是不放手："这么急着走干吗？可可不在，你还可以跟我下嘛！来来来，下一把再走啊！"

卫奕："……"

史一航："你那是什么表情？"

卫奕崩溃："你能不能别学安可可说话，每句话后面都带语气词？"

史一航："安可可说话能带语气词，我就不能带？这是什么道理？"

卫奕竟然无言以对。

别看史一航和卫奕站在一起的时候像是同龄人，实际上他比卫奕整整年长八岁。

卫奕的心底打了什么主意，可逃不过史一航的眼睛。

女为悦己者容，说的是女人出门去见喜欢的人会刻意打扮一番，其实这句话不完全对，男人出门见喜欢的人，也会刻意打扮一番。

比如眼前一反常态的卫奕，穿着打扮跟平时的他判若两人，甚至脚上的那双皮鞋的鞋带都打了死结，穿成这样来找安可可下棋？骗鬼呢！

史一航再次上上下下打量了卫奕一番，冲着他"啧啧"了两声："你知道每天打着来找安可可下棋的幌子，想来跟安可可套近乎的人，有多少吗？"

卫奕的世界里从来都只有围棋，没有其他。

他不能想象别人是怎么来安可可面前刷存在感的，正如他不能想象为什么会有人疯狂地奉安可可为女神。

他闻言惊愕地一怔，脱口而出："很多人找她下棋？"

史一航被卫奕单纯又直接的脸色给惊到了，心想着这小子也太好套话了吧？还真是喜怒哀乐都喜形于色。

"都是些狂蜂浪蝶……我能让他们接近安可可？"史一航摆出一副监护人的姿态来，"我说你怎么突然就要找安可可下棋了？不会也是想当狂蜂浪蝶吧？"

此言一出，卫奕的脸不自在地红了。

不过，他立刻否认："下棋而已。不下就不下。"

说罢，他又拔腿要走。

史一航一句话没诈出卫奕的真话来，又紧接着下了猛料："你这么不配合，那我就不帮你追安可可了。"

卫奕快要被史一航调戏坏了，猛地抬起头，以更加抗拒的语气极力否定道："谁要追安可可了？你别胡说。"

"男子汉敢作敢当，这么扭扭捏捏的，还是不是爷们了？"

明明知道是激将法，卫奕却找不到词来应对，闷不吭声，越发显得扭扭捏捏。

"你果然是喜欢安可可！"史一航啧啧道，圈内圈外有不少人喜欢甜美可人的安可可，甚至有不少男粉丝成天在安可可的微博下面争风吃醋，鬼叫着"老婆"，可史一航没想到，连世界冠军卫奕都有被美色所迷的一天，"我说，你真的喜欢她？要不要我找个机会告诉她？"

说完，他还特地压低了声音耳语道："一手消息，可可跟她男朋友刚刚分手哦。"

安可可和季初是假情侣的事情，史一航最清楚不过了。

不过他没想到，即使是在知道了安可可已经分手，卫奕也依旧傲娇地仰着脸道："不了，我只是来找她下棋的。"

命运的曲线既然会有交集，自然就会有分离。

安可可和救援队的志愿者们同甘共苦了好几日，终于要分道扬镳了。救援队还要去帮助更多的灾区群众，而安可可已经找到了要找的人。

救援队走的时候，安可可依依不舍地站在学校的操场上向大家挥手，像是告别多年的好朋友。

而季初则两手插袋，无语地站在门槛处。

他就搞不懂了，安可可为何不肯跟救援队离开，非得留在这个鸟都不拉屎的地方？

住一两天是新鲜好玩，住久了，这个娇滴滴的小公主能受得了？

安可可送完了救援队，欢快地跑到季初的面前，晃着两只细长白皙的胳膊，向季初撒娇道："季哥哥，今天要做什么？"

在救援队的帮助下，学校坍塌危房的废墟都清理干净了，勉强能用的教室也修葺好了。

有教室用了，自然就该回到教室里上课了。

季初假装没看到安可可撒娇的模样，一张脸严肃着，转身往教室走："上课。"

安可可的马屁赶紧拍上："那好棒啊，我最喜欢上课了。"

季初："……"

上课有什么好棒的？

那群熊孩子平时看起来乖巧，一旦让他们在教室里坐下，就没一个是省油的灯。

孩子们年纪小、定性差，上课打瞌睡、走神都是家常便饭，皮起来的时候，特别让人头疼。

有回小边巴上课淘气，偷偷把小卓玛的长辫子绑到座椅上，下课的时候，小卓玛猛地一站，差点没让座椅把头皮给拽掉。女孩趴在那儿呜呜呜地哭，男孩却像是个没事人一样，站在旁边嘿嘿地笑着。

季初刚来的时候，没少板着脸给这些顽皮的孩子上思想教育课，花了好大的工夫才把他们爱捉弄人的坏毛病给改过来。

当初一脸桀骜不驯的年轻帅哥，愣是在这学校里给孩子们装严肃装惯了，慢慢形成了一张古板脸，再也改不过来。

第一次相亲的时候，安可可就觉得季初好凶啊……不过相处久了，嘿嘿，她的季哥哥还是超级温柔的。

安可可拔脚跟上季初，钻进教室里。

几张破桌子，几张破椅子，一块大大的黑板，几个一脸好奇的孩子，就是教室里的一切了。

季初敲了敲讲桌："暑假作业都做完了吗？"

"做完了！"

"做完了！"

孩子们争先恐后地举了手，七嘴八舌地叫了起来。

只有小卓玛默默低着头没说话，看她消瘦的脸庞，似乎很低落。

安可可很少见这么瘦弱的孩子，很是心疼，便忍不住多打量了小卓玛几眼——瘦弱如排骨的身材，手臂上还有几道红肿未消失的割伤，越看越让人觉得可怜。

这孩子是不是平时伙食不太好啊？安可可如是想着。

其实小卓玛比安可可小不了几岁，只是家境不太好，跟着家中老人过活，营养不太够，再加上从小肠胃就差，所以个头长得格外小，看起来跟其他十来岁的低龄孩子差不多。

这还不能算是正式开学了呢，季初冲着孩子们点点头，道："既然都做完了，那今天就先把暑假作业交上来吧。"

大家一拥而上，纷纷把自己的作业递交到讲台上，小卓玛却突然伏在课桌上大哭了起来。

季初皱眉看向小卓玛，知道她是什么情况，赶紧走到课桌旁来安慰小卓玛。

"你的病刚刚好，不用急着交作业的。"季初知道小卓玛好强，她多半是因为暑假作业没做完而感到自责。

果然，小卓玛啜泣着，抬起头用泪眼看着季初："季老师，我明天一定把作业赶了交上来。"

"都说了不用急。"季初皱皱眉，这孩子前阵子食物中毒，差点没吐掉半条命，他本就惦记着小卓玛的身体，准备早点赶回来带她去大医院检查一番，却没想到刚到学校，就赶上了地震。他寻思着，他必须送小卓玛去大医院好好检查！这安可可，他也必须送去机场。

安可可扇着长长的睫毛，瞪着大大的眼睛在最后一排坐着，满眼都是对季初的喜欢，完全不知道季初已经在心中将她的去向安排得明明白白。

季初检查完孩子们的暑假作业，已经是傍晚时分了。

他伸了个懒腰，本想跟安可可提一下送她回家的事，可抬头四下看了一圈，却没有看到小女孩的人影。

"人去哪儿了……"

那么大的人也不至于丢，季初寻思着，也没管她，直接起身去厨房里做饭。

孩子们都在小操场上欢笑着、玩闹着，天真的脸上俨然已经没有半点苦恼了。

还是当小孩好啊！季初如是想着。

绕过一排教室，快要走到厨房时，他的耳中突然钻入了"咔嚓""咔嚓"的劈柴声。

有人在做饭？

季初加快了脚步，推开厨房门一看，却见安可可拿着一把斧头，坐在一堆柴火中间努力地劈着柴。

"谁让你做这种体力活了？"季初无语，这个小公主又是哪根筋搭错了？

安可可看见季初，特别高兴地站起来跑到季初的面前："季哥哥，我会劈柴了！你看，这全都是我劈的柴！"

季初批改作业的时候，她没事可做，她就觉得自己好没用，像傻瓜一样，劈柴、做饭一样都不会。所以，她趁着他不注意的时候，跑来厨房里练习劈柴。

她傲娇地抬着脸蛋，像是在向季初邀功。

季初既好气又好笑，弯下腰来把安可可劈的柴一根一根捡起来，整整齐齐摞在墙边。

"劈这么多柴，手不疼？"他看见安可可的手掌都磨红了。

那双漂亮的手是下围棋的手，不是劈柴、做饭的手。

他真没想到，安可可能在这里待这么久。

在他的认知里，安可可被父母照顾得太好，一直都是一个生活优渥、不知人间疾苦的富家小姐。现在她做的一切，都有点让他刮目相看，心里不是滋味。

"是有点疼……"安可可的眼睛亮晶晶，"不过习惯了就不疼了！季哥哥，你是不是刚来的时候也不习惯，做久了就不疼了？"

安可可的性子就是这样，她做一件事，肯定百分之百地投入其中，在没做成功之前，绝不放弃。

劈柴是这样，下棋也是这样。

"傻不傻？劈到腿怎么办？"

安可可捂脸："我不会'劈腿'的！"

季初："……"

安可可劈的柴确实有些多，都够烧上好一阵时日的了。季初好不容易才码好了柴，便准备动手生火。

"季哥哥我帮你淘米！"

"不用了。"季初真怕她又浪费水。

"我也想给小朋友们做点什么呀。"安可可认真地从米袋中掏出米来，有模有样地学着季初淘米时的样子，倒入了一点水，轻轻用手在里面搅和着，"我有仔细观察你淘米，现在会淘了。"

季初只得由着她。

再后来，季初做饭，安可可就守着火，时不时添个柴，递个勺的，倒也配合默契。

季初想到自己刚来西藏时的日子。

他第一次接触这种原始的土灶时，比安可可还要手忙脚乱，完全不知道该如何是好。

生活把一个富贵公子哥给磨成了全能"煮"夫，别说劈柴、做饭了，就连孩子们的衣服破了，他都能穿针引线将就着缝补起来。

那段时光仿佛就是昨日。

米锅中渐渐冒出了香气……

季初的喉结动了动，终于提了一嗓子送安可可回去的事："后天我准备带小卓玛去拉萨看病，顺便送你回去。"

安可可闻言一惊："我不要走！"

她都还没来得及向季初告白，怎么能这么快就走？

只是……告白的话，卡在喉咙中说不出呀！

少女的情谊就像是细腻的线，想要穿进那小小的针孔，还真不是一件容易事。

"胡闹，你跑来这里，你家里人不担心？"地震地区，别人躲都来不及，这傻瓜竟然往地震区钻。

"不会的……"

安可可压根儿就没告诉父母她来西藏了，他们还以为她在欧洲游玩呢。

"必须回去。"季初扫了安可可一眼，"你也快开学了吧？"

安可可咬着唇："……"

可是，她还想再多陪季初几天啊。

"我不要走，我喜欢你"这几个字像是卡在喉咙里的鱼刺，怎么都吐不出来。

正当安可可纠结着是说还是不说，突然孩子们打打闹闹地进来了。

"安姐姐！你教我们下棋好不好？"小边巴不知道打哪儿抓来一堆石子，捧到安可可的面前，"他们都说姐姐下棋可厉害了！"

安可可红着脸蹲下来，摸着那一堆圆圆滚滚大小不一的小石子："就用这个教呀？那棋盘怎么办呢？"

"我在地上画了一个！"

孩子们有的是办法，顺手往土操场上一指，一个歪歪扭扭的格子盘早就画好了。

　　安可可哭笑不得："围棋的棋盘可不止这么点格子呢……"

　　孩子们不由分说，拉着安可可去了操场上，季初烧饭也烧得个清净。

　　只是，窗外的童言无忌声总是透过不甚牢固的旧窗户传到厨房里来。

　　"安姐姐，你的手好白、好漂亮啊！"

　　"安姐姐，你会像季老师一样留在这里吗？"

　　"安姐姐，你跟季老师结婚、生孩子好不好？"

　　这帮熊孩子……季初在厨房里摇了摇头，便听到安可可用哆哆的台湾腔问道："为什么要跟季老师结婚、生孩子呀？"

　　"阿妈说了，如果一个女人跟一个男人结婚生了孩子，就跑不掉了。"熊孩子一脸天真，"安姐姐，我们都好喜欢你啊，不想你走……"

　　这里来过很多人，那些衣着光鲜亮丽的城里人来了，留下钱，留下衣物，留下书本，留下感叹，留下同情，却留不下人。

　　孩子们眼中的期盼越烧越旺："安姐姐，你留下来和季老师生个弟弟给我们玩吧！"

第八章
我不适合谈恋爱

　　安可可留不留得下来这件事由不得孩子们，也由不得季初，更不由得她自己。

　　别提快要开学必须走人，就连安妈妈那关她都过不了。

　　灾区断电、断信号，安妈妈好多天都联系不上安可可，很是不放心，无意间问起史一航最近有没有和安可可联系上时，意外地从史一航那得知，安可可和其他出国的工作人员一起上了飞北京的飞机……

　　安妈妈一下就急坏了，立刻就报了警。

　　当安可可的手机好不容易有了信号，开了机想要给安妈妈报个平安时，安妈妈的电话抢先一步打了进来。

　　"你在哪儿？"一贯温柔的安妈妈咄咄逼人，语气里是从未有过的焦虑。

　　自从报警之后，安妈妈整整两天两夜没合眼了。

　　安妈妈生怕安可可会出什么意外，真的消失不见了……失联多天之后，再次听到安可可的声音，安妈妈是又气又恼，恨不得直接拎了安可可回家，好好教训一番，再也不放她出去。

安可可有些慌，连圆谎都忘记了："我在……在西藏……"

安妈妈一听就反应过来了。

自己女儿去西藏还能干吗？不就是找季初那小子吗？

当初安妈妈就不希望安可可跟季初扮什么"假情侣"，怕自己的傻闺女一头栽进去，这下可好，自己女儿追人真的追到西藏去了。

突然，安妈妈猛地一怔，反应过来了另一件要紧事，西藏前几天是不是发生了地震？

这孩子，真是太莽撞了！命都不要了吗？

安可可捧着手机支支吾吾地说着，不知道怎么解释才好了。自己消失这么些天，还一直处于失联状态，对安妈妈确实很过分。

季初听出来是安妈妈的声音，也猜到安可可是瞒着家里来找他的。

小孩因为他而离家出走，他得负这个责。

季初冲着安可可比画了一个手势，意思是让他来讲电话，然后他就顺其自然地接走了电话。

"阿姨，您好，我是季初。"季初顿了一下，"先给您道个歉。"

"这是道歉能解决的问题吗？"安妈妈从未这么气急败坏过，之前季母住院的时候，她还觉得季初这小子不错，挺孝顺的，没想到自己竟然看走了眼。

拐人家闺女连声招呼都不打，这像话吗？

季初被误会，挨了骂也不还口，反倒是语气恭敬地回复着安妈妈："我明天就将她送回去。"

道歉不能解决问题，立刻送回去才能解决问题。

安可可还没来得及举手反对，就见季初神色自若地举着电话，走开了……

待到季初打完电话回来，安可可无语地问道："这就挂了？"

"挂了。"

"我妈她说什么了没？"

"让我务必亲自将你送上飞机，保证你安全回北京。"

安可可弯着腰在地上画啊画啊，不情不愿地嘀咕着："你们都没问我的意见，就替我决定了明天回去。"

季初虎着一张脸，本想批评她拿家人的担心当儿戏，可目光所及之处看到那张又委屈又粉嫩的小脸时，口气又经不住的软了下来。

"阿姨担心你呢。"

"你妈不也担心你？她都拉着我说了好几回，不想你老在西藏不回家，你还不是一直留在这里吗？"

"这不一样。"季初发现小女孩有些难缠，就像小边巴跟他讲歪道理时差不多，小孩子都是相似的。

"怎么就不一样了？"

季初指了指远处的雪山："这个地方，你待了这么些天，有什么感受？贫穷、落后，还是荒凉？"

安可可想了想，既贫穷，又落后，还荒凉。

这里从一个地方到另外一个地方可能要开一整天的车，一路上连个厕所都没有，经常憋得尿急了就只能就地解决。

安可可第一次蹲在大石头后面小便的时候，脸都快羞红了。

比起大城市的繁华，这里简直就是茹毛饮血的原始社会。

"那些孩子如果没有老师留下来教，他们就会重复祖祖辈辈的命运，不知道山外面的世界有多大，不知道什么是科技；他们在这贫穷、落后又荒凉的土地上愚昧无知地长大，就像是无知的虫子。如果我走了，孩子们谁来教？"季初一字一句地说着，似乎每个字都带着千斤重的力量。

是啊，孩子们该怎么办？安可可没有回答。

她明白季初对这些孩子的感情，只是，她跑来这里，也真的不单单是任性胡闹啊。

"季哥哥……"安可可几乎都快哭了，"我也想留下来陪你教孩子们。"

"你不一样。你是个围棋国手，你应该在更需要你的地方发光发热，那个竞技的世界才是你应该待的地方。"

季初不懂下围棋，可他能够理解围棋对于安可可的重要性。

他看过安可可举棋的模样，在拿起棋子的那一瞬间，那个可爱又鬼马的小姑娘顿时就消失得无影无踪了，取而代之的是一张彻底沉浸在围棋中，随时落子大杀四方的战斗状态。

每个人都有每个人的志向。

譬如安可可的志向在围棋竞技上。

譬如季初的志向是在能改变这片贫穷土地上的孩子们的命运上。

他总爱对孩子们板起脸，对他们要求颇严，这都是为了让他们明白，这个世界上只有拼了命地努力才能爬上更高的山，看更远的世界。

山外面的孩子学生物、学艺术、学计算机、学各种机械物理知识，可山里的孩子呢？他们连英文的二十六个字母都不会写。

这种差距让季初感到心痛，越发鞭策起山里的孩子们来。他是语文老师，也是数学老师，更是英语老师、体育老师、美术老师，孩子们有太多的东西要学，而他们只有他一个老师。

"可是……"安可可也不知道该说什么好了，她也不是不懂事，只是她舍不得季初啊。

"没有可是。"季初狠下心来，居高临下地俯视她，命令她，

"听话，回去。"

"可是……"安可可的眼睛里含着委屈的眼泪，她终于将压在心中很久的话脱口而出，"可是我喜欢季哥哥啊！"

话说出来的那一瞬间，安可可觉得自己终于轻松了。

那句"喜欢"就像是压在心中的巨石，压得她每天都心慌慌的，似有千万只小鹿在跳，又似有千万只猴子在击鼓。

可轻松只是一瞬间的，在小心翼翼地抬起头看到季初的反应时，安可可心底的大石头又压了回去——季哥哥脸上那是什么表情啊？

季初从小帅到大，被告白这种事自然是司空见惯。

只是以前都是怎么拒绝的来着？太久没有拒绝，他都有些生疏了。

学业重要，不想恋爱？

快毕业了，恋爱是无用功？

那些以前惯用的借口都不太适用于眼前的情况。

他也不是不喜欢小女孩，只是，他目前这个情况，确实不适合谈恋爱。

季初皱了皱眉："我暂时没有……"

季初的话才冒出前半句来，后半句"谈恋爱的想法"还没来得及说出口，就被突然踮起脚来的安可可，慌张地伸出手捂住了嘴。

"不许拒绝。"安可可鼓着嘴道。

她的表情像极了担惊受怕的孩子。

"这是我从小到大第一次对一个人说喜欢，所以，你不许拒绝。"安可可认真重复着，表情由委屈渐渐转变成了果断，一如她坐到棋盘旁开始持子杀敌时的勇敢。

鬼使神差地，季初的喉结竟然动了动，他没忍心把那拒绝的话说出口来，反而是将安可可的手悄悄拿下。

小女孩的手软软的，像是山里种的棉花。

"不是拒绝。"季初绞尽脑汁，才把那句话给圆了回去，他说，"我暂时没有办法谈恋爱。"

暂时没有办法谈恋爱，比暂时没有谈恋爱的想法要委婉吧。

"为什么？"

小女孩攥着裙角，死活不肯放弃，她不问个水落石出不罢休。

"怎么谈？异地恋？"季初无语，"你能接受你的男朋友常年不在身边，既没有办法陪你，也没有办法照顾你，存在得就像是空气吗？"

爱情不是饮水饱，今天说一句"我喜欢你"，明天说一句"我爱你"，就可以天荒地老的。责任、陪伴、给予，就像那些孩子的需求一样，缺一不可。

冷静与理智告诉他，他扮演不好"男朋友"的角色，起码现在不行。

他甚是自嘲地补充了一句："你能接受你的存在对于他来说，也像是空气吗？"

季初的话已经说得很决绝了。

"不合适"与"不可能"就像是分别写在了他的左右脸上，完全没有给对方留半点回旋的余地。

可小女孩勇往直前。

安可可毫不畏惧地抬头："我接受呀！"

只要季初点头做她的男朋友，她什么条件都能接受。

"季哥哥，我知道你要留在这里教小孩子，我也要回去上学和打比赛，现在暂时要异地恋嘛。"女孩子的想法天马行空，永远比实际跑得要快。虽然安可可一直没有勇气告白，但她早就在心中盘算过了千百回了，别说怎么处理异地恋的问题了，连结婚要穿什么样的婚纱都已经在她的小脑袋瓜里想好了，她认真地比画着："虽然我们平时分居两地，但都有寒暑假，我们可以在寒暑假的时候好好谈恋爱呀，你要是不能回北京找我，我就来西藏找你呗。等我大学毕业了，我就来这里陪你教书，你喜欢在这里，我们就在这里住一辈子呀。"

少女的眼睛亮晶晶的，像是天上最纯净的星星。

季初语塞，哪有人愿意在这么贫瘠的地方住一辈子的？

他不是喜欢在这里，他是为了这里的孩子才留下来的啊……

眼见着季初的表情有些蒙，像是安可可刚在拉萨落地时的状况——看起来有点缺氧！

他的模样，让人忍不住想靠近一点，再靠近一点……

安可可突然蹦出了一个无比大胆的想法，连她自己都吓了一跳。然而，这个大胆的想法驱使着她的四肢，她冲动地往前一凑，两手环住季初的腰，半分反抗的机会都没有给他，她就这么冲上去抱他了！

少女怦怦怦的心跳声隔着衣衫传入季初的胸口，以至于他的心也顺着那个节奏附和着，两者渐渐融成一个频率。

季初的手覆上安可可的手背，他本意是想拉开她的手，可最后手却停在了那里，不知如何进退是好，有种不舍的悲观情绪在他心底慢慢蔓延开来。

以前季初救过一只小土拨鼠，那是一只冬天出来觅食，不小心被砸伤腿脚的小土拨鼠。小土拨鼠在他的屋子里养了一个冬季的伤，俨然已经习惯了躺在那里等待投食，过着吃饱等饿的舒坦日子。

养着养着春天到了，有天季初回来，小土拨鼠不见了。

其实季初也知道，小家伙最后还是要属于大自然的，就算有过短暂美好的依偎，到了春天万物复苏，小家伙就该走了。

季初自诩不是个多愁善感的人，他时刻都标榜着身为一个老师，心中应该装有大爱，而不是男男女女的小情小爱。可怀中温软的身体让他头一回产生了想要试试去保护一个人一辈子的冲动。

他心底的两个小人开始打架，一个小人怂恿着他赶紧点头吻下去，一个小人告诫着他冷静下来，现实一些。

偏偏这个时候，怀里的小女孩还眨着让人无法拒绝的眼睛，抬头甜甜软软地问了一声："季哥哥，好不好？"

她的眼睛里充满了期待，像是冬季最暖人心的骄阳，季初突然鬼使神差地"嗯"了一声。

但"嗯"完他就后悔了。

"嗯"什么啊？人家小女孩说要毕业后来西藏陪你支教，这可能吗？别说支教了，这才来了几天，人家妈妈就担心到报警了，要是把人家拐来支教，以后两家人保不齐就变仇人了，赶紧把人送回去才是正道！

不过，他也没后悔的机会，因为小女孩"啊"了一声，开心地将手臂转为钩在他的脖子上，然后踮起脚，主动献吻了。

藏区的条件很艰苦，季初已经不记得自己有多久没有吃过水果了，眼前少女的唇就像是世间最香甜的水果，在他唇齿之间弥留、徘徊，让他割舍不开，想要进一步索取品尝。

安可可小心翼翼地凑着嘴，想动却又不敢动。

电视里接吻都是怎么接的来着？就这样凑着？

她有些懊恼，却又有些欣喜。她懊恼着自己平时光顾着下棋，也没看过几部偶像剧，真是需要接吻技巧的时候就……就不够用了。好傻呀！不过她欣喜的是，季初并没有推开她，反而闭上了眼睛，有点脸红？

安可可又将脚轻轻踮高了一些。

那次表演赛，棋手们和卫奕起了冲突，季初不明就里地冲进人群，一把将安可可护在身后的时候，安可可就感觉季初那么高，躲在他的背后好有安全感。可到了接吻的时候，她又有些讨厌这该死的身高差了——她得努力踮高一点，再踮高一点，才能够得着他的唇，好辛苦啊！

好在季初似乎也感应到了小女孩的为难之处，不经意之间体贴地俯下身来，虽然眼睛还是闭着的，但唇是主动回应着安可可。

两人都不太敢呼吸，生怕一呼吸会将两人分开似的。

也不知这样浅尝辄止地吻了多久，突然季初像是下定了很大的决心，反手将怀中的少女搂在怀中，深深地反吻了回去，不再让少女独自羞涩地主动。

虽然季初同样没有经验，但对于情爱一事，男人比女人无师自通要快。

季初长驱直入撬开少女可口的唇，试图掠夺更香甜的资源，品尝爱情的滋味。安可可差点招架不住，应接不暇地回应着他，连该闭眼还是该睁眼都有些拿不准了。

热吻还没持续几秒，突然，一丝疼痛感就冲着季初的舌尖袭去。

安可可惊慌失措地从他的唇边退出："啊……咬到你了？季哥哥，我……我不是故意的……"

她懊恼极了，觉得自己今天的表现真是太蠢了，接吻都接不好。

季初伸手抹了抹唇，还好，没有咬破。

小女孩多半是初吻，只有初吻时，才会笨手笨脚到连吻都接不好，想要索取却变成了糟糕透顶的咬舌。

甜大于痛。

季初的手重新环在安可可的腰上，将她搂得更紧了一些。

安可可见过英勇救人的季初，见过暖心呵护自己的季初，也见过四两拨千斤、在家人面前耍无赖的季初，却从没见过如此闷骚的季初。他搂着她，轻轻在她耳鬓吐词，似安慰，却更似调戏："熟能生巧。"

多练习几次就不会咬人了。

安可可从脸颊红到耳根，只差把头彻底埋到季初的怀里去。

她张了张口，想说什么。可这一次，季初不再让小女孩单方面主动了，他竖起一根手指搭在小女孩的唇上，阻止她说话："以后有话，我来说。"

你只需要被爱就好。

"我喜欢你，可可……"

季初闭上眼，低下头，睫毛在空气中轻微地颤抖着，再一次准确无误地吻上了安可可的唇……

当夜，两人共卧一塌。

安可可异常兴奋，一派反常地叽叽喳喳，畅想着等她大学毕业也来西藏，到时候给房间里添一张桌子，用来放她的围棋，还要置一个琴架，她会弹点钢琴，以后她可以教孩子们音乐课。

季初一言不发地摸着她披散下来的秀发，静静地听着她的规划。

谈恋爱归谈恋爱，舍不得归舍不得，人还是必须马上送回北京，总不能让未来的丈母娘担忧。不然这以后与对方再见，可就麻烦大了。

安可可浑然不知季初脑袋瓜里的想法，还搂着他的脖子，开开心心地问着："我们大学有好多社团，要不我去加入美术社吧？学一年画画应该够用了，以后我就能教孩子们画画了，你说好不好？"

季初敷衍地"嗯"了一声。

怀中的小女孩都察觉到他的应答太过敷衍了，不高兴地噘着嘴，软软糯糯地抱怨着："'嗯'得一点都不走心呢……"

季初嘴边溢出不经意的笑容来，小女孩还真是很容易生气。

他低下头来，啄了安可可的脸蛋一下，认认真真地看着她因为被偷吻而害羞的红脸蛋，重新回答道："什么都很好，不过你最好。"

你是空中突然闪现的流星，你是水中突然浮出的白莲，你是飞落肩头的蝴蝶，你是世间最美好的一切。

那是一种奇妙的感觉。

生命像是突然有了更重要的意义，有了更想守护的人，波澜不惊的生活因为某人的存在突然变成色彩斑斓的，日复一日枯燥的日子突然就有了盼头。

两人都还没有分离，季初就开始期盼下一次的相见了。

他甚至开始庆幸，上次回北京之后自己没有拒绝母亲安排的相亲，也庆幸自己的相亲对象是安可可，更庆幸自己为了应付紧紧相逼的家人厚着脸皮拉上安可可扮演假情侣。如果没有命运的巧妙安排，他的生命就不会因为这个小女孩的出现突然大放异彩。

缘这东西，妙不可言。

过去，他觉得自己背负的东西太多，那些孩子的未来和他紧紧捆绑在了一起，他心中的牵挂除了将孩子们培养出来，已容不下任何的小情小爱。他无法想象那种鸡飞狗跳的日子。假如他有了女友，女友逼迫他回北京结婚，为了房，为了车，为了那些重要又不重要的东西反复讨论、反复计较，他害怕爱情会绑架生活，让人心生疲惫。

可安可可的出现让他想去试试看，尝试一下自己是不是也能够在孩子们之外拥有一份感情。

安可可不会计较，她甚至傻到想搬来西藏跟他一起支教。

季初默默地摸摸安可可的脑袋瓜，心中的疼爱不禁又增添了几分。

傻瓜。

安可可就是个小傻瓜，可季初自己又何尝不是个傻瓜？

放弃北京那么优渥的生活条件，跑来这么个贫穷落后的地方支教，一蹲就是几年，所有的收入几乎都花在了孩子们身上，除了爱，什么都没留下。

当初，季初背着大行囊，拿着机票，义无反顾地登上北京飞往拉萨的飞机时，季母站在安检口外看着儿子远去的背影，不断重复感叹着一句话："我们家小儿子怕是傻掉了，他肯定是傻掉了。"

是啊，傻掉了。

那句老话是怎么说的来着？"不是一家人，不进一家门。"

季初心中甜蜜地想着：两个"傻瓜"在一起，也蛮好的……

安可可躺在季初的怀中，睡了她到西藏以后最踏实的一夜。

季初的呼吸声在她耳边萦绕着，就像是世间最动人的催眠曲，让她沉沉入睡。

她本以为自己会做个美梦，可她什么梦都没做，实实在在睡了一整晚，以至于第二日日照三竿了，她才揉了揉眼，醒了过来。

醒来时季初并不在自己身边，安可可尖叫一声从床上坐了起来，用薄薄的被子捂住了脸。

季初闻声，冲到床边，皱眉问道："怎么了？有虫子？"

山区偶尔有个把虫子爬上床榻，也不是什么新鲜事，只是他没想到小女孩的胆子太小了，竟然连虫子都怕。

安可可将被子悄悄下移，露出眼珠，羞涩地转着："没有。"

"那你叫什么？"

"我有点不敢相信……我竟然，睡了季哥哥？"

季初又好气又好笑，小女孩尖叫竟然只是因为这个？昨晚他们不过就是躺在同一张床铺上，盖着同一床被褥而已，各自衣衫完整，什么都没发生，半点没越界，哪能算得上是"睡了"？

不过，要算没睡过，似乎也不太对……

"是的，你睡了。"季初想逗逗她，故意把"睡"字咬得重重的，"所以，你要对我负责，知道吗？"

安可可的小雀跃毫不掩饰地挂在脸上，都快偷笑成了一朵花。

她拼命地点了点头，甜甜蜜蜜地回应着季初："嗯！负责！我保证负责！"

当然要负责，她才不会放跑好不容易追来的季哥哥。

这种情侣间的日常相处甜到发腻，让季初不太适应。他怕自己会沉溺于这种感觉，以至于分开后相思成疾。季初不再跟她开玩笑，辛苦地板起脸来，伸手拍拍她的屁股，赶她起床："赶紧起来，行李都给你收拾好了，等下送你去拉萨。墨脱只有一班车出入，晚了就赶不上了。"

安可可闻言一惊，如同五雷轰顶。

季哥哥要送自己走？！

拉萨贡嘎机场里。

小卓玛假装新奇地跑到落地玻璃前看大飞机，她实则是不想当电灯泡，避开季老师和安姐姐卿卿我我的道别场景。

安可可的头发梳成了两条长长的小辫，俏皮地甩在后背上，她拉着自己的行李箱，依依不舍地看着季初，用手指钩着他的裤子口袋，仰着头佯装可怜，小心翼翼地讨价还价："真的要送我回去吗？不能再留两天？"

"不行！"

季初斩钉截铁地拒绝了。他板着脸，告诫自己不要心软，否则，他真怕自己下一秒就将安可可揉进怀里，点头答应她的无理请求。

"就留一天……"安可可发现季初的裤子口袋里有个破洞，似乎她越钩破洞越大，她赶紧收回不安分的手，可已经来不及了，只听得"哐当"一声，季初那部破旧的老手机顺着破洞掉到了地上，摔出清脆的声音。

"对不起，季哥哥，我不是故意的。"安可可赶紧道歉。

她看着季初的破牛仔裤，心中盘算着，回了北京之后，她一定要给他买几条牛仔裤寄过来。

季初那几条牛仔裤都磨得又破又白，没哪条不是好几个洞的。

季初弯腰去捡手机。

明明就是最普通不过的白色 T 恤、破洞牛仔裤，很路人的打扮，但在安可可的眼里，季初却像是闪闪发光的偶像。

在接机送机的人群中，突然发出了一阵尖叫声，安可可诧异地偏头去看是谁这么聒噪。

眼见着几个十几岁的少女举着会发光的荧光灯牌，上面写着"Martin 宇宙无敌第一帅"，尖叫着相互簇拥着往前拥去。她们叫着跑着，挤到一个全副武装、背着一把吉他，戴着棒球帽、墨镜和口罩的潮男面前，而后发出更激烈的尖叫声，差点要把机场的顶都给掀翻了。

安可可不太认识明星，不过看这个阵仗，她猜也能猜到这个叫 Martin 的潮男是个明星歌手。

有个经纪人模样的男人凶神恶煞地挡在潮男面前，警告着少女们不要拍照。可少女们哪听得进去呢？那个经纪人越是警告，她们越是将手机举得高高的，摄像头都快贴到潮男的脸上去了。

"脸都遮成那样了，还能认得出来，真是有本事。"待到粉丝追着歌手走远，安可可才吐吐舌头，在背后轻微吐槽了几句，"什么宇宙无敌第一帅，分明没有我们家季哥哥帅！"

那口气，真是像极了日常夸儿子的季母。

当年季母有个要好的小姐妹，送了季母一张某个以颜值出名的当红男星的演唱会门票，据说前排 VIP 区一票难求，小姐妹热情邀请季母一同前往。

当近距离看到男星的样貌时，小姐妹悄悄拉着季母吐槽着："哎呀，真人有点幻灭哎，要我说，还不如你家小儿子帅呢！"

当时季母就得意得厉害，回家后更是依葫芦画瓢，学着小姐妹的模样，自夸道："哎呀，都是媒体吹捧出来的，哪儿帅了？花那么多钱去看他还不如来我们家看我儿子呢！季初啊，要不你毕业以后也去当明星吧？"

"好了，走了，别耽误飞机。"季初低头看了一眼时间，拍了拍安可可花痴的脸蛋，下了最后通牒。

"知道啦。"

安可可明白自己动摇不了季初的意志，不情不愿地吐吐舌头，拉着行李箱开始慢吞吞地往安检的方向走去，每走一步就依依不舍地回一次头。

"要记得想我喔！"小女孩一回头。

"嗯。"

真临道别，看着小女孩的身影走远，季初反倒是有些不是滋味，什么话也说不出来。

"要给我打电话喔！"小女孩二回头。

"嗯。"

"要每天给我打喔！"小女孩三回头。

"嗯。"

当然会想她，当然会每天都给她打电话。

眼见着小女孩终于走到了安检口，开始接受安检人员的贴身检测，季初才低下头来，在心中叹了口气——这是他头一次还没过完暑假，就开始盼望着寒假的到来。

他怎么都没想到，小女孩都已经通过安检口了，又突然冒冒失失地穿过人群跑了回来。

安可可甩着两条小辫，慌慌张张，一路小跑来到季初的面前，气喘吁吁猛地往上一跳，伸手紧紧钩住季初的脖子，像是一只树袋熊一般，整个人都挂在了季初的脖子上。

季初立刻托住安可可的腿，防止她摔下去。

安可可的裙子有点短，这个姿势，有点尴尬了。

少女的气息再次停留在了季初的身上，扰人心智，让人贪婪留恋。

"胡闹……"

哪有人过了安检还跑回来的？

季初冲着安检口的安检人员做了个满是歉意的表情，轻声斥责着安可可，可语气中却另有一番宠溺的味道。

他将安可可轻轻放在地面上，想批评她，却根本开不了口，千言万语最后全都化成了一句温柔的叮嘱："好好念书，好好下棋，寒假的时候，我回北京找你。"

是叮嘱，更是承诺。

安可可捂着嘴窃笑，用力点了点脑袋，表示自己知道了。

季初伸出手来，依依不舍地刮了刮安可可的鼻尖："让工作人员等着不好，快进去。"

"嗯。"

安可可嘴上答应着，脚下却是半点行动的意思都没有。

季初像是想起了什么似的，将手伸进另外一边的裤子口袋里，从中掏出一颗巧克力塞到安可可的手里。

　　那是他从北京带回西藏的，一大袋巧克力早就被孩子们一扫而空，瓜分得干干净净，唯独这么一颗遗落在行李箱的角落里。

　　季初记得，安可可似乎很喜欢吃这个牌子的东西，出门前便特地将那颗巧克力塞进了口袋里。

　　安可可惊喜地"咦"了一声："还好你的裤子口袋只破了一边。"

　　要是两边都破了，她就没巧克力吃了。

　　"想我的时候，就吃糖。" 季初温柔的话语在安可可耳边响起。

　　糖给你，情窦初开给你。

　　心给你，余生都想给你。

　　季初给安可可买的是经济舱，不过安可可经常飞这家航空公司的航线，一上飞机就用里程升了舱。

　　坐到商务舱之后，安可可舒舒服服地伸了个懒腰。

　　在西藏这些天着实把她累坏了。四处寻找季初的时候，她心中装着事，没察觉到累。找到季初以后，她心中全是甜，更是没觉得累，现在离开了，倒是后知后觉胳膊也不是自己的，腿也不是自己的，哪哪都隐隐作痛。

　　升个舱好补觉，安可可是这样想的。

　　"小姐，你的糖掉了。"突然，有个声音彬彬有礼地提醒着安可可。

　　安可可低头一看，是季初临别时送她的巧克力糖掉在了地上。

　　她赶紧俯下身去捡糖，像是珍宝一般小心翼翼地捧在手心里。她松了一口气，转过头去向邻座的"好心人"道谢道："谢谢你啊。"

　　话音刚落，她的瞳孔就突然放大了。

是他？

这不就是那个刚刚在机场里引起骚动的歌手吗？

刚刚隔着墨镜、口罩，她根本没看清他长什么样，这会儿他把墨镜、口罩都拿下来了，看起来确实有点帅气。尤其是他一身潮牌新款运动衣，将好身材勾勒得清清楚楚，也难怪那些粉丝见到他那般激动了。

不过吧，安可可还是觉得季初比这个歌手更帅一点。

"嘘，不要尖叫。"很显然，歌手误会了点什么，冲着安可可比画了一个"嘘"的手势，"我可以给你签名，也可以合影，但是请你不要声张。"

好自恋啊，安可可感叹着。

"不用啦，我要睡觉了。"安可可一口拒绝了他的要求，反倒是裹紧了领口，一副立马就能睡着的架势。

谁要跟他合影签名了？她又不追星！

歌手第一次被人拒绝，脸色有些尴尬，不过他立马就恢复了自然，笑着勾了勾嘴角，自嘲道："看来还是不够红啊……"

安可可不再搭理他，紧紧闭着嘴，随时进入休眠状态。

不一会儿，安可可就真睡着了。

她睡着了以后，恍惚之中，仿佛听到有人在过道上行走，还不停地抱怨着。

"真是麻烦，头等舱全满了，想升舱也升不成！这个节目组真过分，我一再强调了我们家艺人只坐头等舱，偏偏还给买了商务舱，这不是成心气人吗？下次绝不再跟他们合作！"

"好啦，消消气，坐商务舱也没什么不好……"

"特别不好！哪里好？Martin，你要记住一条，合作方对你越尊重，就显得你越重要，如果连写进合同里的要求都不遵守，拿这种商务舱来敷衍你，说明他们觉得你不够红、好糊弄。"

"好啦，快坐下，都要起飞了哎……"

迷迷糊糊地，安可可做了个梦，梦见有个毛毛虫爬到了自己身上，还得意扬扬地扭动着绿油油的身子，恶心极了，吓得她捂着脸乱跳。身边那个歌手说要帮她，直接拿手去拍那条毛毛虫。

啪！

安可可醒了。

没有毛毛虫，哪有什么毛毛虫？不过确实是有人在拍她，是身边那个叫 Martin 的歌手。

此刻 Martin 一脸苍白，眉头几乎都皱到一起去了。

"你怎么了？需要帮忙吗？要不，我帮你叫空姐？"安可可见他一只手捂着胸，一只手扶着额头，差点吓坏了，慌张地关心起他来。

"不用麻烦，我这是低血糖，老毛病，吃颗糖就 OK 了。"对方虚弱地冲着安可可的口袋指了指，"你那颗糖，能给我救救急吗？"

安可可怎么都没想到，他拍醒自己是为了找自己讨一颗糖。

虽然给颗糖是小事，但安可可此刻难以抉择，左右为难。

这颗糖是季初给她的分别礼物，季初说了"想他的时候就吃糖"，她自己都没舍得吃，就给陌生人吃？

不给吧，看着对方痛苦的神情，安可可又觉得于心不忍。

这可是人命关天的事啊……

"呼呼呼……" Martin 胸前的起伏越发明显起来，一点都不像是在骗人。

安可可见状，一咬牙，毫不犹豫地将那颗巧克力糖从口袋里掏了出来，然后剥开锡纸外皮，立刻塞进了 Martin 的嘴中。

救人一命，胜造七级浮屠。

可糖到了 Martin 的嘴里，他却很是有些嫌弃："是巧克力？我还以为是水果软糖呢。"

这不是重点！安可可关心地问他："你现在感觉好点没？"

Martin："好点了吧……"

巧克力的香味在狭小的机舱内弥漫。

"商务舱真是……"突然，Martin 那个很凶神恶煞、很爱抱怨的经纪人从厕所折返，捂着鼻子出现在两人面前，"有人在吃巧克力？这什么味儿啊，腻死了！"

Martin 赶紧囫囵吞枣地将整颗巧克力糖吞下。

尖叫声响起。

"Martin，是你在偷吃巧克力？"经纪人气坏了，疯狂地抓头，"我强调不止一万遍了吧？戒糖，戒肉，严格控制摄入！你还想不想红了？"

"是她给我的……"

"他说他低血糖……"

安可可和 Martin 同时指责对方。

纵使 Martin 想把责任甩给素不相识的安可可，经纪人也不信他。跟了 Martin 那么久，Martin 是什么样的人他能不清楚？

经纪人气愤地拎起 Martin 的衣领，狠狠教训道："真有你的！装病跟粉丝骗糖吃，你就自我放纵吧，你看我以后还管不管你！"

安可可也气道："我不是他粉丝。"

她是好心的东郭先生，被这匹会演戏的大尾巴狼给骗了！

那可是季哥哥给她的巧克力糖！

Martin 无赖地两手一摊，没脸没皮地强行解释道："刚刚真的情况危急嘛……唉，为了拍那个该死的洗发水广告，我都一天没吃饭了，能不低血糖啊？"

"再饿你三天三夜，你也不会低血糖！"经纪人不相信他的话，"上次你借口自己中暑骗粉丝的冰激凌吃，上上次你拿感冒骗粉丝的奶茶喝，你可真够有出息的！"

Martin被经纪人无情地揭穿，只能白了他一眼，开始转移话题："哎，你安静点，飞机上，别打扰到别的乘客休息。"

他说的是实话，有几个乘客已经开始不耐烦地皱眉了。

经纪人拿他没办法，有气没处撒，一连瞪了他好几眼，终于还是愤愤不平地走回自己的座位，不再理睬他。

安可可的一番好心被人狠狠耍了，自然也不想再理睬Martin。她别过头去，同他经纪人一样，也不再理人。

Martin两手一摊，坐回自己的座位上，倒是像个没事人一样，仿佛刚才的闹剧跟他一点关系都没有，只有嘴角处隐隐的笑意出卖了他此刻的心情——骗来的糖，果然特别好吃。

安可可好一番折腾才到了家，本以为要面对刀山火海，却没想到家里并没有她想象中的那么可怕。

作为一个乖乖女，安可可从没有做过太出格的行为，这还是她第一次在父母面前撒弥天大谎，以至于她一颗心七上八下，不知道该如何面对好了。

安可可小心翼翼地打开家门，先探出自己的小脑袋进屋探探风，见安爸爸、安妈妈都正襟危坐在沙发上，便耷拉着脑袋，一副准备好了受批挨骂的样子，一小步一小步地拖着行李箱挪进来。

她雪白色的棉布裙在抢险的时候沾上了大片的沙泥，污渍洗不掉了，看起来特别的扎眼。

安妈妈看着安可可那副落难公主的模样，心中又气又心疼，真想冲上前去把宝贝女儿狠狠揉进怀里，再细细检查一下安可可身上有没有地方受伤，可慈母多败儿，她又不想在犯了错的孩子面前表现得太过宠溺。

而安爸爸瞟了安妈妈一眼，见最近火气甚大的老婆大人没发声，也没敢发声。

"你还知道回来啊？"安妈妈虎着脸，装腔作势地训斥了安可可一句。

总归要有人唱红脸吧？

安可可蹭到安妈妈的身边，拉了拉安妈妈的裙摆，小声道："妈妈，对不起啦，是我不好……"

女儿一撒娇，安爸爸的心就软了。

不待安妈妈接着教训安可可，安爸爸就赶忙帮安可可打掩护："可可知道错了，我想她也不是故意瞒着我们，她也是有苦衷的，季初不都在电话里说了，是因为地震没信号，所以才失联的吗？"

安妈妈被这么一打岔，顿时就忘记训孩子，调转头来训老公："你就知道惯孩子！都是你惯的！"

安爸爸一边点头顺从地接着老婆的批评，一边给安可可递着眼色，暗示她赶紧回房："这一路累坏了吧？赶紧去洗个澡，把脏衣服换了，别在这儿站着惹你妈生气……"

安可可吐着舌头，拉着行李逃之夭夭。

安妈妈嘴上抱怨安可可，可等到安可可洗完澡出来，却给安可可煮好了一大碗热气腾腾的面，悄悄放在床头柜上。

安可可端起面碗的那一瞬间，心里酸酸的。

确实是自己不懂事……撒那种谎，跑那么远，害得爸爸妈妈担心，还报警了。若是自己再不出现，妈妈肯定要哭坏身子的。

小时候安可可得过一次怪病，浑身上下长满了一种红色的包，像是过敏了一般，还伴随着严重的发烧和心律不齐。那会儿安可可岁数小，以至于她自己都印象模糊了，她只记得安妈妈抱着她去看病，一路跑一路哭……

安妈妈和安爸爸从来都只是嘴上叫着不溺爱孩子，实际上他们俩一人比一人宠溺。

安可可正想着呢，手机显示来了短信，是她的季哥哥。

季初：到家了吧？

下飞机的时候，季初就来过短信问她飞机着陆没。她很是享受季初的这种变化，似乎季初比她还要先进入男朋友的角色。

安可可喜滋滋地举起手机来，拍下自己和面条的合影，给季初发了过去。

安可可：到家啦，妈妈给我煮了面条呢。季哥哥，我要向你承认一个错，我把你送我的糖弄丢了，呜呜呜……

哪里是弄丢了，分明是那个骗子给骗去了！

安可可气鼓鼓地想着，气鼓鼓地扒了一口面，把心里的郁闷给压下去。

很快，比吃了糖还要甜的短信就回过来了。

季初：不差那一颗，兜兜里永远有你的糖。

安可可的心跳突然就漏了一拍，她捂着胸口感受着心脏怦怦乱跳的节奏，甜蜜地歪倒在了床上。

兜兜里永远有你的糖……

此生遇到你，何其幸运。

暑假所剩时日不多。

安可可一边和季初指间谈情，用手机维系着这来之不易的感情，一边努力地准备着暑假里的最后一场比赛。

上一次世界精英智力公开赛，因为季母要做手术，安可可弃权了，错失了一次争夺混双名次的好机会。这一次，棋社里的领导千叮万嘱，要安可可和史一航好好备战，不许再出么蛾子。

连续备战数日，安可可和史一航上了战场。

安可可从藏区回来后，好几条弄脏的裙子都被安妈妈给扔掉了，便置办了些新行头，眼下她就穿着一条崭新的鹅黄色波点裙，在棋手之中很是显眼，不时引来各种关注。

"女大十八变，越变越好看啊！"史一航一见安可可就开始花式夸赞，"我们的可可小公主真是出落得一天比一天美。"

安可可冲着他做了个鬼脸："有那么夸张吗？"

安可可安静的时候仿若希腊女神像一般静谧美好，活泼的时候，又像小鹿一般活泼可爱。

两人正有一搭没一搭地嘻嘻哈哈着呢，突然，比赛现场出现了一个让人意外的身影——卫奕竟然来了！

史一航挠头，比赛选手名单上明明没有卫奕啊……

而且卫奕最近这是怎么了？风格大变的他已经连续两次出现在史一航的面前时，都是西装革履了，那个邋遢风格的世界冠军不见了，真是让史一航好不适应啊。

"卫小爷，你怎么来了？"史一航嘿嘿笑了一声，冲着卫奕的肩头轻轻挥了一拳，"嘀，上次是谁说再也不会下混双了？"

特别有才华的人，往往行为举止都有些怪。

譬如卫奕，没他的比赛从不出现，有他的比赛也都是下完就走，在他的认知里，不值得为了任何与他无关的事情浪费时间。

史一航实在是想不通为何卫奕会出现在赛场。

卫奕神态不太自然地瞪了史一航一眼，道："我来给你们加油的，不行啊？"

史一航受宠若惊啊！

"行行行，世界冠军来现场给我加油，天大的面子。可可，你说是不是？"史一航嘿嘿一笑，冲着安可可挤眉弄眼。

"你们俩什么时候关系这么好了？背着我有情况？坦白从宽，抗拒从严！"

卫奕一听安可可误会了，立刻急着跟史一航划清界限："谁跟他关系好了？我是来给你加油的。"

这一说，就说漏了嘴，不过卫奕想撤回也来不及了。

史一航看着卫奕懊恼的眼神，立刻就懂了，戏谑性十足地打趣起卫奕来："原来不是为我而来啊，真是让人伤心呢。没想到堂堂世界冠军，竟然是重色轻友之人……唏嘘啊，唏嘘！"

卫奕本就不善言辞，被史一航这么一提弄，立刻不知如何是好了，憋红了脸站在那儿，好半天都没找到回击的话来。

"你就知道欺负卫奕。"安可可知道史一航是故意的，连掐了史一航好几把。

这种事，安可可见得多了。

以前有个小棋手红着脸向安可可告白，这还没等安可可拒绝呢，就被史一航来来回回打趣了好几遍，到后来小棋手就跑了，告白的事就不了了之了。

眼见着卫奕的脸比猴子屁股还要红，和当年那个小棋手的神情还真是神似。

史一航"哎哟"了一声，理直气壮道："我下棋又下不过他，好不容易能嘴巴上欺负他两下，不行啊？"

第九章
恋爱守则

　　"行，怎么不行啊？你弱你有理。"安可可跟别人或许还贫不起来，跟一直厮混在一起下棋的史一航，那是什么玩笑都开得起来，立刻毫不示弱地替卫奕打抱不平了回去。

　　史一航兴致勃勃，还想跟安可可斗两句嘴呢，却被闷不吭声的卫奕跳出来打了圆场。

　　"别吵了，我是来给安可可加油的。可可，加油！"

　　除了"加油"，卫奕也不知道说什么好，总之，加油没错就是了。

　　他看着史一航能跟安可可那般轻松地聊天，很是羡慕，可是对他来说，光是挤出"加油"这两个字，就已经非常之艰难了。

　　他的世界里从来都只有对手和围棋，如今突然冒出了"友情""爱情"这些又陌生又令人害怕的东西来，让他很不适应。

　　不过没关系，来日方长，他可以慢慢适应。

　　卫奕悄悄从那不服帖的韩式刘海下看了安可可一眼，又立刻心虚地将眼皮子垂了下去。

嗯，她穿白色好看，穿黄色也很好看……

有点像是……鸡蛋刚刚煎熟的颜色？

卫奕被脑子里冒出来的想法吓了一大跳，这都是什么乱七八糟的怪比喻？

安可可冲着史一航吐了吐舌头，让他别瞎说话，然后扭头用标准的台湾腔冲着卫奕说道："会的啦，我们一定会好好发挥的！谢谢你的鼓励喔！"

还没聊上几句呢，就到棋手进场落座的时间了。

史一航带着安可可去找座位，卫奕也没走，在观众区随便找了个空座就坐了下来。

史一航一边走一边在安可可耳边嘀咕着："这卫小爷没吃错药吧？不是网传他从不看人下棋吗？今儿怎么这么反常，还坐观众席了，莫非真是特地来看我们比赛的？"

"好好下棋，别想那些有的没的，上次我们弃权了，要是这场比赛名次不佳，棋院的领导肯定要找我们谈心了。"

安可可摆出一本正经脸，显然已经开始进入备战状态。

史一航闻言也收起了八卦的嘴脸，深呼吸，调整心态，随时准备坐下应战打比赛。

好久没有打比赛了，安可可的状态超级好。

她的小宇宙爆发，妙棋连连，连史一航都跟着兴奋不已，一路冲锋陷阵，你一子，我一子，一个诱，一个堵，对手连连丢盔弃甲，缴枪投降。

第一场淘汰赛，他们胜了。

第二场晋级赛，他们也胜了。

第三场半决赛，他们一样胜了。

一路奋勇杀进总决赛，史一航郑重地在赛前洗了个手，道：

"这可是我们离冠军奖杯最近的一次,这次我们一定要好好发挥,不能掉链子。"

安可可信心满满:"我是不会掉链子的!"

史一航不甘示弱:"我也不会掉链子的!"

两人相视一笑,昂首挺胸地走进了赛场,等待着最后的冠军争夺赛。

说来也是奇怪,这次的比赛,场场卫奕都会来,一场都没落下。记者们都没心思采访场上的比赛选手了,反倒是围着沉默寡言的卫奕,没少拍照提问。

说是提问,其实记者们心里都有数,卫奕对采访一贯是比较冷脸,根本不会回答的,能让拍照就不错了。

哪知道,卫奕反常地挑了两个问题回答。

他说:"这场的混双很有看头,你们可以好好看看,老将对新秀,一方棋风稳,一方棋风有冲劲。"

他还说:"让我猜谁能主宰棋面?你们不知道自己看吗?"

卫奕点评的这场比赛,正是安可可和史一航这两个棋坛的晚辈,对战老将魏辛和熊爽的冠军争夺战。

"棋风有冲劲"自然是在说安可可与史一航了。

安可可和史一航的棋风原本并不冲,可那段时日与卫奕捉对训练多了,渐渐也习惯了卫奕的快棋,落子逐渐有卫奕的风范来,有时候落子速度之快,招数之凶让对手有些应接不暇。

老将魏辛和熊爽属于棋坛里成名比较早的老棋手了,他们二人联手下混双已经二十多年了,拿下的混双冠军奖杯不少。

一场畅快淋漓的比赛结束之后,魏辛、熊爽站起来和安可可、史一航握手。

魏辛笑眯眯地道:"后生可畏啊!"

史一航赶紧客气道:"前辈谬赞,晚辈侥幸而已。多多指教!

多多指教！"

　　并不是什么侥幸，这场比赛，安可可和史一航落子极稳，反倒是魏辛和熊爽失误比较多，让安可可他们抓住了几次败笔，然后穷追猛打，最后以相当大的差距获胜，可以说是实至名归了。

　　安可可甜甜地傻笑着，把周旋的活让给史一航来干。

　　他们两个刚开始搭档的时候，就畅想过有朝一日他们拿下冠军奖杯，要怎么样怎么样。

　　史一航那时候就说了，真有那么一天，安可可就负责对着镜头美美地笑，是颜值担当，他就负责应付媒体应接不暇的提问，是外交担当。

　　真当各家媒体的采访话筒递到史一航面前时，史一航说话倒是有些结结巴巴，眼花又耳鸣，脑袋一片空白。

　　他总算是明白了，为何卫奕面对镜头总是沉默寡言、不喜言辞了——真的会紧张到不知道说什么好啊！

　　史一航捧着奖杯，好不容易才应付完媒体，脑门上全是细汗。

　　下了台，安可可打趣他。

　　安可可："哈哈哈，当冠军的滋味如何？"

　　安可可很小的时候就在台湾区拿过一次女子围棋比赛的冠军了，这算是第二次捧回奖杯，而史一航却是围棋生涯中第一次摸到奖杯，比起淡定一些的安可可，他就显得激动多了。

　　此刻，二十七岁的青年棋手史一航正紧紧地抱着冠军奖杯不肯撒手呢。

　　"妙妙妙！"史一航丝毫不掩饰心中的喜悦，连叫了三声"妙"，"今年过年的时候我妈还说我要是再拿不到冠军，就要打一辈子光棍了。"

　　"你拿冠军和打光棍有关系吗？"安可可不解。

　　"当然有啊，我还是小屁孩的时候，刚刚学围棋啥也不懂，就一本正经地发誓说我这辈子拿不到冠军绝不娶媳妇。"史一航说道，"我妈老拿小时候的事嘲笑我，说我就是被这个给咒了，不拿下冠军，注定娶不到媳妇……"

"平时没人追你？"

"没啊……"

安可可上下打量了史一航一遍，难以置信，史一航要说长得也文质彬彬的，挺文雅的一个人，怎么会没有女孩子追呢？

不过今天是他们夺冠的好日子，安可可拍了拍史一航的肩膀，道："没事，说不定你未来的媳妇明天看了你夺冠的报道，就一见钟情爱上你了呢？"

史一航"嘿嘿"一笑："别明天了，我们现在就去找美女去。走！找个地方庆祝一下，我请客？"

还没等安可可答应，卫奕就刚好朝着他们走过来了。

史一航连忙叫住卫奕："我们要去庆功，一起吧？"

卫奕点头。

要说起这冠军奖杯，军功章也有卫奕一半，请他这个陪练吃顿饭也是应该的。

三人抱着冠军奖杯，有说有笑地就近找了家餐厅。

安可可刚刚坐下，就笑靥如花地让史一航把奖杯给她，她要打个视频电话报喜。

卫奕脱口而出："给你爸妈报喜吗？"

安可可愣了一下……

比赛刚刚出结果，她就忍不住窃喜，给安爸爸、安妈妈发过报喜信息了。现在她是想跟她的季哥哥视频一下，分享喜悦呢。

安可可一脸娇羞，道："不呀，是给男朋友报喜……"说完，她就猫着腰，更娇羞地抱着奖杯溜出去打电话了。

卫奕一脸沮丧地看着史一航，声音隐隐有些不对劲："她又有新男朋友了？"

"还是原来那个男朋友。"史一航一边挥手招服务生来点菜，一边指点着卫奕，"卫小爷，之前我不是说过了，你要喜欢可可就早点挑明，那会儿安可可分手了，正是好时机，你就该乘虚而入的。现在好了，左等右等，时机都被你等没了，他们又和好了……"

卫奕没有说话。

他并不觉得那时是乘虚而入的好时机。

虽然说下棋的时候，任何对手薄弱的地方，都是乘虚而入的好时机，可爱情不是。

爱情不是下棋，不该步步算计。

他想要什么样的爱情？他小时候看《射雕英雄传》，特别羡慕一对神仙眷侣：黄药师和其妻子冯衡。

一曲笛、琴合奏的《碧海潮声曲》让人闻之失魂，两个同等聪明、有共同兴趣爱好的人在一起，才更有共同语言。

放眼整个围棋界，除了他，还有谁比他卫奕更年轻，更优秀？他从对安可可有好感的那一刻起，就从未想过要去刻意地表达自己的"喜欢"。

他本以为安可可会欣赏比她更聪明、更睿智的围棋高手，而不是看重皮相去喜欢所谓的帅哥。

可没想到，他竟然预判失误了。

"来来来，这家的饺子特别好吃，我给你倒点辣椒酱，你先吃点饺子垫垫肚子。"史一航点的饺子先上了，他热情地给卫奕张罗着。

"有醋吗？"卫奕回过神来。

"哟，你要吃醋啊？吃谁的醋啊？季初的醋啊？"史一航故意话中有话地调侃起了卫奕。

卫奕的脸色顿时就垮了下去。

他不太想听到这个名字，最起码现在不太想听到这个名字。而且，他也不想听别人开他的玩笑。

卫奕垮着脸，史一航却丝毫不当回事地拍拍他的肩膀，打开一瓶镇江陈醋，倒进他的碗里："年轻人，别天天绷着一张脸，一副苦大仇深的样子，不招女孩子喜欢，多笑笑哈！"

卫奕："……"

正说着呢，安可可刚好跟季初甜蜜视频完，呼哧呼哧地抱着奖杯走进来，好巧不巧听到了史一航说的后半句话，随口在卫奕面前补上一刀。

安可可："对呀，卫奕，你笑起来的样子挺帅的呀！"

如果你喜欢一个人，那么这个人的任何话，都会像是迷魂药。

自从安可可评价卫奕笑起来挺帅之后，卫奕就开始喜欢在家对着镜子练习微笑。

有一回，他正不自觉地对着镜子勾起嘴角呢，卫妈妈突然打开洗手间的门闯了进来。

"你傻笑什么呢？"卫妈妈愣了一下。

自己这个儿子从小就有点怪，什么都不喜欢，就喜欢下棋。别家的小孩活泼天真，唯独他从小到大都顶着一张愤世嫉俗的脸。

亲戚朋友都评价卫奕少年老成，卫妈妈也只好对外解释，说是自己儿子钻研围棋太过入神，所以才总是板着一张脸。

突然看儿子对着镜子傻笑，她有点不习惯。

卫奕顿时把笑给掩了下去，神色慌张地推开卫生间门就出去了："没什么，我去下棋了！"

卫妈妈见他水龙头也没关，很是不爽地在他身后吼了一嗓子："天天下棋，都下傻了你！"

卫奕成也围棋，败也围棋，靠着围棋这个媒介，没事就能跑去找安可可下棋，可安可可也就真的只是跟他下棋而已。

　　每回下完棋，安可可还要伸伸懒腰，看一眼时间，不是嘀咕着"季哥哥该下课了"，就是嘀咕着"也不知道季哥哥吃饭没"，让卫奕不知道聊什么好。

　　他只能跟她聊围棋。

　　两人聊围棋的时候，安可可极其认真，总是和卫奕争论得面红耳赤，非要争出个输赢来才罢休。

　　也只有和安可可聊围棋的时候，卫奕才觉得是快乐的。

　　他觉得跟安可可保持这样的关系也挺好的，是朋友，也是对手，大家有共同的兴趣，也有共同追求的目标。只是，偶尔看到安可可甜甜的笑容时，他的心中会有些不甘。

　　这日子一晃就到了安可可开学那天。

　　到了大四，学生宿舍就格外空闲，四人宿舍只剩下安可可和汤巧巧两个人住。

　　眼见着安可可回校了，汤巧巧也不顾自己正穿着睡衣、嘴里吃着泡面呢，冲上去就给安可可一个大大的熊抱。

　　安可可一脸嫌弃地将汤巧巧拎开："你怎么才开学就开始吃泡面了呀？你不是暑假实习挣着钱了吗？"

　　宿舍四个人，最常吃泡面的人就是汤巧巧。

　　每次汤巧巧吃泡面的理由都是五花八门的，比如，为了买idol(偶像)的演唱会门票，没钱吃饭了；比如，定了珍藏版的漫画，穷了；比如，矫正了一下牙齿，荷包就见底了……

　　别看汤巧巧平日里兴趣爱好多，又是追星又是追漫画的，有点像是荒废学业的少女，可清华大学里没有简单的学生，看似是追星少女的汤巧巧实际上是个深藏不露的学霸，大学四年里没少拿奖学金，平日里安可可有什么不懂的问题，也都是请教汤巧巧。

汤巧巧满脸兴奋地跑到自己的床位下面，翘着屁股挪了好半天，才费力地挪出了一个大皮箱子，然后她打开箱子，从里面抱出一把吉他来，像是献宝似的在安可可面前显摆着。

"我买了把吉他！哈哈！"汤巧巧显摆完了，还不忘拉着自己的好姐妹叫穷，"这个月，又要靠你养我了。"

"有我一口饭吃，就有你一口汤喝哈，放心！"

宿舍中，安可可和汤巧巧的关系最铁。汤巧巧总是在安可可打比赛的日子帮安可可请假、记笔记，安可可也总是在汤巧巧荷包见底的时候救济她。

两人相视会心一笑。

安可可还没玩过吉他呢，她好奇地拨弄着吉他上的几根弦，问汤巧巧："你会弹吉他吗？"

"不会啊。"

"那你买它干吗？你怎么突然想学吉他？"安可可费解。

在她的印象中，汤巧巧是个不喜欢学才艺的人，休闲的时候，她只喜欢窝在宿舍的小床上，戴着耳机，开着笔记本电脑看电视剧或者综艺，不时发出"咪咪"的笑声。

太阳怎么打西边出来了？五音不全的汤巧巧竟然买吉他要学乐器了？

汤巧巧大言不惭地拍着胸脯道："我的idol说了，他喜欢会弹吉他、会跳舞的女生，我还在健身房报名了舞蹈课程呢，这次是真穷了……"

安可可"扑哧"一声笑了出来："你哪个idol？"

追星真可怕，竟然可以因为idol随便说的一句话，就让粉丝下决心改变自己。

汤巧巧脱口而出："当然是M……"

不过她话还没说完，就把话收了回来："算了，你有脸盲症，跟你说了也白说，反正你也记不住。"

　　这倒是，安可可也懒得记。

　　两人正有说有笑呢，安可可的手机冷不丁响了。

　　她急急地掏出手机来一看，是季初问她到学校没。

　　自从两人正式敞开心扉决定在一起之后，季初就跟换了一个人似的，不再冷若冰霜，反倒是相当细心。他会记得安可可需要几点起床，几点比赛，几点去学校，等等，时间一到，"男友牌闹钟"一定会准时提醒。

　　安可可喜欢这种特别有仪式感的表达关心的方式，一个人若是心中有你，自然时时都惦记着你，关心你吃没吃早饭，关心你是否穿够衣服，关心你有没有安全到家。

　　她不自觉地嘴角上扬，一脸甜蜜地迅速按着手机键盘回复起季初来。

　　汤巧巧一看安可可这样子就觉得不对劲，这小妮子何时给人发短信时这般矫揉造作过？

　　"有情况！"

　　"什么呀？"安可可不明就里，她一抬头，恰好撞上汤巧巧的八卦脸，吓了一大跳。

　　"坦白从宽，抗拒从严。你是不是谈恋爱了？"

　　汤巧巧偶像剧看多了，成天爱装恋爱专家，给姐妹们分析这个分析那个的，没少当狗头军师。其实全是纸上谈兵，现实里她半点儿恋爱经验都没有。

　　根据她不靠谱的第一二三四五六感判断，安可可百分之一百是陷入感情陷阱了。

　　果然，安可可毫不避讳地点点头："谈恋爱不是很正常的事情吗？"

汤巧巧哀号一声。

这小妮子果然是被臭男人拐走了……

清华大学里优秀的学子特别多，汤巧巧总是打着"促进两岸友谊"的口号，热心地给安可可介绍有颜又有才的清华师哥，可安可可一直只专注于下围棋，根本懒得应付他们。

汤巧巧牵红线数次，却屡屡撞南墙，次数多了她也习惯了。反正在她的眼里，谁都配不上安可可。

不过安可可背着她谈恋爱了，那可就不一样了。

安可可这种单纯无心机的小白兔放到外面去，那就是最最危险的诱饵，很容易让"渣男"嗅到的！

汤巧巧尖叫一声，也没心思玩吉他了，而是扑到安可可的身边，对她进行严刑逼问："什么时候开始的？对方姓甚名谁？多大年纪？家中几口人？是学生还是已经进入社会了？老实招来！"

安可可："你是要查户口吗？"

汤巧巧："就是查户口。"

她不光要查户口，还要把对方分析得清清楚楚，好好替单纯的安可可把把关！

安可可想了想，这也不是什么不能说的秘密，便随口道："就是普通人呀，姓季名初，二十五岁。他的名字好听吧？"

名字好听有什么用？汤巧巧摇摇头，都二十五岁了，混迹社会好几年了，多半就是老油子！

安可可："他家住着五口人吧，爸爸、妈妈、哥哥、嫂嫂。我都见过，人都挺好的。"

汤巧巧接着摇头，一大家子人都住在一个屋檐下，家庭关系太过复杂，绝对不合适！

安可可："现在他人在西藏支教。"

说到季初在西藏支教的时候，安可可的两眼里顿时放出星星闪闪的小光来，满是崇拜。

汤巧巧更是头都要摇成拨浪鼓了，这不就是典型的"富家女被穷小子迷了心"的老土骗局吗？

汤巧巧："支教是件很伟大的事，但是我跟你说，有些人只是去山区做做样子，送点钱，摆拍一下，最多也就给山区孩子上节课，回来就厚脸皮自称支教。真正支教的人，根本不会大肆宣扬，他们都在大山里蹲着教小孩认字呢，哪有工夫出来骗小姑娘谈恋爱？"

安可可一百个同意。

安可可："对对对，季哥哥就是这样的人！"

要不是她主动告白，说不定她的季哥哥还要蹲在大山里为孩子们打很多年光棍呢！

汤巧巧特别无语，别人是情人眼里出西施，安可可这分明就是情人眼里出"稀屎"，被屎糊住了眼睛。

她继续拷问个仔细："你们开始交往多久了？"

安可可想了想："也就半个月吧。"

汤巧巧："怎么认识的？"

安可可一想起自己和季初的第一次见面是相亲，就觉得莫名想笑："刚放暑假的时候，长辈安排我们相亲，我们就认识了呀！不过那天我们都没那个感觉，只是应付差事……"

汤巧巧啧啧，大龄剩男，判断完毕！

这种没人要，要靠相亲来寻找另一半的剩男，有什么好捡的？

再说了，什么叫都没感觉？面对安可可这种美女会没感觉，那还是男人吗？肯定是欲擒故纵呗！心机太深，这种男人，千万要不得。

汤巧巧眉头一抬："你又不大，你妈干吗让你去相亲啊？"

安可可："就是有阿姨介绍，不太好拂对方的面子，所以我和我妈才应付差事呢。"

汤巧巧评价："瞎闹。"

自己要是生了这么一个既聪明又漂亮的闺女，那肯定捂得严严实实，哪能放去相亲市场让"豺狼"惦记呢？应付差事也不行！

安可可："是吧？我和季哥哥也觉得相亲挺瞎的。后来他妈妈病了，他想应付一下他家里人吧，就问我可不可以假扮他半个月的女朋友，刚好他救了我一次，我就点头了……"

听到这里，汤巧巧简直就是痛心疾首，半句话都听不下去了。

汤巧巧："打住！别说了。"

都是些土到掉渣的手段，现在偶像剧都不流行这么拍了，安可可竟然信了那个"剩男"的连篇鬼话，还被对方被骗到手了？简直闪瞎她的"狗眼"。

心机"剩男"，步步为营，这是汤巧巧对季初最后的总结和判断。

眼见着安可可一副坠入爱河的粉红神情，汤巧巧决定来日方长，慢慢撕下季初伪善的面具，拯救安可可于水火。

恋爱守则第一条：一个男人爱不爱你，就看他舍不舍得对你花钱。

汤巧巧认为，一个男人若是真的爱你，不管是贫穷还是富有，都会对你倾尽所有。若是他口袋里揣了一百块，却连十块钱都不舍得花在你身上，那还谈什么爱情？扯淡！

金钱是最好的试金石，她要考验季初的第一关，就是试探他对安可可大方与否。

一日，安可可将手机落在宿舍里了，好巧不巧季初的电话打了过来。

汤巧巧很是激动地看着屏幕上亮起的"季哥哥"三个字，轻咳一声，很有礼貌地接通了电话。

汤巧巧："可可她没带电话，您是？"

电话那头的人愣了一下，倒是答非所问："那麻烦你等她回来转告她，我来过电话。"

汤巧巧在心中一声冷笑，心想：你以为你不说，我就不知道你是谁了？狡猾！

她趁着季初还没挂电话，赶紧热情洋溢道："你是可可的男朋友吧？我天天听可可提起你，嘿嘿，我是可可的室友，也是她的好朋友。"

季初又是一愣，本来他准备挂电话了，汤巧巧说了这么一大堆的话，他不得不客气一下。

"你好，我是可可的男朋友，季初。"

"季老师嘛！我知道的！"汤巧巧故意把"老师"这个词咬得重重的，然后假装不经意地提起道，"对了，过几天可可的生日，你有没有什么惊喜需要我配合的？我很乐意帮忙哦。"

她想暗示季初送安可可生日礼物，不过她更想看看季初的反应。

电话那头的人愣第三次了。

季初还真不清楚安可可的生日，趁机了解一下她的生日也好。

"几号？"电话那头的男音沉稳、好听，听得汤巧巧都差点以为是在打电台主播的电话。

汤巧巧咳了一声，镇定了一下心绪，故意什么东西贵提什么："下周四。如果你要买花，她比较喜欢 Roseonly 的永生花。"

汤巧巧没收过花，但是她的 idol 在微博上晒过这款花，她上网查过，这是款一朵花能卖出两千天价的牌子。

两千块用来考验一个"穷小子"的真心，汤巧巧自认为很合适。

汤巧巧挖好了坑，就等着季初来跳呢。

哪知季初也没说买，也没说不买，只是寥寥一句："知道了，谢谢你。"

然后他就挂了……

汤巧巧捏着安可可的手机，反复揣摩着，这个季老师的意思是买呢，还是不买呢？

"算了，不猜了，反正他买礼物还是装糊涂，我就当不知道，他买贵的，还是抠门买便宜货，下周四就能见分晓了。"汤巧巧自言自语。

汤巧巧是那种揣不住秘密的典型代表，没过两天就按捺不住好奇心，旁敲侧击着问安可可，季老师对可可的生日有没有表示。

安可可红着脸替季初开脱："他在西藏呢，哪有办法给我过生日呀？"

狗头军师汤巧巧不同意了。

汤巧巧："人是死的，办法是活的。他若有心给你过生日，总能想到办法的。"

安可可为难："这不太好吧……"

墨脱穷乡僻壤，买礼物很麻烦，更别提再从那里寄回北京了，更麻烦。

汤巧巧见有机可乘，立刻发动泼冷水的连环攻击："如果连你的生日他都不能陪你过，那他谈什么爱你？谈什么一辈子？你们要天天在手机上谈恋爱过日子吗？"

这不是问题啊。

安可可眨眨眼："没关系，我毕业以后可以去西藏陪他。"

汤巧巧简直抓狂，这个季老师有什么魅力啊？竟然让安可可陷得如此之深，自己一定要将闺密拉出"陷阱"啊！

汤巧巧灵机一动："可可，不如你试探一下他吧？"

安可可不解。

汤巧巧："你跟他撒娇，说你想他，想他来北京工作，你看看他怎么说？"

恋爱守则第二条：一个男人爱不爱你，体现在他舍不舍得为你放弃现有的生活。

安可可："……"

不管汤巧巧怎么吹耳边风，也无法动摇安可可——试探季初，安可可觉得没必要这么做，也不想这么做。

季初有什么样的志向，愿意留在什么地方，她都愿意尊重他。爱情不应该是互相委曲求全，而是应该共同成长啊。

汤巧巧愁云密布地看着安可可那张冒着粉红泡泡的恋爱脸，有些无计可施。

这要怎么办才好呢……要不，曲线救国？

接下来几天，安可可总是被汤巧巧拉去参加各种活动，美其名曰：都读大四了，离开之前，多多感受一下校园生活的美好。

只是，每次参加活动她们都会巧遇男生，然后两人行变成三人行，这是怎么一回事？

安可可脸上没表现出来，心中却有些不高兴。

汤巧巧看出来安可可不喜欢她"别有用心"的安排，特地买了两张"Martin 校园歌迷会"的门票用来赔罪，日子刚好是安可可生日的那天晚上。

"不去啦，我白天要回家过生日，晚上还要赶回宿舍写论文啦。"安可可拒绝。

"我送你的生日礼物哎，不许不收……我剩下的钱可全拿来买票了，这票好贵的呢。"汤巧巧拉着安可可的手臂，"我保证，这次就我们俩，不会带其他人。"

"真的没有？"

"真的没有，就是想给你过生日。"

安可可不好拒绝室友的一番好意，终于点头了。

说是给安可可过生日，盛装出席的却是汤巧巧。

汤巧巧翻箱倒柜了一晚上，终于选定了一件肉桂色的小洋装，还特别耐心地化了一个美美的妆。

等她打扮完了，回头一看，安可可竟然还坐在那里看棋谱呢。

"你不会准备穿运动服去歌迷会吧？"

安可可低头看了一眼自己身上不显眼的灰色运动服："歌迷会不能穿运动服吗？"

"可以是可以，只是也太……太不讲究了点吧？"汤巧巧抓住安可可的肩膀，把安可可挪到镜子前面，本想教育她一番，可看着镜子中不施粉黛的安可可比化了妆的自己还要美上几分，顿时泄气了，反倒在那儿感叹起来，"算了，天生丽质的人套个麻布袋都好看。"

安可可笑着夸自己的闺密："你今晚很美。"

汤巧巧一听，顿时就激动了："真的吗？真的美吗？"

安可可点点头。

汤巧巧："嘿嘿，希望我的 idol 今晚可以多注意我两眼，我可是斥了巨资从粉丝头头那儿买的前排票！"

少女情怀总是春，还没等安可可再夸两句，汤巧巧又开始不放心地嘀咕道："老天保佑，今晚可千万别下雨啊，我这眼线液不防水的……"

听汤巧巧说起"Martin"这个名字时，安可可就觉得好耳熟，但是她又想不起来是谁。

等到了歌迷会的现场，看着会场外的巨幅单人海报，安可可总算想起来了："我见过他，我和他坐过同一班飞机……"

汤巧巧直接尖叫出声："他本人是不是超帅？"

安可可摇摇头，这个Martin骗走了季哥哥送给自己的糖，根本就是可恶至极："没看出来哪里帅，人也很讨厌。"

"哼，大小姐，你脸盲。"汤巧巧跟安可可聊偶像从来都聊不到一起去，审美根本不在一条线上。

时间不早了，她拉着安可可赶紧检票入场。

歌迷会无非就是Martin在舞台上唱了几首快歌，几首慢歌。

快歌聒噪到让安可可头炸，慢歌安静到让安可可犯困，她也不知道汤巧巧哪来的好精力，全程都在疯狂地尖叫。

好不容易熬到谢幕退场了，安可可推着还依依不舍回味无穷的汤巧巧想要离开，却被一只手臂拦下。

"Martin让你去后台一趟。"对方的语气不太好。

安可可借着光，好半天才看清对方的脸，却见那人的脸色比语气更糟糕。

"我？"安可可莫名其妙。

"对啦，赶紧的，我很忙的。"男人白了安可可一眼，转身走了两步，见安可可没跟上，不禁皱眉，"跟上啊，还你糖。"

这个"糖"字让安可可终于想了起来，这个有点凶的男人是那个歌手的经纪人，她也在飞机上见过。

汤巧巧一边推安可可跟上，一边兴奋地在她耳边低语："什么糖？"

安可可懒得解释："没什么。"

汤巧巧装可怜："你居然背着我有小秘密了！"

安可可："……"

几人七绕八绕到了后台一间贴了"艺人专用"的化妆间前，那个经纪人突然回过头，冲着身后两个少女命令道："你进，她不许进。"

"她"是指汤巧巧。

汤巧巧眼中的光顿时黯淡了不少。

一颗糖而已，安可可不想讨回来，就算还她一屋子糖，也不是季哥哥送的那颗啊。

她知道汤巧巧特别喜欢 Martin，所以才会跟着经纪人过来，想着给汤巧巧制造见偶像的机会。

她拉着汤巧巧的手臂："她是我的好朋友，我们一起的。"

"不行。"

"那我也不进去了。"安可可作势拔腿就要走。

"行行行，赶紧进去。"经纪人不耐烦。

汤巧巧幸福到差点昏厥，也不管合适不合适，激动地抢先推开了化妆间的门……

"你装不认识我，却偷偷来听我的歌迷会，这是什么道理？"

Martin 正闭着眼睛任凭化妆师卸妆，卸妆水顺着他的睫毛滑落到颧骨上，聚成一滴水珠，欲滴还羞，撩人极了。

他说完略带调侃的话，才在化妆桌上摸索了一番，拿捏起两张化妆棉，擦拭掉卸妆水，勉强睁开双眼。

本以为会见到飞机上的可爱少女，却没想到另一个完全陌生的圆脸少女出现在他眼前。

"你是谁？"Martin 不悦。

化妆师见多了粉丝勇闯化妆间，立刻出来警告汤巧巧："这是化妆间，粉丝不能随便进，要签名也要等我们工作结束后哦！"

汤巧巧一脸尴尬，不知所措，好在安可可马上跟进来了："我们不是粉丝。"

再次见面，四眼相对，她依旧坚定地表态"不是粉丝"。

Martin 尴尬地冲着化妆师挥挥手，让她先出去。

"不是粉丝，为什么要来听我的歌迷会？这场歌迷会的票，只免费赠送给在歌迷后援会注册三年以上的忠实粉丝，还必须在贴吧和微博话题打卡满一定次数，才有资格领取。你不是粉丝，那你哪儿来的票？"

Martin 的话像是步步紧逼的刀，逼得汤巧巧的头上汗如雨滴。

这场粉丝歌迷会是用来回馈老粉丝的没错啦，票也是只赠不卖，很难弄到。汤巧巧是花了巨款从粉丝头头那里买来的，根本就不是正规途径，这会儿被 idol 逼问歌迷会门票的来源，她紧张地攥着裙角，生怕把粉丝头头私下倒卖票的事给捅出来了。

好在安可可及时救场。

安可可没有回答，反问道："不是说还糖吗？糖呢？"

Martin 从化妆桌上拿起一个包装精美的礼盒，随手递给安可可："吃你一颗糖，还你一盒，谢谢你的救命之恩。"

他将"救命之恩"四个字咬得重重的。

安可可拿了糖便准备走，不想跟对方多啰唆。Martin 这个人，安可可看不透，那天在飞机上，他到底是真病还是假病，她也不知道。

眼见着安可可就快跨出化妆室的大门了，Martin 突然冒了一句："喂……救命恩人，你叫什么？"

"我叫红领巾。"

"那留个电话？"

"不必了！"

安可可才不要再跟他有交集，鬼知道他有什么企图。

汤巧巧匆匆提着裙子跟上了安可可的脚步，不过三秒钟后，她就做出了一个勇敢的决定。而且，这个决定改变了她这一生的命运——她又匆匆提着裙子折返，并随手抽了根化妆台上的眉笔，在自己偶像 Martin 的手臂上写下了一串数字，然后脸红心跳地猫着腰、低着头再次溜出了化妆室的大门。

Martin 看着手臂上黑乎乎的数字，咧嘴笑了。

一路上，汤巧巧都在碎碎念。

"Martin 真是太帅了，真的，太帅了！卸了妆也那么帅，真是让人怦然心动……可可，你摸摸这儿，看看我的心还在里面吗？"

"还在呢，放心吧！"安可可拍了拍汤巧巧的胸部，感觉有点怪异，惊讶道，"你今天这胸围有点傲人啊！"

比平时大了不止一点点……

汤巧巧"嘿嘿"两声，冲着安可可比画出两根手指："我垫了两层胸垫。"

"扑哧！"

"对了，你猜我刚刚返回化妆室干吗了？"

"干吗呀？"

"我把我的手机号留给 Martin 了！嘿嘿嘿……"

"汤巧巧，你怎么这么聪明？"

两个少女有说有笑地走到了女生宿舍门口。

突然，汤巧巧特别激动地拍着安可可的手，兴奋地比画着："今天是什么神仙日子啊，我见到了我的 idol，还见到了我的 dream car！"

她梦寐以求的保时捷 911 啊！还是最正点的红色！

要不是车旁边站了个大帅哥，汤巧巧都想飞奔过去摸它一把，然后赶紧跟它合张影。

汤巧巧激动之情洋溢在脸上，可她没想到，一贯对车不感冒的安可可竟然比她还要激动。

安可可咬着唇，满脸的难以置信，她将两只手覆盖在嘴上，却掩盖不住她惊讶的神情，以至于那盒巧克力糖直直从她手中摔到了地上。

"季哥哥？"

第一声是反问句。

"季哥哥！季哥哥！季哥哥！"

第二声、第三声、第四声就是根本抑制不住激动情绪的感叹句了。

安可可三步并作两步，冲着还在十米开外的季初拼命小跑过去。风吹过她耳边，像是情人最温柔的呢喃。

季初为什么会出现在这里？她没有时间去思考，此刻，她只想回到那个让她朝思暮想的怀抱。

汤巧巧目瞪口呆地看着她的围棋女神跳入保时捷帅哥的怀里。安可可跳得太猛太高，以至于她整个人活似一只树袋熊挂在了对方的脖子上，她紧紧搂了半天，才依依不舍地从季初身上滑下来……

汤巧巧见到偶像时都没安可可现在这么激动好吗？！

等等！"季哥哥"不是个支教老师吗？他人不是在西藏吗？汤巧巧百思不得其解，怎么都不能把眼前这个开着保时捷的高富帅和一个在穷乡僻壤教书的支教老师联系在一起。

这不科学啊……

更让她"吐血"三升的是，季初将安可可放到地面上后，紧接着拉开了副驾驶座的车门，从副驾驶座上拿下一个透明的大盒子递给安可可，里面装的是一个可爱的红色 Roseonly 永生花熊。

一朵永生花卖两千块，这一整个花熊得多少钱？

汤巧巧都不敢算了，她直接掏出手机上网查了下 Roseonly 永生花熊的价格。个，十，百，千，万……数到万的时候，她眨了眨眼，又倒回过去再数了一遍，个，十，百，千，万……没错，是三万九千九百九十九块钱。

汤巧巧倒吸了一口凉气。

她本以为安可可被穷小子给迷了心，没想到人家是开着保时捷、一出手就是几万块生日礼物的高富帅！

汤巧巧默默地捡起地上那个巧克力盒，自言自语道："某人是有情饮水饱，看到男朋友，巧克力也不要了。可怜的巧克力，还是我疼你吧！"

她才不要吃"狗粮"，她吃巧克力好了！

在女生宿舍楼下，经常有小情侣卿卿我我。每次安可可和汤巧巧路过时看到那样的场景，都觉得很羞耻。

他们为什么非要在大庭广众之下搂搂抱抱呢？

可真轮到自己谈恋爱了，哪一回不是安可可主动地冲上去要季初抱抱？

安可可甜蜜地抱着那个可爱的永生花熊，左摸摸右摸摸，喜欢得不得了，不过要是能吃就更好了。

"季哥哥，你怎么回来了？"安可可仰着头，甜甜地问着季初。

"惊喜吧？"

"嗯。"

惊喜，简直是太惊喜了。安可可中午在家切蛋糕的时候，许的愿望就是希望下一个生日自己能和季哥哥一起过。

没想到，这个愿望竟然提前 年实现了。

季初看着眼前快乐的小女孩，笑意浅浅——自己回来得不早不晚，一切都刚刚好。

一个多月前，季初在拉萨贡嘎机场送走了安可可。

一转身，他便带了小卓玛去拉萨的大医院里看病。

小卓玛从小肠胃就不好，三天两头不舒服。这次食物中毒之后，她更是瘦了一大圈，经常吃不下饭，或者吃不了几口就捂着胃说难受。

他本以为是山区条件艰苦，小卓玛吃得太差导致的慢性胃病，开点药调养一阵子就能好转，没想到到大医院里检查了一圈，竟然被医生判定这是患了胃癌，还是胃癌晚期。

当季初拿到小卓玛胃癌晚期的诊断书时，一双手都在颤抖。

背崩乡希望小学一共只有七个孩子，小卓玛是最大的那个，也是最乖巧的那个。年纪最大的她自然而然地担起了班长的位子，平日里她不仅要收集其他学生的作业，还要帮季初辅导小一些的孩子做作业，有时候她还会帮季初给大家做午饭。

小卓玛有十多年没有见过父母了，却依旧像是高原上最常见的斑头鸟，积极向阳地活着。

这样一个善良的女孩子却得了癌症，命运太过不公……

季初二话不说，立刻掏钱给小卓玛办理住院，预约做手术。

几天的常规检查、保守治疗下来，季初这几年支教攒的少得可怜的积蓄就花了个干干净净。

小卓玛没有买任何医疗保险，她家也没什么收入，家中就那么几亩贫瘠的山田，都不够养活她和她爷爷奶奶的，哪儿有钱给她治癌症？

季初没办法，就想先动用苗淼公司捐的那笔善款把小卓玛的手术费给交了。

这钱还没交，得知季初要"挪用"，苗淼就立刻打电话来，劝季初不要"意气用事"。

她在电话里说："季初，你要用钱救命，我可以先借你一部分，剩下的我卖个脸，在我公司里再筹一次善款便是。可你要是挪用修葺校舍的部分善款，这账和出款记录可就对不上了。善款去向不明，不光是你会有麻烦，我这边也会有麻烦，你明白吗？"

大公司有自己的规章制度，这公司用于做善事的款项不是谁都可以随便支取的，必须有严格的明细报账。

季初的为人苗淼当然信得过，可她怕季初在账目上有不够清楚的地方，连累了她在公司的声誉，给她的职业生涯带来不必要的麻烦。

职场如战场，她不得不小心谨慎。这事，她必须拦住。

苗淼不同意，季初就不待她为难，说自己另想办法。

挂了电话后，苗淼有些黯然失神。

她感觉自己这一步走错了，拦着季初，似乎是将季初推向了更远的方向。可是，事关自己的职业前途，她又不得不自私谨慎一些。从二十二岁到二十五岁，她花了整整三年，加了无数班，熬了无数夜，才坐到现在的位子上。互联网行业是最没有安全感、最容易前浪被后浪拍死在沙滩上的行业，公司里每年都有更优秀、更肯拼的新人进来，她比任何人都有危机感。

她唯一值得骄傲的就是她的工作。这是她可以在北京立足的根本，如果她为了成就季初的英雄气概而影响了饭碗，就更配不上季初这个含着金汤勺出生的富家子弟了。

向前一步也是错，向后一步也是错。

苗淼不敢赌，她的人生也赌不起，只能选择对自己最有利的那一步……

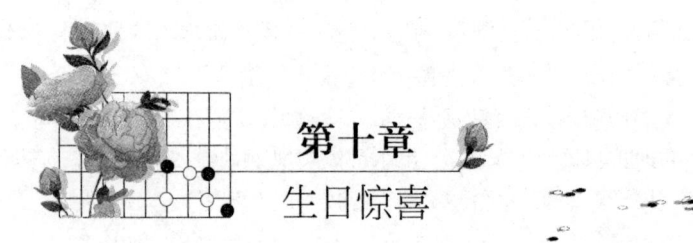

第十章
生日惊喜

季初不怨苗淼，也不怨任何人。

没有人可以道德绑架这个世界，让别人在困难的时候伸出援手。

他只怨自己没有能力，没能当好孩子们的大树，因为没钱治疗，可能要让小卓玛受苦了。

手术必须做，哪怕只有一丝希望，季初也想跟命运抗争一下。更何况，医生说孩子的恢复能力强，只要及时治疗，手术后是有很大的概率康复的。

支教三年以来，季初头一次伸手向家里人借钱。

在听明白季初为何借钱之后，季父爽快地答应了季初，季父可以承担小卓玛所有的医疗费，不管治疗需要多少钱，但是季父有个条件：季初必须在半年内结束支教回北京。

季父在电话里说："那个小孩的家里承受不了失去一个孩子的痛苦，推人及己，你考虑考虑我们的感受。你天天在大山里待着不肯回家，你妈明里暗里都哭了多少回了？她担心你吃不好，担心你穿不暖。为人父母的，哪个放心得下远行的儿子？我们不是伟人，只是普通的父母，如果有一天，我们老了、病了，也希望我们的儿子能陪伴左右，在我们身边……"

季初沉默了，他确实不是个好儿子。

他的喉结动了动，一句话都没有反驳，最后他点头了，答应在治好小卓玛的病后，只要有能接手的支教老师，他就尽快回北京。

季父也爽快地给季初的银行卡上打了五十万救命钱，说是用最好的药，请最好的医生开刀，别不舍得花钱，有什么能比命更重要的？若是钱不够就再找家里张口。

季初感激不尽，他知道父亲并不是真的想用钱来"威胁"自己，就算是个普通人向父母亲借救命钱，善良如他们，也一定会给。

最后打动他，让他决定回北京的，不是季父的那句"为人父母的，哪个放心得下远行的儿子"，而是季父的另一番话。

季父说："我们都知道你有爱心，我们也支持你做善事。只是你想过没有，你一个人的力量能有多大？遇到这种能力范围外的事，还不是得回家向我借钱？儿子，金钱并不是只有铜臭味的。你换个角度想想，如果你回来帮我挣钱，你会发现，你的钱能让你帮助更多的人。"

季初从来都不笨。

经历了这么一场"一文钱憋死好汉"的事儿，他也明白了，他一个人的力量其实真的很微弱。凭他一己之力，也许能改变背崩乡希望小学里那七个孩子的命运，但他真正想要的，并不止这些，他想有能力帮助更多的人。

回北京，并不是妥协，是他想重新出发，变成更有能力的一个人。

所以，季初回来了。

他赶在安可可生日当天回来，倒是一个美好的巧合。

小卓玛做完手术之后，季初并没有准备立刻动身回北京，支教工作也不能说断掉就断掉，总得等组织安排人来接手，不然孩子们怎么办？

说来也巧，刚好新一批志愿支教老师入藏了，组织见季初已经在墨脱蹲了三年，就问他接下来的打算，然后给他安排了接班的老师。

新来的支教老师辗转抵达墨脱的那天，季初仿佛看到了三年前的自己——青春洋溢的青年突然来到这片贫瘠无比的土地，看着睁大眼睛满眼渴望的孩子们，他们的心一阵阵地揪着痛，想要把自己多年在学校里学到的知识毫无保留地奉献给这破旧的希望小学里的学生，想要让这里的孩子走出去……

季初细细地向新来的老师交代了学校的日常大小事务，还有待完成的校舍修葺工作，以及转交了那笔苗淼所在公司捐助的善款余款。

季初不放心，交代说："你一定要接好这一棒。"

总会有像他们这样的热血青年心甘情愿地来这里接棒，不是吗？

临走之前，小边巴抱着季初的大长腿，久久不肯放开。

小边巴很是不舍，仰头问季初："季老师，你也要走了吗？你也不会回来了吗？"

在季初之前，还有位老师也在这里挥洒过青春和热血。

那时候小边巴还小，他只记得后来季老师来了，那位老师便走了，再也没回来过……

季初蹲下身来，摸摸小边巴的脑袋，告诉他："不，季老师还会回来的，还会带着你最喜欢的安姐姐一起回来。"

离开，是为了有一天更好地回来。

"那季老师，我们拉钩，你不许骗我。"小边巴似信非信，坚持要季初拉钩作保。

季初伸出了自己的小指，和孩子稚嫩的小指紧紧勾在了一起。

他会回来的，一定会。

季初飞回北京的那天刚好赶上安可可过生日，他紧赶慢赶，终于在傍晚时分降落在北京的大地上……

季家一家几口全部出动，前来机场接季初。

一见面，季初就张口问季云借车。

季云笑着把保时捷的钥匙丢给季初，拍拍自己这个年纪不小却是第一次恋爱的弟弟的肩膀，道："你让我帮你买的东西我已经放在副驾驶座上了。"

说完这句话，他悄悄附到季初的耳边耳语："咱妈说了，追女孩子就要开气派点的跑车，你就开我那保时捷去，一准拉风。"

季初的眼皮子抽了抽，自己的哥哥还是一如既往地长舌，季母还是一如既往地爱瞎操心。

季母一脸乐呵，仿佛完全没有看见大儿子和小儿子背着她嚼舌根，自言自语着："我怎么总觉得不对劲，今儿还是来少了一个人。"

大儿媳谭依依审时度势地插嘴道："妈，这你就不懂了，年轻人谈恋爱，讲究的是制造惊喜，玩的是个浪漫。要是提前通知可可过来接机，那就没惊喜可言了。"

季母觉得有道理，顿时嫌弃起季初来："那赶紧制造惊喜去啊，还愣在这里干吗？老大不小了，连个媳妇都娶不回来，你还很光荣是吧？"

一家人来日方长，季初不跟自家人客气，将背包递给哥哥后，季初便攥着车钥匙，往停车场的方向一路狂跑。

可可，我回来了，我回来陪你过生日。

季初并不知道安可可住在哪栋学生宿舍楼，但他不想打草惊蛇，便打给了"未来的丈母娘"问路。安妈妈误以为季初特地飞回来给安可可过生日，也有些许动容，态度不再那么硬了，还算和蔼地告诉了季初安可可的具体宿舍。

季初驱车过来，便一直在宿舍楼下等着。他可以打电话叫安可可下楼，但他没有。冥冥之中，有个声音叫他等……没关系，不管等多久，他都会等到自己的小公主的，这是一场答案肯定的故事。

进进出出有好多女生，但是都不是他要等的人。

不断有女生一脸艳羡地冲着帅气的季初指指点点，和伙伴们议论是哪个女生这么好命，能让这般有耐心的大帅哥在楼下苦苦等候。

季初在女生宿舍楼下大约等了半个小时，就等到了从歌迷会归来的安可可。

安可可出现在季初眼前的那一瞬间，像是世界突然有了光，像是眼里突然有了色彩，他才真真切切地感觉到自己确实是回北京了。

"有你真好……"季初终于见到了日思夜想的小女孩，抱着怀里的安可可如是说道。

季家上上下下都对安可可这个准儿媳非常满意。

即使季初说他们臆想症严重，抵死不肯承认，可他们都一致认为，季初就是为了安可可回来的。

自然而然就对儿子这种人还没回家，就先去找女朋友的行为听之任之，他们不仅不阻拦，甚至举着双手赞同，全力配合，要不是北京城里不许放鞭炮，他们都想买车喜炮回来庆祝一下，庆祝季初终于开窍。

季初和安可可在女生宿舍楼下难舍难分了几个小时，终于在宿管大妈不太友善的眼神中道别了。

马不停蹄地开夜车回到家，季初刚刚摸黑开灯，就被季云吓了一大跳。

"哥，你这喜欢不开灯坐在沙发上的毛病能不能改一改？"

季云不置可否："改了还怎么吓你啊？"

打小季云就爱这么捉弄季初，屡试不爽，回回都能吓个准。

要是平常，季初肯定翻他个白眼不搭理他，直接滚回房间里，可今天季云帮了季初两个大忙，季初想谢谢他。

季初将车钥匙抛给季云："生日礼物的事，谢谢你了。多少钱？我先记着，日后肯定还你。"

时间匆忙，季初没有工夫也没办法买礼物，就拜托了季云帮他提前买好永生花，还特地叮嘱要 Roseonly 的——有关小女孩的一切，他都记得清清楚楚。

季云还纳闷得很，像自己弟弟这样的"钢铁直男"，竟然还知道买永生花？

季云的老婆谭依依嘲笑他是榆木脑袋，说爱情的力量是伟大的，就算是"钢铁直男"，也能化成绕指柔，更何况是安可可这样嗲嗲的台湾软妹子。

那个永生花熊是谭依依挑的，她觉得安可可那个年龄段的小女生应该会喜欢。

季云无所谓地挥挥手："也就四万块，但你兜里有几个钢镚我还能不知道？别还了，就当是我提前给你们包了新婚红包。"

季初差点儿没把下巴惊掉："四万块钱！你疯了吗？给我挑个这么贵的。"

那玩意儿哪儿值四万块钱了，不就是个花做的小熊吗？奢靡，真是太奢靡了……

也不纯粹是贵的问题，主要是四万块能做很多有意义的事了，干吗非得买个只能摆在桌子上好看的花熊呢。

季初眉头都拧在了一块儿，偏偏季云还故意调侃他："你是指安可可不值得让你送四万块的生日礼物？"

季初："当然不是……"

她当然值得，美好如她，值得这世间最好的一切。

季初抽抽眼皮，懒得跟自己的哥哥计较钱的事，反正钱花都花了，小女孩喜欢就好："算了，还是谢谢你，四万块我会尽快还给你，爸那五十万，我也会尽快还给他。"

季云的眼里闪过狡黠的光。

他这个弟弟他最了解，最不喜欢欠别人人情，有恩必报。他是故意让自己老婆选个昂贵的生日礼物。其实选礼物的时候，他看中了那个十几万的大花熊，足足半人高，绝对又气派又浪漫，他本想买那只的，只可惜谭依依提醒他，那只熊副驾驶座绝对放不下……

季父的经典语录就是"女人是男人挣钱的原动力"，季初谈恋爱了，还怕他没动力挣钱？

季云："一家人说什么客气话，钱都是小事，明天你先去买几套好点儿的衣服，然后来公司报到吧！"

季初摇摇头，谢绝了季云的好意："哥，谢谢你，不过我不准备回咱们家的公司。"

"不回自家公司，你还准备去哪里啊？去外面找工作？你疯了吗？你跟社会脱节了，现在外面的就业行情有多差你是不知道，每天我们公司的人事部都能收到上百封求职信，别说本科生了，待业的研究生都多如牛毛。再说了，你回来不就是为了挣钱，好帮助更多的人吗？在自家公司挣钱，和在外面挣钱不都是挣钱？"

"我想做点自己喜欢的事情……"

"创业啊？"季云坚信自己弟弟是在西藏待糊涂了，"创业就更难了，早就过了不管卖什么都能赚到钱的时代了，信息爆炸的时代，全球市场价格透明统一，除非你做点别人做不了的项目，才有可能赚钱。"

你何必放着可以继承家业的康庄大道不走，去挤那创业的独木桥呢？

"哥，道理我都懂，但是我想试试。"季初的目光坚定无比。

王教授的那句邀请"怎么样，回来跟我这个老头子一起搞科研项目，做点造福人类的事情"，就像一只小蚂蚁爬在他的心头，时不时勾得他心头痒痒。

是的，季初曾经年少轻狂，不知天高地厚，有过一个梦想，梦想着自己拥有改变世界的力量。

大四那年，别人都忙着四处找工作实习，规划着自己的未来，只有季初闷着头在宿舍里查资料写论文。他写了撕，撕了又写，一份论文而已，他一写却是一年。

不解的目光特别多，有同学劝他："你这么较真干吗呢？毕业论文而已，就算你写得好，等你离开学校它就是废纸一摞，也没别的用处。"

大家都是及格万岁，多一分浪费。

季初偏不随大流，他想创造一个模型，一个能让城市智能起来，联为一体的计算模型。他潜心撰写了一整年，他的毕业论文《基于云模型的数字城市模拟系统算法与讨论》终于写出来了。

即使连教授都笑他痴人说梦，他也从没觉得自己的模型是臆想。

三年后，他回来了。

如今时代发展了，王教授告诉他，当初他那份被部分教授评为天方夜谭的毕业论文已经成真，成为各大互联网公司争相投入天文数字的资金也要去钻研的东西。阿里云、腾讯云、百度云，纷纷跟进投入"智慧城市"的研究中去。

"云城市"的一角刚刚掀开，这还是一片待开发的神秘洼地。

季家的公司有季父和季云坐镇，对于季初而言，多他一个不多，少他一个不少，暂时不用担心。

季初想回到三年前，回到他埋头做模型、写论文的时候，他要改变世界，他要重燃梦想！

自从季初回北京之后，安可可每天像傻瓜一样，笑容随时都挂在脸上，也不看合不合时宜。

在食堂吃早饭的时候，有冒失鬼把汤洒在安可可的裙子上了，她不仅没生气，还冲着别人傻笑，真是让汤巧巧看不懂啊看不懂。

难道恋爱中的女人，都这样傻？

"我说可可。"在安可可的生日之后，连着两周汤巧巧都没见季初再出现，不禁好奇很，"你的男朋友在忙什么呀？都半个月没来了哎，他晾女朋友在一边，像话吗？"

"哦，他在开公司啦，说是创业公司。"

季初所有的一切都跟她交代过，他说马上会在教授开发的技术支持下成立一家科技公司。公司刚刚起步，他肯定会很忙，希望她能理解。

不过他换了新手机，学会了手机购物，在网上给她买了很多零食，邮寄到学校里，他用这种方式表达他的关心。安可可很满意，因为每样零食她都很爱吃。

两人说话的时候，安可可正抱着她的薯片袋心满意足地啃着。

"别吃了，我的大小姐，你男朋友要开公司哎，你能不能上点心啊？"汤巧巧哭笑不得地将她手中的薯片袋拿开。

"上什么心啊？"安可可不解，"我又不懂开公司。"

她不懂云城市，正如他不懂围棋，但这没有关系，喜欢一个人，并不一定要成为相同的人。各自有各自的梦想，各自在各自的领域努力，彼此加油，彼此欣赏，这样也很好啊。

她的围棋梦和他的云城市梦，是两个完全没有交集的梦。但是梦想的种子生根发芽，总有一天会交织在云层之上。

汤巧巧点了点安可可的眉心，恨其不争地提醒着她："开公司就要招人啊，什么漂亮的小秘书、性感的OL（办公室）女郎，你这个正牌女朋友不得防着点？"

"没那么夸张吧？"安可可哭笑不得。

"当然有啊，帅哥从来都是稀有资源，更别提有钱的帅哥了。"汤巧巧出谋献策，"依我看，敌不动我动，既然季大帅哥不来找你，你就主动去找他呗！直接去他公司，嘘寒问暖，秀秀恩爱，亮亮你正牌女友的身份，免得有小妖精惦记着他！"

"不合适吧……"

"合适，怎么不合适？你就穿你新买的那条波西米亚吊带长裙去，那裙子有料！"

周末，安可可还真去季初的公司探班了。倒不是因为她不放心季初，而是因为她好想季初啊。

季初亲自下楼来接她，目光从小女孩的脸蛋扫到锁骨，又从锁骨往下扫。

"你不冷吗？"季初麻溜地脱下了自己的西装外套披到了安可可光滑裸露的肩膀上，还不忘往中间拢了拢，好遮住她略显性感的胸部曲线。

安可可尴尬了。

这条波西米亚吊带长裙是汤巧巧怂恿她穿出来的，说是"蜜桃"微露、性感诱人，肯定会把季初迷得不要不要的。汤巧巧还特地贡献出自己的秘密武器，给她加塞了两层胸垫……可季初似乎不太喜欢？

安可可羞红了脸，低着头，也不知道回答"冷"好，还是"不冷"好了。

季初见小女孩扭扭捏捏，也不知道在纠结些什么，便接过她手中的两盒伴手礼，自然而然地牵着她的手往写字楼里走。

"这是你们家乡的特产？带给我吃的？"

季初看到两盒伴手礼上写的是"台湾凤梨酥"的字样，便以为是安可可贴心为他准备的加班零食。

不料安可可吐了吐舌头："是带给你的员工吃的。"

汤巧巧说了，正牌女友要学会笼络人心，带点糖衣炮弹过来，散给公司的员工准没错！

季初没想到是这个答案，脸上顿时白了。

不过，他马上就恢复了自若的神态，半开玩笑半认真道："我的员工都有礼物收，那我不会没有礼物收吧？嗯？"

安可可还真没给他准备什么礼物。

她结结巴巴道："季哥哥，你想……想要什么礼物？"

季初见小女孩窘迫的模样，心情大好，突然起了捉弄她的心思来。刚好此时电梯到了，他带着小女孩进了电梯，见四下无人，他便凑近一些，刮了一下她的鼻尖，接着戏谑道："想要你做礼物。"

狭仄的电梯里顿时飘满了暧昧的味道。

安可可从没被季初这样调戏过，顿时面红耳赤，尖叫出声，双手捂住了红红的脸蛋，只敢从指间的缝隙中悄悄看他。

好在电梯"叮"的一声到了。

季初收起了不正经，又恢复了以往的严肃。

季初在前面大步流星地走着，安可可在后面甩着小碎步匆忙地跟着。

"给你介绍一下，这边是办公室，所有的日常工作大家会在这里完成；那边是会议室，日常会议讨论使用；再那边关着门的是机房。"季初一间一间办公室介绍着。

安可可探着小脑袋，看着眼前一间间隔成格子间的办公桌，和那些飞速敲击着键盘、甚至都没有抬头向老板打招呼的员工，发现这跟自己想象中的工作环境不太一样。

怎么都是男职工呀？漂亮的小秘书呢？性感的 OL 女郎呢？

小女孩心思浅，有什么奇怪的想法，一眼就被季初给看穿了。

季初一本正经地补充道："科技公司，都是男程序员……"

原来是这样！

安可可吐吐舌头，危机解除！

"这间是我的办公室。"季初顺势对安可可做了个"请"的手势，"欢迎领导莅临视察。"

办公室大门缓缓在安可可身后关上，紧接着的是严丝合缝、难舍难分的热吻。

身体最诚实，所有的想念此刻都化成了最直接的行动力。

也不知道两人吻了多久，直到安可可肩上的西装一不小心滑落到了地上，她抽身去捡时，两人才从亲热中分离开来。

安可可趁着捡西服的空当，赶紧呼吸上几口新鲜空气。

她也没轻松多久，就迷迷糊糊被季初抱上了他的大腿，坐在了老板椅上，她吓得丝毫不敢动弹，紧张得要命。

少女柔软的腿扣着男人结实的腿，像是紧紧合上的一双筷子。

安可可心中隐隐有些期待着什么，可又害怕着什么。

季初的手在少女如雪的肌肤上游走，一如音乐家揭开琴盖，开始缓缓弹奏一曲优美的钢琴曲前奏。

"你这把椅子，长得好奇怪呀。"安可可害怕地岔开了话题，她的声音像是上紧了发条的八音盒，绷得非常紧，"跟平常见的椅子不太一样。"

"这是人体工学椅。"

季初看出了少女的紧张，把手又环回了她纤细的腰部，这次他只是轻轻环抱着，不再有半分逾越，并且耐心地解答着她的问题。

数日不见，太过思念她，是他唐突了。

"喔，这个我知道，打游戏用的椅子。"安可可想起来了，有一回学校里举办了电竞比赛，汤巧巧拉她去看比赛，比赛现场选手们坐的也是这种椅子，"可是你又不打游戏……"

奢华的皮椅才更像总裁办公室的标配啊。

"这种椅子根据人体工学制作的，坐起来比较舒服。"季初解释道，"甚至一连坐十几个小时也不会觉得累，比较适合我现在的工作状态，我给我的员工每人都配了一张。"

"你每天工作十几个小时？！"安可可尖叫出声。

好拼啊……难怪他都没时间去学校看自己……

安可可在心中暗暗自责，男朋友在辛辛苦苦地创业，她却在胡思乱想，误以为他的公司里会有什么小秘书、OL 女郎。

"也不是每天，万事开头难。现在我们公司的人员还没配齐，新公司不好招人才，大家都是满负荷在工作，累一点儿也很正常，忙过这段时间或许就好了。"

季初倒不觉得累。

任何为了实现梦想而努力的行为，都算不上是累。

安可可大义凛然地点点头，然后又摇摇头，突然像是想起了什么似的，把那两盒凤梨酥提到桌面上来："要不，还是别分给他们了，你留着加班饿了的时候吃吧……"

"傻瓜，加班有加班餐。"

"也对哈。"

安可可还在象牙塔里，从没进入过职场，不太清楚工作是种什么样的体验。两人聊了几句，她不知不觉就放轻松了，从季初身上跳下来，好奇地在他办公室里这儿摸摸、那儿摸摸，看什么都很新奇。

"你这儿好多书呀！怎么全都是计算机的？"安可可一进来就被季初办公室里那一整面墙的书架给吸引了，这会儿她凑上前去浏览了一番，满脸惊讶。

整个书架上全是与计算机相关的书籍，这些书，安可可随便翻了几本，都像是在看天书。

"嗯，计算机行业的发展日新月异，我离开了这里三年，整个互联网发生了翻天覆地的变化，我要恶补的知识还很多。"季初站在安可可的身后，抬头看着自己的书架，指着自己的大脑，是在说给安可可听，也是在说给自己听，"这些还不够多，我需要更多的知识补给，才能在这个高新科技的行当里站稳。"

王教授的初衷是希望季初回学校，加入教授的科研组，一起做"云城市"的课题研究，给国内某家顶级的互联网公司提供技术支持。

可季初选择了独自创业。

他说，他不想在别人的想法下做一颗兢兢业业的螺丝钉，他有自己的想法。

季初成立的这家"季泽科技"专门为现有的"云城市"计算进行算法优化服务。看似这只是"云城市"项目中很不起眼的一个研究方向，但是他心中有数，一旦取得阶段性的进展，就会让整个"云城市"发生翻天覆地的改变。

算法优化了，也就意味着"云城市"的计算速度提升了，就像CPU从当年的286、386等渐渐发展到了奔腾系列，又从奔腾发展成为超线程处理器、双核处理器等，直接将计算机带入了超速运算的时代。

譬如安可可这些围棋手最头疼的"人工智能"，就是得益于电脑计算速度的飞速提升。

安可可好奇地翻着眼前的人工智能专业书，突然，一本红色书脊的书跳入了她的眼帘：《浅谈人工智能技术的现在与未来》。

安可可拿下了这本书，不过她又马上看到了另一本更厚的：《人工智能的算法分析》。

这些不都是和人工智能相关的书籍吗？

安可可将这两本书都取了下来，转过头来兴奋地冲着季初问道："我能问你借几本书吗？"

一周之后，卫奕有场比赛。

这场比赛安可可没有报名参加，不过抵达比赛现场的时候，卫奕看到了安可可。

当安可可远远挥手向卫奕打招呼的那一瞬间，卫奕很是后悔自己出门出得太晚。比赛即将开始的提示音已经响起，他若是能早些到比赛现场，不就能跟安可可聊上几句？

但容不得他多想，就有主办方的工作人员认出了他这个天才冠军，礼貌地过来给他指引比赛座位。

他回眸的最后一瞬间，是看到安可可远远地冲着他说了句什么，看嘴型像是：比赛完了找我？

这句话到底是什么，成了萦绕在卫奕心头的一个巨大疑问，以至于他在比赛的时候分心走神，出了两个小小的纰漏。好在他立刻发现了自己的失误，将局势又挽救回来了。

比赛刚刚结束，他就溜之大吉。

这种非常规的小比赛，赛场之外寥寥数人，卫奕一眼就看到了鹤立鸡群的安可可，丝毫不费工夫。

"你找我？"

卫奕看似语气平静，其实心里都快着火了。

好久都没见安可可，他又恢复了以前的老样子，怎么舒服怎么穿了，早知道安可可会来看比赛，他就收拾一下自己了。

他正懊恼着，安可可从身后拿起一个包，从里面翻出了好几本厚厚的书递了过来。

"对呀，我特地来找你的！惊喜吧？"安可可做了个鬼脸，"这书给你。"

"你来给我送书？"卫奕无语。

他并不太喜欢看书，棋谱除外。

"对呀！"安可可点点头，"这些书你肯定感兴趣，都是关于人工智能的，季初说了，这几本都是浅显易懂的，不难看懂喔。"

卫奕听了沉默了。

他不太喜欢人工智能，也不太喜欢季初。

当夜，卫奕躺在自己的床上，盯着床头柜上那几本厚厚的书发呆。

那些书像是有魔力一样，在勾引着他：想了解你最强大的对手人工智能吗？想战胜人工智能吗？那就翻翻呀……翻翻你就能战胜人工智能了。

连续被人工智能绝艺打败是他职业生涯中的耻辱，虽然有人说他虽败犹荣，可他自己心中失败的那一页根本就翻不过去。

连续两次败给人工智能了，他还有可能赢过它吗？

别说外界都盖棺定论，评价他心态已崩，没希望战胜人工智能了，就连他自己也不想再跟人工智能对战了，所以才会发出那条"我不会再浪费我对围棋的热情去对战只会机械下棋的机器"的微博。

只是，他输得不服气。

代表目前全世界围棋最高水平的他，真的战胜不了人工智能吗？

鬼使神差地，他缓缓向那几本书伸出了手去。

当史一航知道安可可给卫奕送书的事之后，吓了一大跳。

"我的可可小公主，你可真是哪壶不开提哪壶。"史一航拍着胸脯感叹着，"卫奕是多么骄傲的一个人啊，他这些年在围棋界那就是横着走，神挡杀神，佛挡杀佛，几乎就没败过。败给绝艺，本来就是他心头的一块伤疤，他都不想再提，微博都关闭留言功能了，你还偏偏去揭他的伤疤，给他送什么讲人工智能的书？"

也亏得这是安可可送的书，要是换了别人，怕是卫奕直接黑脸走人，压根儿不会收下。

安可可却不这么认为。

"怎么会是揭伤疤呢？卫奕这么骄傲的人，当然不允许自己败给任何对手了！他肯定还想翻盘的，我是在帮他！我看好他！他迟早会翻盘的！"

两个月后，卫奕主动给安可可打电话。

他在电话里说："方便帮我约一下你男朋友吗？"

季初非常忙。

他花了几个月的时间，将季泽公司拉上正轨，在"云城市"的算法上寻找到优化的突破口。

通宵加班那都是家常便饭，每天有十几个小时都是泡在工作上。

为了方便，他索性租下了公司隔壁的那套屋子，直接改成了休息室，方便自己和员工小憩。

从休息室装修好开始，他就改为直接住在了公司里，将全部的精力都放在了工作上，一分钟都不肯浪费。

安可可也好久没有见季初了。

当安可可来电话替卫奕约季初见面时，季初思索了几秒，点了头："可以，让他明早六点到我公司，不要迟到，我只有两个小时的会面时间，八点钟我还得见一个天使投资团队。"

安可可兴奋地点头："嗯，我也一起来。想你！"

六点钟，卫奕准时出现在了公司门口。

公司大门敞开，门口一块扁长的金属指示牌，上面闪闪发亮的一排字：季泽科技有限责任公司。

嗯，原来安可可的男朋友是搞科技的。

卫奕拉了拉衣角，低头往里走去。

明明整座城市还没苏醒，地铁才将将开始运营，马路上除了环卫大妈，都见不到几个人影，这里却已经忙得热火朝天了。

有一边敲击着键盘，一边跟同事探讨程序问题的，有正在泡咖啡的，还有正等在打印机旁印资料的。

没有人注意到站在门外的有些赢弱的少年。

卫奕朝标着"董事长办公室"的那间看去，看到了不断敲击着键盘的季初的身影——他与外间这些员工并无两样，已经进入了忙碌的工作状态。

卫奕径直走到办公室门口，握起拳来，冲着屋里的季初咳了一声，季初这才注意到他。

"进来说话。"季初按下保存键，客气地站了起来。

季初比卫奕整整高出十厘米，他这一站，卫奕在他的面前就感受到了巨大的压力。不过卫奕从来都不怕压力，他关上了办公室的大门，不再犹豫地走向了季初。

安可可赶到季初公司的时候，卫奕已经跟季初聊上好一会儿了。

　　她头一回来这里时，公司里的程序员不知道她是老板的女朋友，都没啥反应。事后得知这个大萌妹的真实身份后，他们个个都拍着大腿后悔自己没多看几眼。

　　好几个月了，他们望眼欲穿，都没等到"小老板娘"的再次光临。

　　这次，安可可的脑袋刚刚在办公室门口探出头，就有人认出了她来，整个公司都沸腾了。

　　打招呼的打招呼，倒水的倒水，职员们忙得都不亦乐乎。

　　当安可可得知季初在里面会见客人的时候，估计客人就是卫奕，她索性没有进去打扰，在外间等着他们。

　　大家都默契地放下手里的工作，全都围到了"小老板娘"面前来，就当是休息片刻。

　　安可可发现男程序员挺有意思的。

　　比如，他们都很直接，不太会油腔滑调，有一就说一，有二就说二，表达方式特别直接。

　　比如，她问季初最近忙不忙的时候，他们就老实地告诉她，季初就差忙出病了。

　　比如，她问公司最近怎么样的时候，他们就骄傲地说，现在好几家天使投资都对他们公司感兴趣，来了好几波投资人谈注资的事情了。连是哪几家公司这种商业机密，都毫不避讳地在她面前说出来。

　　安可可听着程序员们介绍着他们公司取得的成绩，虽然他们口中总是夹杂着专业词汇，动不动就蹦出几个安可可根本听不懂的缩写字母，但是她打从心底替季初感到自豪。

　　她的季哥哥，从来都是优秀的人啊。

"我们老大真是酷毙了！有回有个天使投资的团队过来谈注资的事情，你知道我们老大怎么说吗？"一个程序员伸手扶了扶厚厚的眼镜，隐秘又兴奋地提起那件事来。

"怎么说？"安可可好奇地睁大了眼睛。

半年前她还不了解季初，那时候季初在她眼里就是出来应付相亲差事的对象，后来她慢慢进入他的世界，进入他的生活，就一点一点发现他的闪光点非常多。从人品到性格，从责任到能力，就像是夜晚降临，一颗一颗慢慢闪现的明星。

"我们老大说了，注资可以，但是必须接受一个条件，那就是公司年收益额的百分之三十必须拿出来用作慈善基金，专门投放于落后贫困地区的希望小学和留守学校。"程序员说得是唾沫横飞，眉飞色舞，"我的妈呀，你们当时是没看到，那个天使投资人一脸的不可思议。"

"这有什么不好吗？"安可可不解，这听起来很棒呀！

"不是不好。你说商人做生意是为什么？肯定是为赚钱啊！他们叫得好听，叫'天使投资人'，专门投资扶持我们这种有发展潜力的科技公司，其实本质上还不是为了赚钱。趁着我们市值低的时候买入股份，等我们发展壮大，市值高了以后，他们再卖掉赚大钱。他们投资是想赚钱，老大却想把盈利和收益捐出去，你觉得那些天使投资人能同意吗？现在的科技圈，谁不是把天使投资人捧上天，巴不得对方来风投，A轮、B轮、C轮一融完，就能实现财务自由了。可我们老大呢？任性地设置门槛，把天使投资人拦在外面，这还不酷吗？"

"道不同不相为谋嘛……不舍得捐收益做善事，不来投资也罢！"安可可倒不这么认为，"有喜欢赚钱的投资人，肯定就也有喜欢做慈善的投资人呀！不然那些希望小学都是谁捐的？"

优秀如她的季哥哥，肯定会有有眼光的天使投资人看中他，然后投资他的。

安可可丝毫都不担心。

"说得也对……道理也是这么一个道理……"程序员听安可可说完，悠悠地抿了一口咖啡，再打量他们这个"小老板娘"的时候，就觉得她不光说话的口气像他们老大，连传递出的气质都有点神似。

两人似乎都很喜欢做慈善……可能他们就是传说中的"不是一家人不进一家门"？

"你们不好好工作，围在一团瞎聊什么呢？"

董事长办公室的大门突然就打开了，季初和卫奕一高一矮两个身影出现在了大家的面前。

众人立刻作鸟兽散，安可可闻言一脸惊喜地转身，眼中全都是欢喜："季哥哥！"

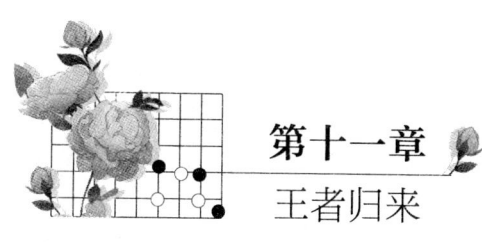

第十一章
王者归来

不知何时，有人发现世界冠军卫奕的微博评论又悄悄打开可以留言了。

其实围棋这个圈子很小，即使是卫奕或者安可可这样人气超高的棋手，微博粉丝也不过几十万罢了，有些十八线的小明星都比他们粉丝数量多。

卫奕败给人工智能绝艺的风波渐渐消退，那些喜欢瞎评论时事、实际上对围棋并不太了解的"键盘党"也早就转移了战场，剩下的还会来留言的粉丝是些真正喜欢围棋的。

新的留言接踵而来。

"哇，评论又放开了？先占个座！大神，你的比赛直播真的是太帅了！太精彩了！手动献花花！"

"今年的三星杯，依旧押你赢。"

"信你，卫奕！你永远是最棒的！"

"等你王者归来。"

……

顶着压力慢慢成为唯一一个连续四年卫冕世界冠军的人，卫奕从来都是孤独的。

　　看着评论区渐渐涌起的暖心留言，卫奕突然觉得自己其实并不孤独。

　　一路走过来，落败过，风光过，无论成功与失败，背后都有粉丝在默默支持，不是吗？

　　卫奕鼓起勇气，用手机键盘打出了一行字，可在他决定要按下"发送"键的时候，却又犹豫了……

　　自己可以吗？真的能这样发吗？他破天荒考虑了一下棋院的意思，决定先和棋院院长商量一下再说。他又一个字一个字地删掉了这条微博。

　　少年成名的卫奕，我行我素惯了，没少闯下烂摊子让棋院收拾，棋院领导面对媒体的采访经常是头疼不已。

　　他们对卫奕可以说是又爱又恨了。

　　作为棋院的台柱子，卫奕给院里挣回了无数荣誉，多少围棋高手慕名而来，签在了他们棋院。可卫奕桀骜不驯的性格和常常口出狂言的行为，总是让他们直摇头。他们都已经习惯了每天上班的时候，在围棋报纸上看到有关卫奕狂妄乖张的"事迹"。

　　所以，卫奕一声不吭地突然出现在棋院里的时候，院长还以为他又闯了什么祸。

　　"我想和阿法狗比一场。"卫奕开门见山，连招呼都没打，就把心里的想法急着给抖了出来。

　　他昨晚准备发的微博就是这件事。

　　院长吓一大跳，差点以为自己还在做梦。

　　院长："小卫，先坐。你刚刚说，你想和阿法狗比一场？"

　　卫奕："对！"

　　阿法狗代表着目前围棋水平最高的人工智能，远非国产的绝艺可比的。

院长皱了皱眉。

卫奕和绝艺比试了两次，都是全负的战绩，这在围棋界引起了不少风波。这绝艺他都没挑战成功，就去挑战阿法狗，只怕是要遭议论的啊。

院长："卫奕啊，你为什么想跟阿法狗比啊？你之前不是对外放话，说再也不会跟人工智能下棋了吗？"

院长人老心不老，微博他也玩的。

当初卫奕输了比赛后，意气用事似的在微博上发了那段话，这没少让院长摇头。他估摸着很快媒体的电话就会打来，果不其然，一切都在他的意料之中。那阵子，他每天上班就忙着应付让人头疼的媒体采访了。

卫奕坦诚道："我已经没什么对手了，我最大的对手就是人工智能，我要打败它，必须打败它。"

院长头疼："要不，我先帮你再约一次绝艺？我不建议你直接去挑战难度最大的阿法狗……"

绝艺他都赢不了，还能赢过阿法狗？

阿法狗本名叫 AlphaGo，是由英国研发的围棋人工智能程序，目前代表着围棋人工智能的最高水平，早就横扫了国外的棋手圈，法国研发的狂石、中国研发的绝艺这些都远远逊色于阿法狗。

院长爱才，不想看到卫奕一而再、再而三地在人工智能上受挫折。

"不，我想对战阿法狗。"卫奕坚持着自己的想法。

"非得跟阿法狗比？"

"一定要比。"

老院长叹了一口气，看着卫奕就仿佛看着自己那不听话的小孙子似的，终于他向卫奕妥协了："好吧，院里帮你联系联系，你也别急，这也不是说比就能比的，这么大的事，总要先运筹帷幄一番。"

"谢谢院长。"卫奕给院长鞠了一躬。

老院长这还是第一次受卫奕的敬礼，有些说不上来的感动。

其实卫奕的臭脾气大家都知道，经常有人在他面前反映卫奕目中无人，他总是替卫奕挡着枪口。因为他觉得棋院要海纳百川，虽然卫奕成名很早，是个不出世的天才，可卫奕终究还是个孩子，对孩子的培养要有点耐心。

卫奕是个极其有灵性的孩子，他总是不断在跟自己较劲，太过专注于围棋，以至于忘了其他部分的成长，比如性格，比如人情世故。

可现在老院长觉得，卫奕还是成长了。

"什么时候你们这群年轻的棋手都长大了，我也就该退休了……"老院长摇摇头，突然无头无脑地冒出了一句感慨来。

有了院里搭线，卫奕和阿法狗的比试很快就定了下来。

当围棋论坛上有人放出卫奕马上就会对战阿法狗的消息后，被网友们骂了个狗血淋头。

"楼上是村网通吗？翻翻卫奕的微博去！"

"帮他转发到五百条，假新闻只要转发超过五百条就是造谣违法乱纪。"

"哈哈哈，卫奕要是有种跟阿法狗比，我就直播吃'翔'！"
……

没人相信卫奕会直视前两次的失败，去挑战阿法狗。可没想到的是，很快卫奕自己在微博上官宣了：元旦那天，我将挑战阿法狗！

许久不见卫奕冒泡，粉丝们纷纷冒泡，摩拳擦掌，比卫奕这个要上战场的当事人还要兴奋。

他们或许在期待着，他们的王者归来。

元旦那天，季初给加班已久的员工们放了一天假，也给自己放了一天假，陪陪安可可。

早上他去学校接她，上午两人像普通情侣那样逛了会儿街，中午陪她回安家和家人们吃午饭，下午则陪着她去现场观看卫奕和阿法狗的比赛。

"你那天跟卫奕到底聊了些什么啊？"

安可可对那天卫奕求见季初的事非常好奇，围着季初问了好几回他们聊了什么，季初都没回答她，以至于她噘着小嘴，有些小小的不高兴。

倒不是季初卖关子，而是季初不想浪费和女朋友约会的时间，聊些和计算机有关的事情。

"傻瓜。"季初答非所问，从车后座上拿出一个礼物盒来，递给安可可，"新年礼物。"

安可可果然被转移了注意力，开始拆礼物。

"巧克力？！"

不仅是巧克力，还是一盒 Michel Cluizel 的巧克力。

安可可惊喜不已。

这个牌子的巧克力，她作为"世界围棋大使"去法国宣传围棋文化的时候，在法国商场里见过，一盒都卖上八九百美金了，简直就是巧克力中的战斗机。

当时行程紧急，她没来得及买，没想到她的季哥哥会买来给她当新年礼物。

"你怎么知道我想吃 Michel Cluizel 的巧克力？"安可可毫不犹豫地拆开了一颗放进嘴中，细细感受着味蕾传递来的香甜。

"可能是心有灵犀吧……"

季初看着小女孩满足的模样，也很满意地微微笑。

当然不是心有灵犀这么简单。

当初在大学里，他就在算法优化上表现出了特别的天赋。这次回来，他的创业公司运作得特别顺利，很快就啃下了第一个难题，提出了一种非常新颖的"云城市"算法优化的思路，并且成功和某家顶级的互联网公司达成了协议，成为长期的战略合作伙伴，将会为该公司的"云城市"提供算法优化服务。

互联网，是最容易突然杀出无名黑马的行业。

季初的季泽科技就凭空杀出了，凭借一纸合约一战成名，很快就在业内获得了不少关注。

他这匹大黑马也受到了资本市场的追捧，主动前来寻求合作的天使投资人都快踏破公司的门槛了。

平安夜那天，季初刚给公司签下了 A 轮四百万美金的天使投资。

对方答应他提出的一切附加条款，包括那条"公司年收益额的百分之三十拿出来用作慈善基金，专门投放于落后贫困地区的希望小学和留守学校"。

公司的主营业务步入了正轨，季初慢慢地也有时间去尝试其他研究方向了。

"云城市"这个理念是将城市中每个居民的日常数据收集起来，作为数据库的参考，从而对他们的行为做出预判。往小了说，是能根据居民往年一日三餐的喜好，判断出当季居民爱吃什么菜。往大了说，是能根据全城人出行的时间点，来判断每天的交通高峰期和高峰路段，从而提前做出引导。

送给安可可的这个新年礼物，就是季初自己手写了个小程序，类似于"云城市"的简易版，专门统计女朋友安可可各种社交软件发布过的内容，从而做出预估判断，也算是人工智能的一种。

安可可十条微博有八条是有关于吃的，软件轻松判断出安可可是个吃货。而安可可在法国的时候发布过一条拍有 Michel Cluizel 巧克力的微博，让软件捕捉统计到了。在季初向软件问准备什么新年礼物时，软件就给出了几个选择，其中一个就是送 Michel Cluizel 的巧克力。

偶尔利用高科技来谈恋爱，也是一种蛮有趣的体验。

当然了，最重要的还是心意。

季初看着身旁吃得津津有味的女朋友，心想：这个小软件写得不错，回头还可以试着做得更复杂一点，说不定还能在讨好未来丈母娘的时候派上用场。

这场人类顶级棋手与人工智能领域的顶级围棋程序之间的对战空前绝后，吸引了无数人的目光，好多不懂围棋的人也前来看热闹。

赛场里坐满了人，都是来现场看卫奕大战阿法狗的。

原本院长怕卫奕直接面对太多观众会有心理负担，好心提议不要在大场地进行可围观的比赛，直接找个没人打扰的小场地进行网络直播就行。

没想到卫奕根本不在乎这些外在的干扰，直接确定可以开放观众售票，怎么样都没关系。

主办方自然是想售票盈利的，这事便这么定了下来，最后比赛场地定在了足足可以坐下两万人的五棵松体育馆。

这是主办方的大胆尝试，没想到最后竟然真的卖出去了两万张票，现场座无虚席，比某些大明星的演唱会还要热闹。

卫奕极其罕见地早早到了现场，看起来心情相当不错，还跟阿法狗互动了一番，算是熟悉过了。

国外派来负责阿法狗的工作人员早就做过了功课，据说这个卫奕的脾气臭得很，可真见了卫奕本人，他就对"卫奕脾气很差"的看法不苟同了："这个年轻的世界冠军明明脾气挺好啊……"

交手，不抽签，卫奕持黑子先行。

第一局，卫奕输了，以三子之差落败，卫奕情绪尚可，不急不躁。

第二局，卫奕赢了，以两子之差的局面扳回一城，战胜了阿法狗。现场都沸腾了，欢呼声、呐喊声此起彼伏。也不知道那些小商贩是从哪里嗅到的商机，突然出现在赛场里兜售五星红旗，一时之间，整个观众席上都飘荡着鲜艳的五星红旗。

第三局，卫奕输了，不过虽败犹荣。

两败一胜的战绩，虽然依旧惜败，但是这已经创下了这两年以来人类棋手的最佳战绩。

现场好多媒体工作人员激动地就地坐下，打开笔记本电脑开始写新闻稿。

这是历史性的一刻。

安可可在观众席上拼命地吹着口哨，跟旁边其他的观众一样激动到无以复加。

"他真的做到了！他真的战胜阿法狗了！"安可可简直表现得比自己夺冠了还要高兴，"我真是太高兴了！我就知道他一定能做到！"

她的喜悦，她想全部分享给季初。

季初浅笑着握紧了她的手。

他看安可可也好，看卫奕也罢，可能是他当惯了老师，看着这些年轻人为梦想挥洒青春和汗水的模样，就像看着自己曾经的学生在慢慢成长。

安可可正激动着，手机响了，是史一航。

"我的天，卫奕赢了阿法狗，我看到新闻就跟做梦一样！"

电话里，史一航比安可可更激动一些。

原本史一航也是要来观战的，可他要去国外参加一场比赛，时间冲突了，遗憾地失去了观摩这场世纪大战的机会。

安可可的眼睛亮晶晶的，一脸骄傲："我就说人脑一定会战胜电脑的！"

"是是是，我的小公主说什么都对！"

史一航为了等到比赛结果出来，磨叽了半天都没登机。

他跟安可可简短地分享完喜悦之后，就立刻挂了电话："我再不登机就飞不了了，不说了，见着卫奕给我带声恭喜！"

采访的话筒都快叠成小山了。

卫奕看着眼前不断闪烁的闪光点，看着眼前一双双好奇的眼，知道他们想要问什么。

他坦然道："我的胜利，只是侥幸罢了。"

记者一片哗然，自负如卫奕，何时谦虚过？他们都有点怀疑眼前的这个卫奕，是不是真正的卫奕了。

然而卫奕依旧谦虚地在镜头面前说着："这次的侥幸胜利，我要感谢我的几位好朋友，如果没有他们的支持，我也许不会这么快站出来再次挑战自己、挑战人工智能。最需要感谢的，是一位计算机高手，是他让我对人工智能这个对手更加了解。"

"人工智能能够把人类棋手按在棋盘上反复蹂躏，并不是人类智商敌不过机器的悲哀表现，而恰恰是人类智慧突飞猛进的体现。我很庆幸自己活在这样一个时代，一个科技探索永无边界的时代。围棋的探索同样也是永无边界，还有更高的高峰等待我去攀登。我曾经说过，不会再对战人工智能。接下来，我还要说一样的话，这次会是我最后一次对战人工智能。"

面对卫奕的话，记者们纷纷感到诧异。

卫奕都已经赢过人工智能了，为何还是这么抗拒跟人工智能对战？

"您是担心自己再比依然会输吗？"

"还是您对阿法狗的围棋水平看不上？"

记者的提问纷至沓来。

卫奕摇摇头："我说过，机器始终只是机器，他们对围棋没有热情。我需要的不是挑战机器，而是潜心修炼，将人类的棋技带入更高的水平。"

大屏幕上，播着卫奕面对媒体采访的画面，这是他头一次在媒体面前说这么多的话。

他就像是举着圣火的人，代表着人类站在奥林匹斯山下，仰望着神圣的山顶。

安可可拼命在观众席上鼓着掌，现场的好多观众也被卫奕的发言感动到了，纷纷自发地站起来鼓掌叫好。

围棋这样一个小众的传统竞技，在这个大大的体育馆里，正以它独特的魅力感染着数以万计的人。

卫奕不光光是代表人类棋手赢了，也代表着竞技精神赢了。

次日，各种非围棋类的电视、报纸都对此次代表着人类巅峰棋技和人工智能巅峰棋技的人机大战盛况洋洋洒洒报道了一番，一时间围棋竞技风头无两。

所有围棋报纸的全版头条都是卫奕战胜阿法狗的报道。

不过，在这种普天同庆的大新闻之下，在围棋界从来都不算有名气的史一航竟然也在报纸上占据了小小的一角，拥有了他围棋生涯里的第一条新闻。

说来也是有趣，卫奕比完赛，史一航刚好登上飞往韩国的飞机。

他上了飞机就睡，一直睡到飞机落地。

空姐过来主动帮他取下头顶的行李，史一航报以羞涩的一笑，抢着取下了行李，还道："这种体力活应该让我们男人来做。"

本来就是很客气、很礼貌的一个微笑罢了，却在那个空姐的心中勾起了阵阵涟漪。

飞行结束之后，空姐看着史一航有限的登机信息，心中久久不能平静。她突然很后悔，当时没有大胆向对方索要联系方式。

空姐冲动地在微博上发布了"爱的告白"，想要求助广大网友，帮她找到她一见钟情的小哥哥。

微博上最不缺的就是既闲又无聊的热心网友了。很快，大家顺藤摸瓜找到了史一航的微博，并疯狂地在他的微博下面@史一航，叫他是个男人就赶紧出来。

空姐有些眩晕，没想到那位温文尔雅的乘客竟然是一名职业围棋手。

浑然不知这些情况的史一航正紧张兮兮地在韩国下棋呢，几天后，他比赛完飞回了祖国的大地上，才知道自己的微博"炸"了，嗯，报纸上也"炸"了。

连他回到家，他妈妈都高兴地跟他说，在社会版上看到他了！还问他那个空姐长得漂不漂亮。

史一航哭笑不得，他哪里记得人家漂不漂亮啊？那会儿他刚刚睡醒，眼镜都忘了戴，根本就看不清啊。

他被他妈妈调侃也就算了，连棋院里最正经不过的老院长也调侃他，说院里不仅有个"少男杀手"，现在又出了个"少女杀手"。

最惨的是，连朋友们都将他调侃了一个遍。

史一航只能自嘲，说自己以后睡觉的时候，也戴上眼镜，免得和爱情擦身而过。

对职业棋手来说，打比赛如同家常便饭，一年三百六十五天，至少有一百天在打比赛。

这一日，史一航和安可可有个混双比赛要参加。

自从史一航和安可可联手拿下了一次混双冠军之后，他们也成了混双界的热门选手，备受关注。

他们两人搭档多年，配合默契，年纪轻轻，棋技一直处于上升期，职业前景一片大好。

当他们赢完一场比赛，有说有笑地从赛场里走出来时，安可可突然眼尖地看到一个漂亮姑娘正站在过道上冲史一航发呆，她不禁冲着史一航努努嘴："那边有个漂亮姐姐似乎在看你。"

不是有一点漂亮的小姐姐喔，是特别漂亮的小姐姐。

史一航顺着安可可的视线看去，见到一个标准的传统美人，瓜子脸、大眼睛，头发服服帖帖地在脑后束成了一个髻，一件极显身材的改良旗袍，只差一条绢子，就能直接走上大屏幕演电影了。

美人啊！还是自己的理想型！

史一航的眼睛迅速眨了几下，确定对方是在看自己，他再眨眨，对方还冲着自己微笑……

时间像是在这一秒突然停止，两人隔空对望，整个世界似乎都是多余的。

史一航产生了一种错觉，这个美人他见过，可他又实在想不起来在哪里见过。按道理说，如此一位美人，他没道理记不住脸的啊。

莫非是在梦里见过？史一航正胡思乱想着，那个旗袍美人突然打破了局面。她朝史一航走来，一步一步，施施而行。

史一航突然好紧张。

"你好，我叫薇安，倪薇安，可以认识一下吗？"对方面带微笑，友善地伸出了纤纤玉手，可手又掩不住地轻微颤抖着，似乎是害怕会冷场，会被拒绝。

安可可截了一下史一航，示意他别掉链子。

史一航也赶紧伸出了手，轻轻那么一握，却又像是触电一般，赶紧缩了回来。

他结结巴巴地道："你好，我叫……我叫史一航，我们见过？"

美人莞尔一笑："对，第二次见面，很高兴认识你。"

一见未曾钟情。

二见也可钟情。

安可可忙，季初更忙。

汤巧巧总是吐槽说，要是她的男朋友这么冷落她，十天半个月都见不上一面，她肯定要跟对方"一哭二闹三上吊"了。

安可可笑话她："我记着这句话了，等你哪天有了男朋友，我要看看你是不是爱黏人的爱哭鬼喔！"说完这句，她还"补刀"了一句，"不过，毕业之前我怕是看不到了。"

宿舍里四个女生，连一贯对男生不感冒的安可可都恋爱了，汤巧巧还是"单身狗"。

汤巧巧说道："我这是宁吃仙桃一口，也不吃烂杏半筐。本仙女此生非我 idol 不嫁，这辈子就跟他死磕了！"

"你 idol 那么多……"

"不了，本仙女现在一心一意，只粉我们家 Martin 一个。"

Martin，安可可记得，是那个骗糖吃的歌手。只不过追星这种事，安可可不太喜欢，就像是飞蛾扑火，就像是海市蜃楼，燃烧完自己的青春，最后只剩渺小的灰烬。

正当两人有说有笑地闹腾着，季初给安可可来了电话。

电话里的季初一贯的温柔与话语简短："下午有空？"

自从他创业之后，打电话就越来越精简，能两三句讲完就绝对不会多说废话，似乎他永远处在忙碌的工作之中。

安可可点点头，一如既往地配合着他的时间："有的。有什么计划吗？"

季初："嗯，买房。"

安可可还没反应过来，有些蒙地"哦"了一声。

季初："一点我去你学校接你。"

没说两句，他便有电话进来，挂了电话。

话虽然不多，但汤巧巧一字不漏全都听见了，她激动万分地严刑逼问着安可可："你们要去买房了？天哪！你们不会打算一毕业就结婚吧？"

安可可的脸红红的："什么呀？八字都还没一撇呢！"

她和季哥哥正式在一起也没多久呀，哪能那么快就上纲上线准备结婚了。虽然季家人是喜欢有事没事就在他们面前催婚，不过她觉得，那都是皇上不急太监急。

"买完房不就有一撇了？"汤巧巧感叹了两下，摇头晃脑，"待本仙女掐指算算，我们宿舍，指不定你最先嫁人。"

"我才不要早嫁。"安可可一被人打趣，就容易脸红，此刻两颊都快烧起来了。

"不，安可可同志，你这可不是早嫁，你这是'为海峡两岸人民的友谊做出巨大的贡献'。"汤巧巧一本正经地胡说八道。

安可可轻推了她一下，便假装生气不再搭理她。

不过，安可可的心中却是涟漪不断：季哥哥的意思，难道真的是想要自己毕业就结婚？

一点整，季初一分钟都不差地出现在安可可的宿舍楼下。

安可可按着自己的裙摆，小心翼翼地坐上了他的车。

难得和季初见一面，汤巧巧那个不靠谱的狗头军师又在她的耳边吹风，让她一定要穿漂亮一点。

白毛衣、灰色百褶裙，最清纯不过的打扮。

不过一出门她就后悔了，北京风大，穿裙子出门，风稍微给点力，裙摆就在风中凌乱，害得她站在楼下等季初的时候，紧紧按住裙摆不敢松手。

"今天的衣服很好看。"季初打量了她一眼，一边发动车，一边随口恭维女朋友。

季母追女十八式，式式都苦口婆心地传授给了小儿子。

见面时要夸漂亮，分别时要爱的抱抱，女人都是感性的动物，她们需要爱的仪式感。

起初季初被季母念叨得烦，不过真当他和安可可相处的时候，季母的这些歪理邪说又变成了至理名言，恋爱经验不足的他也能游刃有余地讨着安可可的欢心。

比如，听完他的夸赞，安可可脸上马上就浮现出喜滋滋的神情来，就像是考了一百分，被老师夸赞的小孩。

"只有衣服好看？裙子不好看吗？"

"都好看。"季初扫了一眼她的百褶裙，实诚道，"就是太短了。"

哪里短了？明明都到膝盖了，这算是半裙，又不是短裙，现在哪有像季初这么保守的人？

安可可侧头小声嘀咕了一句："真是老古董……"

季初没听清小女友在嘀咕什么，随口问了句："嗯？你说什么？"

安可可："没什么，确实是短了点……你要是不太喜欢，我以后见你不穿就是啦。"

大不了她以后出门见他都把自己捂得严严实实的，只露两个眼睛珠子。

季初笑："你确定你以后见我不穿？"

安可可的脑袋本来没有绕明白这个弯，当她看到季初嘴角的笑容有些反常时，便把这句话翻来覆去地细细回味了好几遍，突然领悟了这句话隐晦的深意，不禁立刻举手捂住脸。

好羞啊！这画风转变得也太快了一些……

安可可悄悄将指间漏出点缝来，透过缝隙偷看着季初。

可季初又像是什么都没说过一样，摆回了那张一如既往的正经脸。

季哥哥真是越来越让她看不透了呢……她的季哥哥怎么就能在老古董和"老司机"的画风之间自由转换，游刃有余呢？

一路上，安可可满脑子都是那句"你确定你以后见我不穿"的调侃，以至于她都忘记问季初为什么突然要去买房了。

到了北京某家房企的售楼部，售楼小姐眼力见十足，看了一眼季初开来的车就热情洋溢地给季初和安可可介绍起来。

"先生、小姐想要买什么样的房子？我们品牌旗下有多个优质楼盘，从高品质大平层，到低密度独栋别墅，应有尽有，先生和小姐绝对能挑出你们满意的好房子。"售楼小姐都没推荐普通公寓，直接什么贵推荐什么。

季初对房子并没有要求，对他来说，不管住什么房子，都只是个睡觉的地方罢了。在西藏住破旧的教师宿舍也是住，在北京住独栋别墅也是住。

只是，安可可这样从小富养大的女孩子，总不能真让她跟着自己吃苦吧？

有一次，季初听安妈妈说起安可可小时候的事。

那时候安可可还是个小不点，刚刚对围棋迸发了极大的兴趣，三天两头就嚷嚷着要去爷爷家下围棋。

为了方便女儿学习围棋，安爸爸、安妈妈就将家搬到了安爷爷家附近。

过了两年，安可可的棋技突飞猛进，已经到了可以轻松碾压安爷爷的水平了。安爸爸和安妈妈又将安可可送进了台湾当地的棋院学习围棋，同样他们又一次搬家，搬到了棋院附近。

安可可十三岁时问鼎了台湾省女子围棋公开赛的冠军，成为女子组历史上最小的冠军，一时风头无两。可安爷爷说，祖国大陆高手如云，安可可要想在围棋之路上继续攀顶，就一定要回大陆学围棋。

安家祖辈本就是从祖国大陆迁去台湾定居的，安爸爸同安妈妈商量了一番，决定为了孩子的未来，举家搬迁回北京寻根，同时为安可可寻找棋技更高超的围棋师父。

他们一家，可谓是现代版的"孟母三迁"。

从另一方面也说明，安家对安可可这个唯一的女儿，那是十分富养，相当舍得。

安爸爸、安妈妈不舍得让宝贝女儿吃苦，季初更不舍得让他的宝贝女朋友吃苦。

从买房的想法冒出来的那一刻起，季初就决定把选择权交给安可可。

季初偏过头去问安可可："你喜欢什么样的房子？"

季初突然向安可可提问，她有些拿不定主意。

她看着五花八门的房屋模型，看得眼花缭乱，但是比起选房子，她更关心的是另一个问题："房子是买给……叔叔阿姨住的吗？"

她本想问是不是买婚房，可话到了嘴边，她没好意思问出来，溜了个圈，又拐弯抹角变了。

季初揉揉她的脑袋："买给我们自己住的。"

小女孩"咦"了一声，脸上全是难以置信的喜悦，这句话从汤巧巧的嘴里说出来，果然和从季哥哥的嘴里说出来的感觉不一样呢。

汤巧巧的那句"买完不就有一撇了"再一次在安可可脑海里荡啊荡，荡得她脸上又一次悄悄染上了绯红。

真要买婚房啊？这也太快了点吧……

要是早结婚的话，自己爸爸妈妈那关要怎么过啊？爸爸妈妈似乎不太希望自己早早嫁出去呢。

季初和售楼小姐认真地沟通着房屋信息，浑然没有察觉到小女孩一颗七窍玲珑心已经转百八十回了，她努力地在为他们将来要怎么说服父母接受他们早婚的事而操着心。

安可可对买房没什么概念，季初首先选了几个还不错的小区户型问她意见，她挑挑拣拣，哪张广告印得漂亮就选了哪个。

季初点点头，笑着伸手揉了揉安可可的脑袋，就将那张纸递给了售楼小姐："我女朋友喜欢这套房子，就买它吧！"

说完，他就掏出钱包来要递卡。

"等等……"安可可突然叫了停。

"怎么了？"

安可可突然拿起另一张户型图来，举棋不定地问着售楼小姐："你刚刚说，这个小区附近有一条美食街，还有大型商场，对不对？"

"是的。"

"那我还是想要这个一点……"安可可重新做了决定，"住在这里的话，我以后每天都能吃到好吃的。"

"不过，这个小区都是经济型的户型哦，最大的一套房子才六十多平，会不会有点小？"售楼小姐心里有些不开心，不过脸上却没有表现出来。如果季初他们选第一套房子，那可是两百平的大平层，她能拿到不少提成，可是换成第二套小房子，提成可就少多了。

"会不会委屈了一些？"季初也注意到了。

"不会啊……"安可可笑得甜甜的，像是最纯净的水晶，"小房子可以省钱呀，省下来的钱可以吃好多好东西呀。"

季初："买在哪儿都饿不着你，小贪吃鬼。"

安可可："就这个吧，这个挺好的！"

安可可喜欢就好，季初随意，他点头，递卡，刷卡，一气呵成。

待售楼小姐去开票了，安可可才小心翼翼地拉着季初的衣角问道："季哥哥，是叔叔阿姨催我们买房结婚吗？"

季初愣了一下，道："也不是。"

虽然爸妈确实天天在他耳边叨叨，但是他自己的事从来都是他自己拿主意。

"那为什么……"

"最近挣了些钱，我也没什么要花的地方，索性买套房，总归婚后我是要从家中搬出来的。"季初算是典型的男性思维了，他往安可可身上一打量，"难道你想我们婚后跟我妈他们一起住？"

安可可一想起季母热情洋溢的模样，就有点怕。

虽说季家人对她着实很好，但是真要住在一个屋檐下过日子，太过复杂的人际关系她还是有些应付不来。

"不想不想。"安可可慌忙摆手，"搬出来住比较好啦。"

说完，她才发现哪里不对劲，自己都还没答应要嫁给他呢，怎么就发展到商量好结婚以后住在哪里的问题了？

季初点点头，对这个结果表示非常满意。

安可可欲言又止了半天，最后还是把想要抱怨流程不对的话给压了回去。她安慰自己说：季哥哥开开心心带自己出来买婚房，这时候自己说出"都还没有求婚呢"这样扫兴的话，不太合适。

季初怎么会看不出来小女孩的情绪，虽然他不知道安可可撅着嘴巴在嘀咕什么，但是他知道解决问题的办法。

"我听说，这附近有家九宫格的火锅特别好吃，你想不想去尝尝？"季初微笑着在安可可面前挖下一个"美食陷阱"，等着小土拨鼠自己跳进来。

果然，安可可一听火锅，马上就神采飞扬了。

"真的吗？去呀去呀！"

"不慌，等下办完买房手续，就带你去吃。"季初刮了刮安可可的鼻尖，然后宠溺地握紧了她的手，"以后还有很多很多的美食，等着我们一起去吃……"

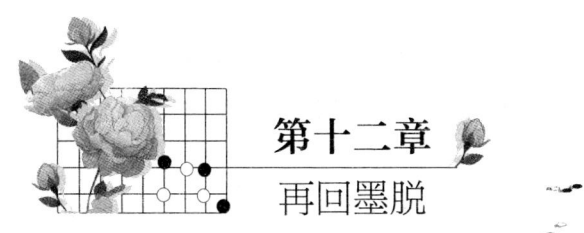

第十二章
再回墨脱

当安可可和季初一起心满意足地坐在了那家据说"特别好吃"的火锅店里时，安可可不争气地被辣哭了好几次。

"好辣啊，雪碧雪碧，快把雪碧递给我！"安可可的鼻子都被辣得通红，连连朝着季初打手势。

冰镇雪碧配火锅，绝配。

季初一边贴心地给安可可递雪碧，一边继续往火锅中丢食材。

"还吃得惯吗？不行我们就换一家……"

安可可喝下一大口雪碧，伸手拒绝："不，辣并快乐着，这家超好吃的！"

堂堂一个资深吃货，她还能被几片小辣椒给为难住？

安可可绝不认尿！喝口雪碧，她还能挺。

季初被她逗笑了："台湾人是不是都像你这样，吃不惯辣？"

他过去不了解台湾省，也没想过要去深入了解一下，可是跟安可可在一起之后，他想要去了解有关安可可的一切。那些他未参与过的安可可的少女时代，那片他未踏及过的安可可的家乡，他都渴望去了解。

安可可摇摇头："也不是呀，我爸爸就很能吃辣呀，也分人吧……不过我听说，我爷爷祖籍是四川的，所以我爸不怕辣是遗传自我爷爷。可是我就没遗传到不怕辣的基因，超级不能吃辣的。"

说完，她还配合地吐吐舌头，举手扇着舌尖，一副真是辣坏了的模样。

"嗯，四川人确实是很能吃辣的……"

"我爷爷经常说，他好怀念四川的辣椒酱，那才是真正的辣椒酱，够辣，够味儿。"

"你们搬到大陆来，你爷爷为什么没有一起来呢？"季初好奇。

"因为奶奶是台湾人呀。"安可可说道，"爷爷说了，活着的时候他要陪着奶奶，等他去世以后，就要落叶归根，希望我们把他的骨灰带回四川老家……他还说，一定要给他埋一罐子最正宗的辣椒酱进棺材里。"

"活在当下，挺好。"

"嗯。"安可可接过季初给她捞出来的牛肉丸，小心翼翼地咬开一个小口，不敢让汤汁溅出来，"季哥哥，你的公司已经开始赚钱了？"

不然，怎么说买房就买房了……刚刚售楼小姐刷卡的时候，她看了那数字一眼，吓了一大跳，那可是好大一笔钱呢。

"嗯。"季初对她毫不隐瞒，"最近公司的业绩不错，好几家业内的大公司都找上门来要求合作，公司的订单暴增，B轮投资也刚刚融到位。"

季初说得轻巧，看似轻松，其实他付出的努力远远大于收获，他甚至已经记不清上一次睡满八个小时是什么时候的事了，每天超负荷的工作量，都快将他的身体掏空了。

不过在他的带领下，公司犹如一匹黑马强势杀进了互联网界，很快季泽科技就成了业界响当当的"独角兽"，深受资本市场的追捧。

不过季初从未忘记过自己创业的初心，他创建季泽科技的本意就是，既想实现自己的科技梦，又想通过资本的力量去帮助贫困山区的孩子们改变命运。

一轮又一轮的投资进来，每一轮的投资方都和季泽科技公司签订了"公司年收益额的百分之三十划为慈善基金"的合同。

季初也以私人的名义，直接将自己的大部分收入捐给了希望工程。

说到希望工程，季初就刚好想起来一件事要跟安可可商量一下："最近我要回一趟墨脱，回背崩乡希望小学，你要一起来吗？"

"嗯？"安可可一脸茫然，"怎么突然要回去了？是因为小卓玛的病吗？"

当初小卓玛的胃癌手术做完没多久，季初就匆匆回到了北京。

现在季初提起要回墨脱，安可可的第一反应就是小卓玛的病情有变化。

当初在背崩乡希望小学，安可可最喜欢的就是乖巧懂事的小卓玛，总是唏嘘像这样一个女孩子，若是能像城市里的孩子一样，在该接受教育的年龄就进入学校念书，以她的努力程度，肯定能考上一个好大学。可惜，她生在不太重视教育的偏远落后地区，又白白耽误了几年最好的时光。

安可可想着想着就叹起气来，和那些孩子相比，她觉得自己简直就是生在了蜜罐中。

季初摇了摇头："前几天鲍梵给我来电话，他说政府的拨款已经正式批下来了。没有人比我更熟悉希望小学的校舍情况，那个新来的老师也不知道懂不懂修房子，我得回去一趟，把校舍的隐患好好交代清楚。"

　　而且，季初离开时也承诺过小边巴，说自己一定会回去。

　　"嗯！我陪你一起去！"安可可点头，上次她从国外回来直奔西藏，什么都没给孩子们带，既然有机会再去，她立刻开始掰着指头盘算这次去背崩乡希望小学要带什么，"我刚好可以给小卓玛、小边巴他们带些文具去……对了，他们上次还说想学下围棋，我可以再带一副围棋。"

　　"嗯，那我回头和你确定详细时间。"

　　很快，季初就和安可可确定好了出发去西藏的日子。

　　在鲍梵的积极奔走下，上头领导非常重视希望工程的校舍破旧问题，不仅批复了背崩乡希望小学的校舍拨款，还成立了专门的小组，有专门的资金，派专人前往背崩乡希望小学负责校舍的修葺工作。

　　这次季初回西藏，鲍梵也要与他同行。

　　当安可可"哼哧哼哧"地拖着大包小包的行李从学校打车过来会合地点时，正好看到鲍梵和季初有说有笑地在聊着。

　　"清华小美女也一起去啊？"鲍梵见到安可可有些意外，季初没跟他说会带女朋友啊。

　　"嗯。"季初自然而然地接过安可可手里的行李，放进他那辆路虎的后备厢里。

　　"咱们行李带了这么多，开一辆车放得下吗？"鲍梵随口担忧了一句。

　　"行李不都在里面了，有什么放不下的？"

　　"万一苗淼还带了好多行李呢？"

　　"你们那个女同学也去？"安可可很讶异，季初也没跟她说他会带上那个看起来似乎对他有些意思的女同学。

季初没告诉鲍梵他会带上安可可，是因为他忙忘了，不过他没告诉安可可苗淼也会同行，还真不能怪他，他也是头天晚上临时接到鲍梵的通知，说苗淼要跟他们一起去。

　　苗淼的公司为背崩乡希望小学前后捐了好几十万的善款，作为公司代表，她前去西藏慰问一下也是理所当然的事。

　　眼见着后备厢已经快要放满，季初还真忘了算苗淼的行李箱。

　　"是我多嘴，我在同学群里提了一嗓子，"鲍梵主动出来认错，"想呼吁一下大家捐款捐物，苗淼说她一直想参与到公益事业中来，刚好这些天有假期，就临时加了她一个……"

　　这话音还没落呢，就见一辆小车停到季初的路虎旁，冲着他们鸣了鸣笛："聊什么呢，聊得这么开心？我怎么好像听到我的名字，你们没背着我说我坏话吧？"

　　"哪能呢？"鲍梵很有眼力见地接过话来，"在说你行李多不多，怕一辆车装不下。"

　　"你们两个大老爷们出门，能带多少行李啊？"苗淼从摇下车窗开始，也只不过是用余光打量了季初身旁的安可可一眼，就像是没看到她似的。

　　"那可不一定，我的私房钱可全都是换成书本准备带过去的。"鲍梵拍了拍后备厢里的箱子，一脸骄傲。

　　"妻管严，你还好意思说！快来帮我搬行李！"苗淼笑了鲍梵一声，让他别废话赶紧帮忙。

　　苗淼的行李还是有个大箱子没能成功塞进去，实在是后备厢塞不下了，最后，这个行李箱被鲍梵和季初卡在了车后座的中间，这才算是解决了问题。

　　当这一切做完，苗淼才咬着牙冲着季初笑道："不早了，该出发了吧？赶紧让你小女友回去了，恩爱秀了这么久，对我这种单身狗的伤害很大啊。"

安可可无语。

什么呀？她自己也去的好吧？

鲍梵抢先道："两个女的路上也有个照应，季初的女朋友也去的。"

苗淼讶异："她也去西藏？"

说完，她就像是不相信似的将安可可上下打量了一番，看着安可可那件明显不便宜的名牌冲锋衣，冷嘲热讽道："去穷乡僻壤的地方可不是玩哦，光穿几件保暖衣服可不行。在那种苦地方受不了的话，发大小姐脾气要回来，可是连车都搭不到哦。"

虽然苗淼没去过墨脱，但她是从穷乡僻壤的大山里走出来的，最知道山里有多苦了，她打心眼里瞧不上这种城市中长大的娇娇女。

安可可不服气，自己才不是那种吃不了苦就发大小姐脾气的人呢！

不过在安可可表明立场之前，季初就不慌不忙地替她正名了。

季初："安可可去过墨脱，她陪我在那里支过教，大地震的时候，还随着救援车在危险的灾区四处抢险救灾，当志愿者，帮助过很多人。她不是什么娇滴滴的大小姐，她比我们每个人都更伟大。"

他肯定的言语，像是给安可可戴上了一个又一个的勋章，神圣而不受侵犯。

安可可没想过自己在季初的眼里是可以用"伟大"来形容的，突然被季初这么夸赞，她觉得有些不好意思，脸红红的，低下了头。

自己哪有他说的那么伟大？不就是为爱勇敢地追去了西藏……抢险救灾的时候帮助别人，也都是举手之劳的事呀，就算是平时遇到需要帮助的人，自己也会倾囊相助的。

鲍梵没想到眼前这个看起来小他们好几岁，一举一动都像是不经风雨，如温室花朵一般的小女生，会是个能冲去救援前线的战士，不禁冲着她竖起了大拇指："牛啊！我说呢，季初这棵万年不开花的铁树怎么就被你吃得死死的。他这选女朋友的眼光，果然是没话说，长相、人品，样样都没得挑！"

安可可听得脸红，可苗淼听得脸都快发绿了。

最后的安排是这样的，季初开车，鲍梵坐在副驾驶座上，安可可和苗淼坐在后座上，不过她们两人之间放着一个大行李箱，将很是生疏的两人隔离开来。

安可可不太喜欢这个说话总是带刺的苗淼，苗淼也不太喜欢这个看着特漂亮的小姑娘。

两人之间的尴尬气息连坐在前排的鲍梵都明显感觉到了。

苗淼早就修炼成了白骨精，她一路上有说有笑地拉着鲍梵聊，还故意聊一些安可可肯定插不上嘴的话题，自以为是地将安可可孤立起来。

苗淼夸鲍梵："都说你们是人民的公仆，这话一点儿也没说错。我听说，这次你不光替季初跑前跑后把政府的拨款给批了下来，还促成了那件大事，现在上头领导对西部教育重视得很，马上就会有很多官方支持和资源跟进，我这消息没错吧？"

鲍梵惭愧："不敢居功，不敢居功！尽了点绵薄之力而已。"

苗淼："你这出的力还绵薄啊？季初不是说，这几个月全靠你工作之余跑前跑后忙这件事，对吧季初？"

她故意把话题抛给季初接，就是想让季初加入到聊天中来。

没想到季初专心开车，只是"嗯"了一声，一个多余的字也没有，这让苗淼很是失落。

鲍梵是一个搞气氛的好手，他打趣着苗淼，道："我们苗大才女思想觉悟那么高，又是组织捐款又是帮忙搭线找善款的，我这哪能不跟上？我们为民办实事是义务，你这可就实实在在是在做贡献了。你们公司可是排头兵，我听季初说，前后真金白银捐出来至少大几十万了吧？”

虽说两人是在互相戴高帽，但说的也都是实话。

苗淼就职的公司及公司员工最早捐了六十万，算是雪中送炭、救急的钱了。

苗淼笑了笑，不说话，她心里想着：要不是为了季初，我才不会这么巴巴地去操这个心呢。只是这种心思，无论如何她也不能摆到明面上来说。

既然老同学都认定她人善心美，那这个美誉，她就不客气接受了。

她透过行李箱的缝隙，得意扬扬地看了安可可一眼，本想看到安可可被冷落的模样，没想到在睹见对方睡着的那一瞬间，笑容就凝固在了脸上。

少女像是童话故事中的睡美人，她安静地靠在车后座上，紧闭着双眼，睫毛轻轻在空中颤抖，像是灵动的蝴蝶在扑动着翅膀，美到不可言喻。

没有人不嫉妒美人，苗淼所有的进攻都像是打在了棉花团上，再用力也是枉然。

到了机场，托运完行李，季初看着睡眼蒙眬的安可可，便揉揉她的小脑袋瓜，帮她顺了顺耳边的乱发：“昨晚没睡好？”

安可可噘着嘴点点头。

这次请假去西藏可真不容易，先不说学校那边还有两三门专业课要上，论文也要赶着写，就连棋院那边都通知她最近要好好准备一下，参加一场很重要的混双比赛。

安可可出发之前看了一通宵的棋谱，反正路上她有大把的时间可以补觉。她的黑眼圈太过明显，季初看得出来她熬夜了。

"等下上了飞机，就靠在我身上睡。"季初悄悄往她的口袋里塞了一颗巧克力糖。

"嗯！"

安可可的手刚刚伸进口袋里将那颗糖拿出来，还没完全撕开糖纸，就听身边一道稚嫩的声音响起。

"姐姐，你都那么大了，还吃糖……"

安可可低头一看，是个还不及她腰的小屁孩，正摇头晃脑地在那儿嫌弃她的行为。

安可可四下看了一眼，没看到小屁孩的父母，便蹲下身来，笑着问他："小鬼，那你还吃糖吗？"

小屁孩看着巧克力糖，咽了口口水："我为什么要告诉你？"

安可可诱他："那你想不想让姐姐请你吃糖呀？"

小屁孩纠结了，做了好半天思想斗争，才诚实地点点头："想！"

安可可笑着把糖纸剥开，把巧克力糖塞入小屁孩的嘴里，小屁孩满足极了，踮起脚来，亲了安可可一大口算是回报。

"小磊，你乱跑到这里做什么？"

突然一道高亢的女声响起，吓得那个小屁孩立刻屁滚尿流地跑开，女人跺跺脚，又好气又好笑地追了上去。

"扑哧！"安可可见小屁孩一边跑，一边还回头冲着自己做鬼脸，不禁笑了起来。

"你喜欢小孩子？"季初随口问道。

"喜欢聪明点的小孩子。"安可可也是随口答道。

"我们的小孩，肯定聪明。"

安可可愣了一下，觉得自己是不是没睡好，以至于出现了幻听？

季初说"我们的小孩"？这八字都没一撇呢，哪来的小孩……安可可脸红红的，再说了，谁说要给他生小孩了？

"瞎想什么呢？走，登机了。"

偏偏始作俑者还一本正经地敲了一下她的小脑袋瓜，一本正经地勾着她的手，将她拉走……

指尖传来的温度，温热又熟悉。

安可可仿佛回到了夏天的时候，季初和她第一次牵手，也是如此伸出一根手指头来，轻轻勾走了她……

安可可真是说睡就睡的体质。

上了飞机，系好安全带，安可可就不客气地靠在季初的肩头上，闭上眼就睡着了。

季初稍稍侧了侧头，便见安可可慢慢地、慢慢地从他的肩头上滑落了下去，眼见着小脑袋瓜就要脱离他的肩膀了，他便及时在她脑袋跌落的一瞬间，伸出双手捧住了她的脑袋。

好险！季初的额头上都差点冒汗了。

不过他也没用手去擦汗，因为安可可靠在他的手上，睡得依旧香甜……

苗淼和季初的中间还隔了一个鲍梵。

她冷冷地看着季初这一记宠溺的"捧头杀"，心中特别不是滋味——那个自己喜欢的人，确实是个绝世好男人，可惜，他宠溺的对象却不是自己。

自己输在了什么地方？她想不明白，她不觉得自己比一个乳臭未干的小女孩差。

正当她胡思乱想着，空姐过来发饮料了。

"给我一杯咖啡，谢谢。"苗淼优雅地要了一杯咖啡，然后尽量让自己的笑容看起来迷人一些，偏头过去大声问坐在过道那边的鲍梵和季初，"你们两个也来点咖啡吗？"

她是没话找话了，可就算是没话找话，她也乐意，哪怕只是跟季初搭上一句无聊的废话。

单恋一个人的时候，就是卑微到骨子里，却也愿意卑微。

鲍梵还没来得及应声呢，季初就轻轻"嘘"了一声，提醒着他们不要太大声："我女朋友在睡觉……"

鲍梵心领神会，捂着嘴巴做了个"OK"的手势。

偏偏苗淼心有不甘，虽然也刻意压低了声音，但是语气里还是稍稍有点不爽："又撒'狗粮'，还怕我们'狗粮'吃不饱？"

季初再次低声重申："我女朋友在睡觉……"

苗淼被季初少有的低气压给吓到了，也讪讪地闭上了嘴。

许是老天保佑，这一趟来到西藏，大家都没有高原反应。虽然路途遥远，大伙一番折腾才赶到了墨脱，可总算是顺利到了。

苗淼捂着因为坐得太久而隐隐发痛的腰椎，脸色苍白，一句话都说不上来。

她一路颠簸着过来，难以想象当初安可可这样一个娇滴滴的小女生是怎么陪着季初来支教的，就连从大山中走出来的她都有点受不了这个穷山恶水的地方。这一路上，可是连个厕所都没有。

"季老师！"

"安姐姐！"

也不知道谁先发现了季初和安可可，在惊喜的尖叫声后，孩子们鱼贯而出，欢呼着一个接一个地扑进他们两人的怀里。

"季老师，我还以为你不要我们了。"小边巴抬起头来，可怜巴巴地看着季初，丝毫不掩饰眼中的思念。

在他们离开之后，小边巴给季初打了好几次电话，唉声叹气地说季老师走了以后，他老是作业不会做。其实哪有什么不会做，他就是想诓季初回来罢了。

季初故意板着脸，刮了一下他的鼻尖，还是像以前一样严肃："有没有听新老师的话？有没有认真写作业？"

小边巴鼓着嘴："当然有了……"

新的支教老师听到外面的动静也赶了出来，见是季初，顿时毕恭毕敬地冲着季初鞠了一躬，才打招呼："您来了？"

新支教老师刚到的时候还是个青涩的小伙子，他揣着一腔报效祖国的热血来了西藏支教。季初手把手地教会了他在这里生活，教他教育孩子所需要的一切技能，临走时，季初还语重心长地交代他："这些孩子我算是交到你的手上了，你这一棒一定要接好……"

支教就像是接力赛，新的老师来，旧的老师走。

他们在这片贫瘠的土地上，用自己的青春，灌溉出祖国的未来。

才到这儿的时候他还不觉得苦，甚至觉得这种生活体验很有新鲜感。等季初走了以后，日复一日，月复一月，都是枯燥艰辛的日子，他才慢慢觉察到，支教并不是件容易的事，需要非常强大的耐心和毅力。

西藏地区强烈的紫外线在他白皙的脸上留下了高原红印，季初都差点没认出他来。

"我答应过，就肯定会回来的。"季初点点头，冲着支教老师指指身后的几个大行李箱，道，"还给孩子们带了些东西。"

小边巴眼睛一亮，插嘴道："是好吃的吗？"

季初白了他一眼："你啊，就知道吃。这箱子里头，全是考试卷子……"

小边巴当真了，他仰天哀号一声："季老师，你真给我们带了几箱子卷子来吗？"

偏偏安可可还配合着季初，逗起小边巴来："当然是真的呀，你听说过《五年高考三年模拟》吗？外面的学校最喜欢用这种特别难的习题集来折磨学生了，季老师说你们都没见识过，所以特地给你们买了些带过来，让你们感受一下题目到底有多难。"

小边巴听完顿时一副生无可恋脸，仿佛刚刚掏空了身体，写完了十张试卷。

"季老师，安姐姐……"

最后一个从教室里飞奔出来的是刚刚值日完的小卓玛，她一见到季初和安可可的身影，就激动地红了眼眶。

她这条小命都是季初捡回来的，对她而言，季初不仅仅是老师，更是救命恩人……

现在的小卓玛和季初离开墨脱时相比，清瘦了许多，脸上都像是用刀刮过骨似的，半点肉都没有，全靠骨头撑着皮相，一点也不像是十几岁的少女，倒有些像小老太太。

她刚刚做完手术，季初就离开了。

曾经她也像其他孩子那样伤心，可她终究是学校里最大、最懂事的孩子，在习惯了季初不在的日子里，她化思念为动力，把志气都写进了日记本里：如果季老师不回来看他们，那她就好好念书，考进北京的大学，去北京看季老师！

季初看着眼前这群望眼欲穿的孩子，突然喉咙里有些痒痒的。

他从不后悔自己在最好的年纪来到了西藏，也从不后悔在这里释放了自己的青春，反而，那段时光是他生命中最美的日子。

他是孩子们的老师，孩子们更是他的老师，让他懂得责任，让他慢慢成长，将他从桀骜不驯的大男孩，渐渐打磨成一个有担当的真男人。

如果时光倒流，让他重新做一次选择，他一定还会做出同样的决定。

季初一行四人在墨脱小住了两日。

一日清晨，季初和安可可在厨房里给孩子们准备早餐，苗淼端着水杯和牙刷，和鲍梵蹲在小操场旁刷牙，正当她抱怨着这里的条件太过恶劣，简直堪比原始社会的时候，突然听到车辆鸣笛的声音。

苗淼一喜，扭头问着鲍梵："来车了？难道省领导来了？"

鲍梵跟她提起过，他提交上去的报告非常受上头领导的重视，对于该如何落实各地希望小学的旧校舍修葺工作，给了非常详细的批示，甚至明确表示各地的分管领导务必亲自下乡，处理好相关工作。

墨脱这个地方，除了有唯一一辆准时进出的长途大巴车，其他时候都是不可能听到汽车鸣笛声的。

鲍梵也很惊讶："可能……应该是吧？"

据他估计，领导们应该再晚个一两日才会到，没想到这么快就来了。

苗淼飞快地将牙刷塞回水杯中，立刻转身飞奔回屋。

鲍梵也赶紧上上下下刷了几下，算是敷衍完成了刷牙洗脸的任务。他才抱着水杯踏上门槛，就见苗淼已经重新换了件正式的套装，穿戴整齐走出来了，甚至嘴上还涂了一丝淡淡的口红。

"你吓我一跳！"鲍梵拍着胸脯道，"你这换衣服的速度也太快了点吧？"

苗淼优雅地撩了撩头发，不以为然道："在我们互联网行当里，时间就是金钱，我这效率，不错吧？"

鲍梵竖起了大拇指。

"行了，你抓紧收拾一下，我先出去看看。"苗淼的心思都在门外，才不要浪费时间和老同学扯淡，"有什么情况，我先上阵替你应付着。"

这可是不可多得的和大领导接触的好机会，之后回北京，也是她的谈资，她可得好好表现。

苗淼干练地夺门而出。

苗淼猜得一点儿也没错，是省里的领导来了。

当她意气风发，顺着鸣笛声找到车队停留的位置时，却有些难以置信——这阵仗比她想象中的大多了！

临时停靠在一片荒地上的不光有省政府的车，还有一整排CCTV（中央电视台）的演播车。

CCTV也来了？

"您好，请问这里是背崩乡希望小学吗？"某个主持人模样的人走过来，彬彬有礼地举着话筒向苗淼打探。

也不知道附近有没有摄像机在录拍，苗淼只愣了一秒，脸上就迅速挂上了微笑："不是，我是代表 ×× 公司来给背崩乡希望小学送温暖的，背崩乡希望小学是我们公司长期的资助对象。你们有什么需要的，我可以帮您。"

职场"白骨精"就是干练，苗淼简简单单几句话就将自己的身份解释清楚，顺便轻描淡写地替公司宣传了一下，整个人透露出来的气质都非常友善。当然，她也是实话实说，没有半个字掺假。

当鲍梵收拾妥当，迎了出来的时候，苗淼已经和CCTV的主持人聊熟络了。

苗淼在前方带着路，省领导和CCTV前来采访的一群媒体工作者跟在她的身后，她像是向导，也像是一个煽情的演说家，一边走一边向领导和媒体介绍着这里落后和艰苦的教学环境，还重点提及了一下这边有个小女孩。她说小女孩得了癌症，没有钱治疗，若不是社会上的好心人捐款，小女孩差点儿放弃了自己鲜活的生命。

破旧的校舍、坑洼的路段、再恶劣不过的环境，无须太多形容词，就足够震撼人心了。

好多领导和媒体工作者都触动很深，当场抹泪。

苗淼有条不紊地把所有的事情都安排得妥妥当当，丝毫没有让鲍梵操心，省领导和CCTV的采访记者很快就进入了忙碌的工作状态，来慰问的慰问，来采访的采访，大家都忙成了一团。

好不容易逮着一个休息的空当，鲍梵再次向苗淼竖起了大拇指。

"老同学，要说你是从农村出来的姑娘，真没人相信，你这办事的能力，这沟通的情商，都妥妥的一百分啊……"

苗淼喝了一大口水，讲了一上午的话，她嗓子都快冒烟了。

夸她的话，她听得多了，可她再完美又有什么用？

苗淼叹了一口气，难得在老同学面前表露了自己的一点儿心迹，捏着水杯哀怨一声："入不了那人的眼，我一百分又有何用？"

鲍梵笑笑。

这苗淼一而再再而三地为了季初跑前跑后，颠颠地跟来西藏，就算是个傻瓜也能看明白她揣着什么心思了。

只是，爱情这东西，说不清道不明，还真要讲究一个你情我愿。

季初对苗淼没那种意思，鲍梵自然也没法子帮她。

"天涯何处无芳草，你这么优秀，何必就吊在季初那棵树上呢？你又不是第一天认识他，他有多固执，你不清楚？"

道理谁不懂呢？只是，苗淼不甘心啊……

她看着远处忙着给孩子们发资助物资的领导们，想着明明季初这几年最辛苦，对背崩乡希望小学付出最多，却在这种可以领功的时刻不现身，不知道在哪个角落里低调地忙碌着，便默默地又叹了一口气。

她也不知道该说季初什么好了。

不过，这就是季初啊……她迷恋季初的哪一点？不就是季初那一身正气吗。

苗淼看着远方，看着那远山，看着那累积在山头的积雪，就像是看着季初一颗难以融化的心，明明近在眼前，她一伸手却又远在天边。

季初确实不喜应付这些场面。

有鲍梵和苗淼在外面张罗，他和安可可反而可以松一口气，在厨房里准备午餐。学校里突然来了这么多人，午饭总要准备的吧？这里可没饭馆，几十人的午餐，只能靠他们自己准备。

当他从锅里盛出几十碗清汤寡水的米粥出来时，安可可有些担忧："中午给大伙吃这个，合适吗？吃不饱吧？"

季初一脸坦然："有什么不合适的？我们平时不也经常喝米粥。"

安可可咬咬唇，想想也对。

反正大家是来献温暖、献爱心的，体验一下这里真正疾苦的生活也好。

她陪着季初将这几十碗白米粥，一趟一趟地端出了厨房……

季初一行四人是在省领导和 CCTV 采访者走后的第二天才离开墨脱，飞往北京的。

站在拉萨贡嘎机场里，鲍梵接了一个电话，然后激动地向大家报喜。

"太好了！真的是太好了！你们肯定想不到我刚刚收到一个什么样的好消息！"鲍梵的声音高亢而洪亮，惹得不断有行人回过头来看他。

"还有什么消息比国家的专项拨款下来了更大、更好？"苗淼想不到。

"CCTV 给我们做了一个关于支援贫困山区教育的专题，这可是具有非同凡响的意义！"鲍梵高兴地挥着手，一如当年在学校竞争学生会主席时的动力十足，"能上 CCTV，就有更大的影响力，也就意味着有更多的人可以看到贫困山区面临的教育难题！那肯定会有很多爱心人士关注落后地区的教育问题，伸出援助之手。"

"有道理……"

"季初，背崩乡希望小学要上 CCTV 了，你怎么不高兴？"鲍梵拍了依旧沉默的季初一下。

安可可笑得甜甜的，替季初解释道："他这是内敛，不是不高兴。"

她的季哥哥从来都是这张忧心忡忡脸，总像是还有好多事没操心完的模样，也只有与她单独相处时才会放下心中的负担，舒心笑上一笑。

知季初者，安可可也。

季初伸手揉了揉安可可的小脑袋瓜，露出浅浅的笑意来，算是承认了安可可的说法。

他挺高兴呢，没有不高兴。社会上有更多的人关心孩子们，他自然是会高兴啊……

鲍梵乐呵呵地偏过头去，佯装左顾右盼，在看其他东西，不打扰他们小情侣秀恩爱，可他们这样亲热的动作落在苗淼的眼里就很不是滋味了。

她没想到，季初这样的男人会喜欢安可可这种看起来甜到发腻的小女生，就像是游乐场里贩卖的棉花糖，一口咬下去，又软又甜。

那些爱情鸡汤中不都是说"最好的爱情是势均力敌"吗？她迷茫了，自己该如何进退啊……

CCTV 跟进了，各大省台也跟进了，国家对落后地区的教育扶持再一次引起了社会大讨论，越来越多的社会力量开始关注贫穷落后地区的教育问题，一次又一次地为偏远地区的希望小学送去急需的物资和钱财。官方的拨款和民间的支援，不断输送去各种教育资源和支持，甚至在大学生中也掀起了一阵支教热潮。

季初和安可可都欣慰不已。

教育啊，原本就是接力赛，一棒接上一棒。

安可可安慰季初说道："季哥哥你看，虽然你离开了讲台，但还有很多热血青年走上讲台，会有更多、更好的老师替你爱着那群孩子……"

季初不语。

他看着窗外，看着北京开始纷飞的大雪，看它们渐渐构造出一个纯洁无瑕的世界，心中感慨万千。

有人说，这是一个自私自利、麻木不仁的时代，可他看到的是一个美好的时代。不管是积极向阳的人民公仆鲍梵，还是像苗淼这样愿意资助贫困山区的广大人民群众，又或者是大学毕业揣着爱进入大山支教的热血青年，都是这个时代的小小缩影。

爱这东西，看不见，摸不着，可它一直都存在，从未离开过……

安可可回到北京之后，并没有马上回到学校，而是马不停蹄地和史一航一起打完了那场非常重要的围棋混双比赛。

许是这一趟特殊的行程让她收获颇多，让她动力满满，比赛发挥得相当漂亮，一路过关斩将，轻松杀入决赛，再度带回了混双冠军奖杯。

当她抱着第二座奖杯高高兴兴地回到女生宿舍时，却好半天都没找到汤巧巧的人影。

"你躲在浴室里干吗呢？"

安可可打开浴室的门，才发现汤巧巧在里面耐心地刮着腿毛。这可真是一反常态，安可可简直不相信自己的眼睛。

"啊？"汤巧巧吓了一大跳，见是安可可，便喜笑颜开地把腿往安可可面前一撩，问道，"快帮我看看这腿，还有哪儿没刮干净？"

少女光滑的小腿上没有半点瑕疵。

"干净，比空试卷还要干净。"安可可八卦地靠在浴室的门框上，打趣起汤巧巧来，"平时没见你刮过腿毛啊，今天太阳打西边出来了？莫非你谈恋爱了？今晚要去约会？"

"呸呸呸，才没有哪个男孩子值得我这么认真地刮腿毛呢。"汤巧巧认真地再一次检查完小腿，确保每个地方都刮干净了，才满意地放下腿来，"恋爱有什么好谈的？我是去参加我 idol 的生日会。"

"你哪个 idol？"

汤巧巧的 idol 太多，安可可根本分不清她每次口中念念有词的 idol 是谁。

"Martin 啊！当然是 Martin！你忘了？我现在只有他一个 idol！"汤巧巧一说到 idol 就激动得要命，"Martin 在台上一边弹吉他一边唱歌的样子，真是太帅了！"

自从汤巧巧买回了那把吉他以来，可是认认真真去上了吉他课，没少在宿舍里一边弹一边鬼哭狼嚎地唱上几嗓子。

虽然汤巧巧五音不全，可练习多了，竟然也能熟练地弹出几个和弦来。

有一次，系里举办一个小型晚会，汤巧巧上阵演奏吉他，还收获了挺多掌声。

安可可戏称，她是追偶像追出了一门才艺来。

"小妮子，你又有钱了啊！前几个月，是谁为了买他的见面会门票，吃了好久的土？"安可可奇怪。

明明最近汤巧巧一直嚷嚷着没钱花。

"这不一样啦，嘿嘿嘿。"汤巧巧神秘兮兮地冲着安可可勾了勾手指头，道，"这次是 Martin 亲自送我的门票，他亲自邀请我去他的生日会。"

"你什么时候跟你 idol 勾搭上了？"安可可讶异。

汤巧巧怨念十足地哀号了一声，扑在安可可的手臂上："我的围棋小公主，你这健忘症是越发厉害了？"

安可可不解。

"上次我给 Martin 留下了手机号码啊……"汤巧巧提醒道。

这个安可可，除了围棋以外的事情，都不怎么上心，尤其是对帅哥不上心！汤巧巧在心中吐槽着，也不知道安可可都是怎么跟季大帅哥相处的。

"哦……对。"安可可想了起来，是还巧克力糖那件事。

"不对！"突然安可可又叫了起来，"你跟他摊牌，说那是你的电话号码了？"

当初 Martin 可是想要安可可的号码来着。

"还没有……"汤巧巧吐吐舌头，其实她一直是冒充着安可可的身份在跟 Martin 发信息，又或者说，Martin 也从没问过她到底是不是安可可。总之，这个美好的误会到现在也没解开，汤巧巧也不知道该不该解开，但她暂时也没勇气解开。

其实 Martin 也没跟她聊什么，不过是聊些录通告以外的琐碎小事。

解开误会以后，她的 idol 还会理她吗？

"好吧。"安可可摊摊手，"我总觉得，你应该告诉他真相，起码让他知道他是在跟谁聊天。"

"我只想默默地存在在他的好友里，我知道我的 idol 日常在干吗就行了。"汤巧巧吐吐舌头，"没有其他的想法啦……"

"那就最好。"安可可点点室友的脑袋瓜，"快毕业了，你别老惦记着追星，学业重要，你论文写了吗？"

"写了！"汤巧巧讪讪地挥挥手，"你跟我老妈一样，一来电话就问我毕业论文写好没。"

说完，她还认真地跑到电脑面前，打开文档，理直气壮地给安可可看："你看，论文已经写完啦！放心，学业和追星孰轻孰重，我分得清！"

"那就好。"安可可见她的论文确实是写完了，才满意地点点头。

"糟了！"汤巧巧突然一拍脑袋。

"怎么了？"

"糟了糟了，七点了！"汤巧巧匆匆忙忙拎了件衣服，就再次滚进了浴室里，"要来不及了！不跟你扯了，我要去参加生日会了！"

安可可无奈地摇了摇头。

自己追季哥哥的时候，也这么疯狂吗？安可可想了想，似乎比汤巧巧追星还要疯狂呢，竟然连命都不要了，在大地震的时候追到西藏去……

安可可看了一眼手中抱回的新奖杯，决定去"突袭"一下她的季哥哥。

安可可跳下车，付完车费，蹦蹦跳跳地抱着奖杯进入了写字楼大厅，但当她还在电梯口等电梯的时候，电梯门一打开，她的季哥哥就从里面冒出来了。

"好巧！"竟然在这里遇见他，安可可惊喜，"你要出门吗？"

季初伸手揉了揉了安可可的小脑袋瓜，往她的口袋里塞了一袋不知道什么零食，伸手接过她重重的冠军奖杯，才不紧不慢地张开口道："不，特地下来接你的。"

安可可从口袋里掏出零食，看了一眼是自己喜欢的牌子，当下便满意地拆开了。

她一边吃还一边好奇着："季哥哥，你怎么知道我来了？"

"我写了个小程序。"

"这次又是什么程序？"安可可对季初写的那些小程序总是充满好奇，她不太懂程序员的世界，为何那些1和0可以做出如此巧妙的推算，连她的突然到访都能推测到。

"这个小程序是专门统计你登门拜访的时间，并且根据你平时的习惯做出判断。"

"它都判断出什么了？"

"判断出你每次打完比赛都会过来找我，今天你有比赛，所以系统一早就提醒我，你很有可能到访。"

"神奇。"安可可啧啧称奇，她这个习惯都能被小程序给监测到，不过她还有另外一个疑惑，"那你又怎么知道我是这个点来？"

电梯"叮"一声，停在了季泽科技所在的楼层。

季初带着安可可走出电梯拐进季泽科技，在下属们"老大好""老板娘好"的招呼声中不紧不慢走进他的办公室。

"你还没告诉我为什么你知道我会在这个点来？也是小程序告诉你的吗？"安可可的好奇心此刻都被充分调动起来了。

"不是。"季初笑笑，递给她一杯热开水，"我为大楼的监控写了另外一个小程序，算是单向版本的人脸识别系统，只对你的脸特别提醒。当你进入大厅，程序就会提醒我，女友大人到访，赶紧下楼迎接。"

原来是这样。

安可可恍然大悟，没想到她的季哥哥虽然平时忙着工作，很少有时间和她约会，但对她如此上心，为了她，细心地编写了这么多有趣的小程序。

和科技大神谈恋爱，简直太酷了！

安可可非常好奇地冲着季初眨了眨眼睛："那你的小程序们，还告诉了你什么？"

季初指了指安可可手中的热水，道："小程序还告诉我，女朋友到了该多喝热水的日子。"

安可可顿时脸红了。

她确实……来例假了。

季初将安可可一把拉到他的大腿上，打开电脑，向安可可介绍着他的世界："云城市系统就是无数个这样的小程序组成的，有些小程序只是统计日常，比如你什么时候有体育课；而有些小程序则是提醒程序，比如提醒你有体育课的日子穿运动装，课后记得补充能量。无数个这样的小程序组成了整个云城市系统，会关注你的一言一行，像是最好的朋友一般关心你的生活，让你不论是在家还是出行，都能得到最体贴的照顾。所以……可可，想接吻吗？"

前一秒，安可可还在认真听着他的介绍，感叹着神奇的数字世界改变人类的生活，可下一秒，他就突然地问她想接吻吗，这转折转得还真是……猝不及防啊猝不及防！

安可可低下头，脸红得像是刚刚熟透的苹果。

想接吻吗？当然想啊……只是，她要怎么才能将"想"字说出口啊。

安可可为难着，握在手中的水杯像是多余的存在，放也不是，拿也不是，任何物品的存在都是两人之间的障碍。

此刻，安可可只想抱紧她的季哥哥……然后，接吻。

办公室的窗户没有关，微风轻轻扫过安可可的刘海，将她的头发撩拨得有些凌乱。

季初伸手，将她的刘海一绺一绺拢到耳后，然后轻轻地凑身覆上了她的唇。

安可可的脑袋里一片混沌。少女的唇像是最甜的果蜜，让季初不舍得一口吞掉，小心翼翼地一点一点品尝。

也不知两人吻了多久。

安可可还沉醉在季初浅浅的吻里，突然季初在安可可的耳边呢喃道："可可，毕业以后，嫁给我可好？"

安可可猛地抬起头，震惊无比。

季哥哥这算是……求婚吗?

第十三章
围棋大使

　　安可可不记得谁说过，谈恋爱时，两人腻歪在一起的时光就像是下课，还没腻歪够，上课铃就敲响了；而分离的日子则像是漫长的课堂，总是掐着每一秒，在嘀嗒嘀嗒地煎熬着。

　　她和她的季哥哥还没好好享受够腻歪在一起的时光，她就又被棋院派出国了。

　　这一次，是出国拍摄一个围棋宣传片。

　　自从上一次去欧洲担了"世界围棋大使"的重任，反响出奇的好，围棋界邀请她参加的国际交流活动越发多了。

　　而且这一次拍摄围棋宣传片，不仅邀请了安可可，还邀请了卫奕。

　　安可可连夺两冠，长相甜美，粉丝众多。

　　卫奕连霸几年世界冠军，少年天才，也是唯一能跟人工智能一战的人类棋手，是围棋界最有影响力的人物。

　　他们两人自然是拍摄围棋宣传片的最佳人选。

　　安可可早就习惯了这种宣传重任，可卫奕有点不自在，才下飞机没多久，就被主办方折腾着抓去了化妆间。

他要穿西装打领带不算，还要坐在化妆镜前任凭化妆师摆弄着刘海，甚至要画眼线！

画眼线的时候他真的是很受不了，觉得有点"娘"，就想发脾气了。可一想到安可可坐在旁边，他又小心翼翼地忍下了自己的坏脾气……而且，安可可还夸了好几次他穿西装的样子帅气。

安可可坐在一旁化妆，像是一个乖巧的洋娃娃。

"那个……"卫奕找了好久的话题，才踌躇地开了口，道，"上次我答应史一航去看你们的比赛，结果我放了你们鸽子，不好意思哈。"

安可可"咦"了一声，都说卫奕眼中只有围棋，从不与人客套，人情世故更是一窍不通，怎么今儿会给自己赔不是？

"没关系啦，你也忙。"安可可并不在意。

"不过事后我看了转播。"卫奕慌忙解释。

安可可又"咦"了一声。

不是网传卫奕从不看九段以下棋手的下棋视频吗？敢情网上的消息都是传着玩的？

"你们夺冠的那场棋，下得不错。"卫奕见安可可总是"咦"，顿时有点心慌意乱，不知道该说什么好了。聊天本来就是他的弱项，跟女孩子聊天更是他的死穴，他绞尽脑汁都不知道该聊什么好，索性又聊起围棋来："就是开局布局布得不太好，有点让对手压着走，后面反攻攻得不错。"

还好自己喜欢的女孩子懂围棋，卫奕唏嘘。

"确实。"安可可点点头，"你说得很对，我也有跟史一航说，我们下棋的水平还是不够稳定。这一次可以夺冠，下一次未必就能进决赛。"

"那倒也不是……"

卫奕还没来得及鼓励她，就被化妆师厉口制止道："定妆呢，别乱动。"

两人讪讪地坐好，不敢再继续聊天。

卫奕好不容易才找到勇气跟安可可搭讪，就被迫中止了，静谧再一次在他们之间蔓延开来。

两人化完妆就进入了拍摄时间，就更难找到时间聊天了。

拍摄的时候安可可非常配合，不管是什么动作、什么口号，都能非常顺利地一次性过。

比较而言，卫奕僵手僵脚，就不顺利了……

导演有点郁闷，一条举起拳头说"加油"的简单片段，卫奕都 NG 了七次。

"那个卫奕，你的面部表情不要这么僵硬，就轻快一些说加油。"导演也不知道该如何指导才好了，卫奕脸上的神情太过拘谨，一点都表现不出来导演想要的感觉。

安可可叼着工作人员给她的吸管，决定出手相助了，她俏皮地冲着卫奕做了个鬼脸。

卫奕一开始有些愣住了，完全没有想到安可可会在镜头外冲着自己做鬼脸，来逗自己笑。紧接着，他就从发愣变成被逗乐，忍不住扯了扯嘴角，同时害羞地低下了脑袋，不经意间抬起了拳头来阻挡嘴边的笑意，生怕别人看到。

"很好，就这样，放松！"导演终于看到卫奕笑了，赶紧打手势让摄影师开机拍摄，"很好，很好，面部表情放松，做加油的手势！"

聪明如卫奕，立刻心领神会。

他试着把拳头从嘴边挪到了耳朵旁，努力从牙缝中挤出来两个字："加油。"

"很好，Bingo（对了）！这条过了，准备一下，拍下一条。"

导演终于松了一口气。

工作人员立刻忙碌开来。

卫奕挠挠头，穿过人群，走到安可可身边来："谢谢你……"

安可可："都是好朋友啦，客气什么？"

是……好朋友。

卫奕不敢抬头去看她，好朋友这个词像是一个魔咒一般，既让他想要吸吸鼻子，感到难过，又让他不舍这个来之不易的朋友身份。

"你和你的男朋友……最近怎么样了？"卫奕特别艰难地开了口。

问出这个问题，几乎耗尽了他所有的力气，比让他拍八遍"加油"还要难上许多。

"挺好的呀。"安可可一提到季初就特别的甜蜜，脸上恨不得抹上了两道飞霞来，"前阵子他还问我，有没有毕业后就结婚的打算。"

虽然她没正面答应他……结婚这种事，总要先过父母那关吧？不过，她心中是一百个愿意的。

"结……结婚？"

卫奕当头一棒，结结巴巴。自己都还没跨越出第一步，安可可都要准备结婚了？

"没有啦，还在打算中……"安可可害羞着，"不过，早结晚结也没什么区别。"

在她的字典里，喜欢就是认定一辈子啊。

爱情这盘棋，她一生只下一次，一次就是永远。

"那也……挺好。"卫奕完全不知道自己在说什么，脑袋里全是嗡嗡声，好半天才想起来祝福安可可，"我祝福你。"

他也不知道说什么好了，除了祝福，还能怎样？

做她以为的"好朋友""棋友"，永远不把自己的心思公开，也未尝不好。

就像史一航摇头评价他的话："你啊，总是在安可可面前聊围棋，除了围棋一点心思都不袒露，哪有这样追女孩子的？"

可是，他以为的爱情是旗鼓相当，是在棋盘上遇到狭路相逢的对手，是我懂围棋你也懂。

放眼围棋界，没有人比他更年轻更优秀了。他以为的优势，在爱情这盘棋里，却只是唬人的幌子罢了。

棋差一步，终拜下风。

"谢谢你。"安可可完全没有察觉到卫奕脸上隐隐的失落，反而有些雀跃，"等下再拍一场对弈的镜头，宣传片就拍完啦，加油哦！能一次拍过我就请你吃烤肉啦！"

"嗯。"卫奕努力让自己的嘴角上扬。

这条围棋宣传片，原本定的是在欧美各国的网络平台上发布，让更多的外国人了解我国的国粹——围棋。

东方神秘的棋盘游戏，在西方国家引起了越来越广泛的关注，越来越多的外国人因为安可可和卫奕拍的宣传片而对围棋产生浓厚的兴趣，从而喜欢上了下围棋。

可是，安可可却向国际围棋组织提了一个小小的建议。

她说："围棋明明是中国国粹，可在我们的国家都很小众，我觉得应该多花点心思在国内推广和普及围棋运动上。"

她还说："我去过贫困山区的希望小学，那里的孩子很渴望有各种课外活动，我试过教他们下围棋，他们很喜欢。为什么我们不能把推广活动从城市推向农村？让更多山区的孩子，也能体验到围棋的乐趣？"

安可可的建议非常有建设性。

国际围棋组织考量了一番，决定加大在国内的宣传力度，走深入宣传路线，将各大希望小学作为传播围棋文化的重点阵地，让那些缺乏课外娱乐活动的孩子也能体会到下围棋的乐趣。

围棋，并不仅是门竞技运动，传播围棋，也不仅是为了发现更多优秀的种子选手，而是为了让更多的人了解围棋，喜欢国粹，给更多人带来快乐。

安可可作为"世界围棋大使"以身作则，国际围棋组织的宣传片到了哪所希望小学，她的身影就跟到了哪所希望小学。

她带着一副围棋，化身真正的形象大使，亲自将爱撒到世界的每一个角落。

不到半年时间，她随着国际围棋组织走访了七十多所希望小学，在每一所希望小学里，除了留下了围棋，留下了爱，还留下了季泽科技公司赠送给孩子们的礼物。

每一次出发之前，不管有多忙，季初都会贴心地准备好礼物，让她带给孩子们。

有时候，是一车书。

有时候，是一车文具。

有时候，是一车生活用品。

即使成日里都在忙着做可以改变人类生活的科技项目，季初也始终不忘初心，从没忘记当初那个在藏区支教的毛头小伙，没忘记他回北京之前信誓旦旦要变成一个更有能力的人，变成一个可以帮助更多人的人。

他不是什么了不起的大英雄，但是他可以撑起自己的一片天，替想保护的人遮风挡雨。

安可可又一次风尘仆仆地从南方的希望小学回来，她想要给季初一个惊喜，悄悄压低了一顶帽子，戴了墨镜，想要混淆季初公司楼下那个该死的"人脸识别系统"，不让季初发现。

在下属一片"嫂子好"的招呼声中，安可可紧张地做着"嘘"的手势，悄悄拉开了季初办公室的一条缝来。

本想先悄悄瞄一眼，看看她的季哥哥在里面做什么，却好巧不巧地瞄到了里面的两道身影。

季哥哥的那个女同学怎么又跑来找他了？安可可跺脚。她不喜欢苗淼，就像她不喜欢吃香菜。

她悄悄竖起耳朵来，小心翼翼地听着办公室里在聊些什么……

其实这次会面依旧是苗淼觍着脸没事找事。

原本在电话里就能讲明白的事，她偏偏要亲自上门跟季初说。

那次的西藏之行非常成功，不光是给西部的孩子们带去了更多的关注和照顾，还给苗淼在公司中带来了非常好的风评。

那段苗淼在 CCTV 镜头下侃侃而谈的采访视频，被公司工会放在公司食堂的大屏幕上循环播放，苗淼也成功地引起了公司领导层的注意。靠着出色的业绩和这些善举，苗淼被领导破格提拔了两级，现在已经成了领导面前当仁不让的红人。

这一次，公司成立七周年的庆典，领导特地交由苗淼来策划。

苗淼的意思是，这场庆典的主题是"成长与感恩"，企业的发展离不开社会的支持，企业茁壮成长后要回馈社会，感恩社会。

这场庆典，她计划只用预算的三成来完成，剩下的七成都捐给山区的孩子们。

她想邀请一些贫困山区的孩子来庆典现场接受企业的捐赠，这样更有视觉上的冲击。

她来找季初，就是想商量这个事，让季初穿针引线，给她找些孩子来。

季初一口拒绝了这个提议。

他说："请孩子们来做客，是好心，但是让孩子们站在舞台上接受捐赠，面对镜头，还是算了。那种形象工程，容易伤及孩子们幼小的自尊心。"

苗淼慌忙解释："也不是作秀，我的意思也是实实在在地做点好事，这不是想给孩子们争取些福利吗？如果孩子们愿意上台，这效果肯定是会更好一些。我们公司的大领导，也像你一样，是个很有善心的人，也许他看了这些孩子，来年更重视对慈善这块的投入。"

季初摇头："那些孩子需要的不光是物质，还有认同与平等。"

安可可在门外点点头，她不能更同意季哥哥的看法了。在希望小学宣传围棋的日子里，她看到的最多的，就是那些渴望的眼神中还闪着对各种新奇事物感兴趣的光。他们想要的东西很多，但是更多的，还是希望这些城里来的人可以平等地看待他们，而不是将他们看成小可怜蛋。

每个人都是有自尊心的啊，小孩子也有小孩子的自尊心呢！

她竖起耳朵继续听。

苗淼有些郁闷："季初，你就是太死板，太较真了。既然我邀请这些孩子来，肯定会安排好他们的衣食住行，让他们有个舒服又愉快的旅途啊，这怎么就上纲上线了？上台拍个照而已，谈什么自尊不自尊的？"

她又不是骗子。

孩子们既然来了，肯定就会带着捐助回去啊。

季初感觉自己鸡同鸭讲，对牛弹琴。他本不想提及当年的事，可又觉得不这么打比方，苗淼无法体会到孩子们为难的地方。

季初："你设身处地地想一想，如果当年你在大学里领助学金的前提是，你必须跟捐助学金的对象站在台上合影拍照，被别人作为做善事的证据留下来放进相框里，挂在公共场合里，你心里舒服吗？"

苗淼沉默了。

自己出身很穷、很差这件事，她一直都敏感。

也许她自己可以打趣自己，说自己是穷人家的孩子，从大山里好不容易走出来的，可是如果别人拿她的出身开玩笑，那她一定会非常生气。

这两年养尊处优的生活，让苗淼都快要忘记以前的自己了。可季初的一句话，就将她打回了原形，让她想起来，她曾经是那个一分钱都要掰成两半花的丑小鸭。她连灰姑娘都算不上，人家灰姑娘虽然落魄，但也是正经的贵族，是公爵的嫡生女儿。

当初她领助学金的时候，还真经历过一次被迫上台和好心的助学企业家合影这样的事情。

或许季初只是无心之谈，压根儿就不知道有合影的事，但那件事却一直是戳在她心头的一根刺。

那时的她穿着唯一一件洗到发白的破旧高中校服，低着头和其他获得助学金的同学一起站在一群西装革履的成功企业家中间。

后来，她在学院的助学金公布栏上见到了那张让她感到不安的照片，照片中的她像是一个可笑的小丑，与其他人那么格格不入，没有人比她的衣服更糟糕了。

那时候，她最想要的就是一套新衣服，一套看起来不那么扎眼的新衣服，只要是穿起来不穷酸的新衣服就好啊。

即使她手里捏着好几千块钱助学金，却也不敢花钱去实现那个卑微的愿望。为了能顺利地念完大学，年纪轻轻的她就背负了足足五位数的助学贷款，在还清这笔当时在她眼中是天文数字的贷款之前，什么新衣服她都不敢买。

季初让她设身处地地想一想，可她不愿意再设身处地地回忆当初那种难堪的境地了。

算了。

苗淼疲惫地挥一挥手：“既然你不喜欢，那我就不这么做了。”

季初点点头，态度也软了很多："这样做确实不太好。”

安可可也在门外附和地点点头，觉得自己的季哥哥简直就是既有爱心又细心，完美到不能更完美了。

季初："你还有什么事吗？”

他的话外之音就是他很忙，如果没什么事情的话，他要送客了。

更何况，他已经看到了门口那个熟悉的小脑袋瓜，即使只有一条缝隙，他也能感受到喜欢的人的气息就在门外徘徊。

苗淼却误会了。

她也很忙好不好？她好不容易跑来找季初一趟，怎么愿意这么快就走？

鬼使神差地，她撒了一个娇，讨好道："没事就不能来看看你啊？我又不是什么豺狼虎豹，至于这么防着吗？”

安可可在门外撇撇嘴，心想：你明明就是豺狼虎豹，自己可得把季哥哥给看牢了！

季初愣了一下，直接摆明道："同学之情，谈不上防不防的，君子坦荡荡。”

苗淼有点伤心："难道我是小人长戚戚吗？我在你心中，就只是同学吗？一点其他的位置都没有？”

她不想只是同学而已啊……

安可可心想：你还想要什么位置啊？女朋友让给你做好不好？

不过，安可可更好奇的是季初的态度。

她浑然不知季初早就发现了自己这个在暗中偷窥偷听的小鬼头……

季初一身正气，义正词严地撇清关系道："同学之情就只是同学之情，没有什么其他位置不其他位置的，你、鲍梵，又或者其他同学，在我心中都无二样，都是大学时期的同窗。"

苗淼不甘心："可是如果我期盼有其他的位置呢？"她从未如此冲动过，冲动到在季初面前失了态，将心中憋屈已久的想法脱口而出，"如果没有那个小女友，我真的一点儿机会都没有吗？"

季初："没有。"

安可可是他生命中一个美好的意外，意外在那年夏天，有幸遇到她，两条完全不相干的线开始有了交集。

也不知道是从哪天起，他渐渐爱上了这个单纯的女孩子。

爱情，说不清，也道不明，他不知道自己究竟喜欢安可可的哪一点，但是他很清楚，在他心中，任何人都替代不了安可可。

苗淼动了什么心思，季初隐约知道，可他不会给任何人机会。

季初不仅把话堵死了，还不紧不慢地祭出了安可可这个最好用不过的挡箭牌："我跟安可可快要订婚了，我们一家人都很喜欢安可可，他们希望我们早些定下婚事，我也很喜欢安可可，也一样希望我们能早点定下来。"

这句话，明明只是再简单不过的陈述句，却像是一万个感叹号的重磅炸弹，将苗淼炸得浑身一个激灵，没有什么比从喜欢的人口中听说对方要订婚更残忍的事情了。

季初要订婚了？

他那个小女友明明大学都还没毕业……他就想要跟她稳定下来，进入结婚的殿堂？

苗淼突然觉得自己今天可怜巴巴地上门就是个天大的笑话。

不，她是在自取其辱。

苗淼强行稳住心神，让自己镇定一些，再镇定一些，好不容易才踩着脚下那七厘米高的高跟鞋，扶着办公桌站稳了。

"那我，祝你幸福，打扰了。"她从牙缝中挤出来这句话后，就面带苦涩地踩着高跟鞋往门外冲去，连头都不敢回。

她一直以来的骄傲差点儿在这一刻彻底瓦解。

不要回头，千万不要回头！

当苗淼用力地打开办公室大门，撞上安可可那张天真可爱的脸蛋时，她的骄傲真的彻底瓦解了，她要崩溃了……

这都是什么鬼剧情啊？

安可可不知所措地伸出手来打了个招呼："嗨！"

苗淼夺门而出，只剩安可可在她身后做鬼脸。

哈哈，危机解除！

安可可松了一口气，还好季哥哥没让她失望，在对待女人的态度上让她非常满意。

虽然安可可自诩是个很大方的人，可在情爱一事上，她可大方不起来，她绝对不许自己的男朋友在心中给别人留位置！

"躲在外面偷听多久了？"季初看起来像是在质问她，可招招手又拍拍大腿唤她过去坐的举动，分明就是宠溺。

也不知道从什么时候起，安可可已经习惯坐在季初的腿上了，虽然办公室里根本就不缺座椅。

她从善如流地关好办公室的大门，挪着小碎步跑到季初的身边，嗲嗲地坐在了自己的"专属大腿"上："季哥哥……你真是太坏了！"

季初拢了拢她的碎发："怎么坏了？"

安可可说道："你竟然拿要跟我订婚当挡箭牌，诓走你的女同学，她要是知道你是故意扯谎来骗她的，岂不是要伤心死？"

许是看季初一本正经惯了，连看他撒谎时的模样，都觉得非常正经，绝不可能掺水有诈。

刚刚别说苗淼伤心了，连安可可都闻之一惊。

好在聪明如她，脑子一下就转过来季初是在诓人而已，他不过是想让女同学死心。

没想到季初低头，浅尝辄止地吻了安可可的额头一下，十分严肃、认真地说道："我没有扯谎。"

安可可："啊哈？"

没有扯谎，那意思是，真要订婚？

安可可脸红："我什么时候答应过要和你订婚了？你都没有求过婚哎……"

两个人，就算要订婚，也不能随随便便口头说说啊。

一点仪式感都没有！

没想到季初认真托起她的下巴，认真看着她的眼睛，道："我准备现在求婚。"

目光交会的那一刹那，仿佛烟花盛开，满目绚烂。

安可可喜欢脸红。

接吻的时候会脸红，被季初直直盯视的时候也会脸红。

现在季初看着她的眼，冲着她说出"我准备现在求婚"的时候，她从脸到脖子，几乎整个人都快烧红了。

"啊哈？"安可可都不知道自己在说什么了。

求婚吗？

现在吗？

她都没做好心理准备哎……早知道今天会被求婚，她就应该穿那条白色的公主裙来，今天穿的牛仔裤也太随便了一些。

季初笑着打开了办公桌的第二个抽屉，从里面拎出了一串钥匙交到安可可的手中。

"你选的婚房，交房了，这是钥匙。"

"啊哈？"

婚房？嗯，确实是婚房。当时买房的时候，季初明确说了是买婚房。

明明早就知道结果，可真当一切成真的时候，安可可依旧觉得这一切都太过惊喜。

她的季哥哥，从确定关系一开始，就在认认真真地规划着属于他们两人的未来啊。

从西藏回北京，创业，买房，求婚。每一步，都是为了他们的将来。

"可可。"季初认真看着安可可的眼睛，像是永远都看不够，"我们全家都很喜欢你，都希望你能早点嫁进来。"

他顿了一下，家人喜欢她，不是重点，重点是……

季初接着说道："更重要的是，我很喜欢你，也希望你能早点嫁给我。"

喜欢到你还没毕业就想把你娶回家啊，喜欢到一秒都不想等啊。

有时候季初说服自己，慢慢陪小女孩长大也挺好，等她毕业了，找到工作以后，再按部就班地订婚、结婚、生子，这才是正经合适的流程。他太早求婚，安爸爸、安妈妈会不会觉得他太冲动、太肤浅，可那些陪伴和等待的念头在他的心头越发折磨起人来。

每一天的等待，都似乎是煎熬。

季初不太想慢慢等了。

"可可，嫁给我，好吗？"钥匙静静地躺在安可可的手中，季初又从抽屉中摸索出了一个戒指盒子，在安可可讶异的目光中打开，缓缓取出一枚钻戒套在安可可的手上，将她一把套牢。

安可可目瞪口呆。

她看着季初像是变戏法一样变出婚房钥匙，又看着季初像是变戏法一样变出钻石戒指。

戒指都拿出来了，绝对是有计划、有预谋的……求婚了！

安可可不知道季初什么时候准备好了这一切，但是她能感受到一点，季初为了这一天，准备很久了。

纵使心中是一万个愿意，恨不得立刻点头，哭着笑着跳进季哥哥的怀里说"我愿意"，可心中另一个得意扬扬的小人却忍不住捉弄季哥哥一番。

安可可扭扭捏捏地歪着脑袋，抱怨道："没有鲜花，算什么求婚啊？"

她就不信了，季哥哥还能凭空再变出一捧鲜花来？

季初愣了一下，没想到小女孩会提出这样的要求。

不过，这难不倒他。

只见季初将桌上的笔记本电脑拖到面前，手脚超快地在键盘上一番敲敲打打，写出一个小程序来，然后将笔记本屏幕推送到安可可的面前来。

只见屏幕上慢慢浮现出一朵又一朵的白玫瑰，像是安可可最清纯不过的脸蛋，玫瑰慢慢绽放，盛放到极致之后，突然像烟花一般炸裂成无数花瓣，洋洋洒洒地在屏幕上下了一场美到不可方物的花瓣雨。

繁华落尽之后，只有四字简单的告白。

可可，爱你。

这就是他求婚的花。

钥匙、钻戒、鲜花，全齐了。

这一次，安可可没有理由再拒绝了，她捧着一颗都快炸裂的少女心，羞涩地点了点头："嗯。"

吻，轻轻落下。

毕业论文、密不透风的围棋宣传和围棋比赛把安可可忙成了一个陀螺，而季初在忙着应对 C 轮天使投资，两人都没时间，只能放权让季母和谭依依操办订婚宴。

季初交代过季母切勿铺张浪费，从简就好，可真到了订婚宴现场，他和安可可还是被那奢侈程度小小地震惊了一下。

别人的订婚宴现场再奢华也不过就是从国外空运鲜花铺天盖地装饰起来，季家的订婚宴奢华到什么程度？季母直接从某电视台请来了一整套做全息投影的团队。

什么是全息投影技术？说专业点，就是一种空气投影和交互技术，说通俗点，就是你想见什么，甭管是人还是物，都能给你在空气中投影一个活灵活现的出来。

周杰伦曾经在演唱会上用全息投影技术"复活"了邓丽君，让其与他隔空对唱，李健也在某卫视舞台上用全息投影技术"变"出了一条巨大的海豚跃入海洋的画面。

而季母则是请人在订婚宴现场"变"出了一个梦幻的世界：头顶是四处飘动着的云朵，不时有独角兽踏在云朵上嬉闹追逐，四面仿若开满了玫瑰花的古堡，无数的玫瑰花热情盛开；若你够细心，还能见到花朵上摇摇欲坠的露珠。而那条通向小礼台的 T 台，则是摘下了漫天的星星，铺成了一条闪闪发光的星光大道，格外的闪耀。

"妈，怎么样，我同学办事靠谱吧？今儿这场面，气派不气派？"

"气派，绝对气派！好几个小姐妹都跟我打听，这云啊，鹿啊，是怎么飞上天的，嘿嘿，我说这是高科技，说了她们也听不懂的。"

古有前人指鹿为马，今有季母指兽为鹿。

季初找到季母的时候，季母正得意扬扬地跟谭依依抵头炫耀着呢。

"妈，不是跟你说从简吗？"季初黑着一张脸，质问起季母来。

场面就是钱，这是糟蹋了多少钱？

"啊哈？是……从简的呀，这不是挺朴素的吗？哈哈哈哈，对吧，挺朴素！"季母若无其事地笑着，根本不把季初的脸色当回事。

要不是季初一再强调从简，她恨不得选最贵的酒店大宴宾客，办得再风光一点。

她就这么两个儿子，一个比一个优秀，大儿子兢兢业业接班，小儿子自己创业，年轻有为。既然是小儿子订婚这么大的喜事，她怎么可能真从简？

眼见着季初脸上很是不高兴，季母赶紧插科打诨，把背着他铺张浪费搞虚礼的事给忽悠过去："哎呀，我说儿子，你别整天顶着一张苦大仇深的脸，像谁欠你钱似的。今天可是你订婚的大日子，赶紧笑笑。哎，你丈母娘在那边呢，笑笑，赶紧过去打个招呼，别失了礼数……"

此时，安妈妈也看到了季初和安可可，朝他们走了过来。

在丈母娘面前，季初不好多言，只得瞪了自己这个万分不靠谱的亲妈一眼，然后当真脸上挂了笑，走上前和丈母娘寒暄几句。

有长兄季云操办婚礼的经验在前，季初这场订婚宴对季家来说，简直就是小菜一碟，安排得那是得心应手、妥妥当当的。不光季家在北京的所有亲朋好友邀请到了，连安家远在台湾的亲朋好友都统一定好了机票、酒店安置妥当了，连安可可定居台湾多年没回过大陆的爷爷也拄着拐杖赶到了订婚宴的现场。

亲朋好友欢聚一堂，等着祝福季初和安可可这对即将订婚的年轻人。订婚宴的主持人踩着吉时，准备上台主持大局，但他的脚还没踏上"星光大道"，就被季初一个小手势给叫下来了。

季初对主持人耳语几句，主持人一脸震惊地问他真的这么决定吗？

　　季初点点头，一副考虑清楚、深思熟虑的模样，身后的安可可也"夫唱妇随"地点点头。

　　当音乐再次响起的时候，主持人大步流星地走上小礼台，做了个全场冷静一下的手势，然后激动万分地宣布：

　　"感谢各位亲朋好友，在百忙之中抽时间来参加季初先生与安可可小姐的订婚宴。季先生年轻有为，来自我们首都北京，安小姐才华横溢，来自我们的宝岛台湾，二位跨越海峡两岸牵出了一段美好的缘分，终于在今日订婚。他们做出了一个非常感人的决定，也希望能得到各位亲朋好友的支持……"

　　说完，主持人顿了一下，熟练地打了个手势，灯光就顺着他的手势聚到了星光大道的另一头的季初和安可可身上。

　　在灯光下，季初帅气挺拔，一身纯黑色燕尾服，就像是漫画里的王子，随时等待挽起他的公主翩翩起舞。安可可甜美可人，一身粉白色纱裙，像极了月夜中的精灵，随时就会生出羽翼来飞翔。

　　好一对翩翩佳人，主持人差点儿看走神了，他主持过这么多年的各种大型晚会、婚礼，还是头一次发生这种小失误。

　　他定了定神，轻轻咳嗽一声，将大众惊叹的注意力重新拉回来。

　　"今日订婚宴，亲朋好友都出手阔绰，封了不少大红包，二位新人感谢大家的厚爱，心意已经全部收到。不过，他们二位郑重决定，将今日所收的所有红包喜钱都化作满满的爱，捐给贫困山区的孩子们，希望有更多的孩子可以像他们一样感受到大家的爱，越来越幸福。我们一起为他们的爱心鼓掌，好不好？"

　　主持人激情满满，在他的带动下，全场宾客起立为季初和安可可的决定而鼓掌。

喝彩声、欢呼声、音乐声，将这梦幻般的宴会厅淹没。

在追光灯下，季初单膝下跪，一只手别在后背，一只手彬彬有礼地抬起，做了一个"请"的姿势，安可可带着全世界最甜的笑容将手慢慢搭上了季初的手。

这一牵，不再是轻轻勾住，而是十指交握，紧紧交缠，一辈子牢牢地牵下去，永远都不放开。

番外一

　　在某班国际航线的飞机上，乘客都已经前后有序地下了飞机，机舱里几乎空空如也，只剩一个戴着眼镜、看起来非常儒雅有气质的男子还拎着随身的行李，没有下飞机。

　　"您好，这位乘客，请问有什么可以帮助您的？"一个空姐友好地走上前，面带微笑询问道。

　　该男子扶了扶眼镜框，看似有些不知所措："我有东西丢了。"

　　乘客在飞机上丢了东西可是大事，空姐立刻关心道："请问您丢了什么？大概是丢在哪里了？我来帮您寻找……"

　　该男子咳了一声："我的女朋友丢在飞机上了。"

　　空姐没忍住，"扑哧"一笑，这搭讪的方式还真是……有点老土呢！

　　没等这个空姐一本正经地回拒男子，商务舱里就钻出来另一个空姐，她瞪了男子一眼，吐槽道："别闹，工作时间呢，下去等我。"

　　最初那个误以为自己被调戏的空姐顿时反应过来了，截着自己同事的肩膀，小声八卦道："他是你男朋友啊？"

不等后来的女子承认，眼镜男就老老实实地拖着行李下了飞机，一边下一边冲着自己的女朋友做鬼脸："我要投诉你，工作时间给乘客脸色看，还没有面带微笑。"

她很是无语，懒得搭理他，直接冲着他又翻了一个漂亮的白眼。

眼镜男就是史一航，他下飞机时调戏的空姐是他的新女友倪薇安。

当倪薇安跟同事一起仔细检查完飞机上的每一个角落，确保所有的东西都收归整齐，才依次拉着小皮箱，蹬着小高跟，排成整齐的一排，非常有气势地下了飞机，走出出境口。

气质美女走到哪儿都是焦点，更何况是一排气质美女，大厅中所有人的目光都汇聚在她们身上。

大厅的尽头，史一航老老实实拉着行李箱站在那里等着倪薇安，一动也不动。

"喂，你男朋友在那边。"好事的同事眼尖，最先看到在飞机上开玩笑的史一航，立刻戳了戳倪薇安，提醒她道。

倪薇安停下脚步，然后朝着自己的棋手男友迈出了几步。

史一航冲着她眨了眨眼，然后似乎有些委屈，又似乎有些期待道："现在不是工作时间了，请问，你可以帮我找一下我落在飞机上的女朋友了吗？"

倪薇安一本正经道："您的女朋友可能找不到了，这样吧，我赔给您一个女朋友，您看好不好？"

史一航满意地扶了扶眼镜框："要是像你这样漂亮的，我愿意接受赔偿。"

某天，天气晴朗，史一航家。

倪薇安和史一航对坐在棋盘两旁，一人一盘葡萄，饶有兴致地下着围棋。

倪薇安捏起黑子，对着棋盘琢磨了半天，才小心翼翼地让子落了下去，然而又非常不确定地抬头问起史一航来："我把子落在这里，对不对？"

她跟着史一航学下棋还没多久，完全就是个还没摸到门道的新手。

史一航点头不算，还附和地抬起手指着棋盘上的几个位置，夸赞道："你真是很有学围棋的天赋啊！你的黑子落在这里，然后我的白子落在这里，你再落在这里，这里，只需要几步，就可以吃定我这一大片了。"

倪薇安定眼跟着他的指导一看，还真是哦……

她兴致勃勃地冲着史一航眨眼睛："那你赶快落子，就落在那里！"

史一航如她所愿，明明知道白子落下就是被吃的命运，却依旧送它们羊入狼口，等着被女友霍霍。

他的眼镜后面难得闪过狡黠的目光——在棋盘上损失几个子有什么关系？能哄得女朋友开心才是王道。

倪薇安落下第二颗黑子、第三颗黑子，开心地吃掉了史一航的一大片白子，她高兴地一颗一颗捡下那片白子，然后拍手道："说不定我今天又能赢你！"

史一航对付这种新手，闭着眼睛都能赢。

但是赢不是本事，要输给她，还要输得体面才是有本事。

史一航一会儿眯着眼笑着教倪薇安该如何布局，一会儿挠头暗示倪薇安该如何围追堵截自己的棋子，可谓是求输心切了。

当最后一个子落下，倪薇安满怀期待地看着棋盘，催促着史一航："快数数，看看谁赢了？"

史一航哪里需要数，他早就算得死死的，自己刚刚好以一子之差输给倪薇安。

不过，他认认真真地将棋盘上的子数了一遍，才惋惜道："哎呀，失误失误，今天失误太多了，输给你一点点，你赢了，我就说你特别有天赋吧！"

　　"哈哈，你说我要是跟你一样很小就开始下围棋，是不是也能成为专业棋手？"倪薇安高兴道。

　　"那肯定了……"史一航在拍女朋友马屁上向来都很有天赋，他脑子一转，立刻顺着杆往上爬，道，"你要是早点儿对围棋产生兴趣，也许现在也是女子冠军了。"

　　"怎么可能？"

　　倪薇安高兴归高兴，但她还是清楚自己有几斤几两的。要不是史一航让着自己，自己还能赢过他这个专业棋手，还女子冠军呢，拉倒吧！

　　史一航眯着眼，很肯定地把自己的马屁给拍圆了。

　　拍马屁这种事，讲究有前有后，有始有终。

　　他说道："怎么就不可能了？我拿过冠军对吧？"

　　倪薇安认真纠正他："是混双的冠军，又不是你个人拿的冠军。"

　　史一航撇嘴："混双冠军也是冠军，别拿村主任不当干部啊。这不是重点，重点是，我是冠军，你赢了我，所以你也是赢过冠军的人了，你都赢过冠军了，当然也是拿冠军的料？对不对？"

　　倪薇安被他绕糊涂了。

　　"你说得很有道理，我都有点无言以对了。"倪薇安说道。

　　讲冷笑话，她是讲不过史一航了，讲歪道理，她怎么也讲不过史一航？

　　史一航狡黠地眨眨眼："你这不是无言以对，是给男朋友留点面子，棋你赢了，面子当然要多给我留一点了！"

　　倪薇安剥了一颗葡萄，塞进史一航的嘴里，撒娇道："就数你嘴甜！"

番外二

　　粉色的荧光棒在头顶挥成粉红色的海洋，汤巧巧与身边的一众粉丝挥舞着热情的双手,拼命地尖叫着那个让他们沸腾的名字:
"Martin！ Martin！ Martin！"

　　在少女的欢呼声中，Martin背着吉他，从天而降。

　　站在话筒前，他定了定神，冲着台下微微笑。

　　台下都是他的忠实粉丝，根据他的要求，这场生日会的票一张不卖，全部赠予出道以来一直支持他的粉丝们。

　　"我出道做音乐也有几年了，有幸一路有你们相伴。人生有过彷徨，也有过迷茫，每当困惑的时候，都是音乐之梦和你们的支持在前方指引着我，让我坚定不移地走下去。谢谢你们，谢谢你们喜欢我。" Martin朝着台下深深鞠了一躬。

　　盛传Martin宠粉也不是一天两天的事了。

　　汤巧巧也只是第二次弄到Martin现场的票，这么近距离地感受到Martin是如何宠粉的，简直幸福到尖叫。

　　"Martin，我们是喜欢你的音乐！"

也不知道是谁带头喊了一嗓子，很快，下面的粉丝都纷纷挥舞着荧光棒，跟着喊了起来。

汤巧巧也在人群中拼命地叫喊着。

虽然汤巧巧追星，但是她只喜欢像 Martin 这样认认真真在做音乐，不炒作，不卖弄，低调又有才华的歌手。

他出道第一年，连扫几大音乐盛典，拿下好几个"最佳新人奖"。

出道第二年，新专辑继续发力，与几位老牌天王同台竞争最佳专辑、最佳歌手、最佳编曲人等大奖，最后斩获"最佳编曲人"的奖杯。虽然他的名气还不够，可实力已获证明。

出道第三年，心心念念的"最佳歌手"终于捧回。

出道第四年……

有媒体评价 Martin：明明可以靠颜值吃轻松饭，做个偶像，却偏偏闷头做音乐，只想用实力说话，从此奔往音乐天王之路的独木桥上又多了一个兢兢业业背着吉他的少年。

Martin 站直了身子，将吉他放到胸前来，对着话筒接着说道："今天是我的生日，我写了一首新歌，想送给现场所有的你们，还想送给一位特别的朋友，感谢她在这段时间里对我的鼓励和支持。这首歌有两个版本，一个版本叫《指尖弹琴》，很快会在新专辑中跟大家见面，另一个版本叫《指间谈情》，今生只演奏一次，只在今天演奏给在乎的人听。"

全场沸腾。

很快，随着音乐声响起，全场安静了下来，只剩下那漫天飞舞的荧光棒，和纷纷竖起的耳朵。

"突然响起的手机，

是你的鼓励。

傻笑会渐渐浮起，

因为喜欢你。

许是相遇太随意,

差点儿错过你。

许是青春太美丽,

终会再见你。"

汤巧巧的耳朵烧得通红,忐忑不安地挥舞着荧光棒,有些不敢抬头往舞台上看。这首情歌,是写给安可可的吗?他深情的目光是在人群中寻找安可可吗?怎么办怎么办?自己"耍小聪明"留下的手机号码,好像酿成了大误会……

她这段时间确实经常给 Martin 发短信加油鼓劲,可是,Martin 也没有表露半点别的意思啊,只是偶尔会在压力大的时候,跟她说说糟心事,仅此而已。连他突然赠送自己生日会门票,都有些让汤巧巧意外。

可听这歌词,似乎 Martin 有点儿动情?

汤巧巧不敢往深处想。

现在的她就像是撒了谎被老师逮个正着的犯错学生,惶惶不可终日。

终于她鼓足了勇气,坐在万千荧光棒中,掏出手机来,诚惶诚恐地编辑了一条信息,立即发送了出去。

汤巧巧:对不起,我想勇敢地承认一件错事,其实我不是那个你要还巧克力糖的女孩子,我是她的室友,也是你的粉丝。那天是我起了私心,才会故意留下自己的电话号码……对不起,真的对不起!

发完短信,汤巧巧没控制住情绪,捂着脸就"哇"地哭了出来。

坐在汤巧巧旁边的那个少女也是 Martin 的忠实粉丝,她听着 Martin 的新歌,也是热泪盈眶,她一见身边的汤巧巧哭了,立刻好心地给汤巧巧递纸巾擦眼泪:"Martin 的新歌超棒超感人的，对不对？"

汤巧巧哭得就更惨了……

突然，舞台上响起了手机短信铃声。

所有人都以为这是为了这首歌的效果特地插入的一段手机铃声，没想到，一直又弹又唱的 Martin 在舞台上突然暂停了。

他说道："虽然歌唱到一半停下来很不礼貌，可我现在必须要停下来看一下手机，因为我可能收到一条非常重要的短信。"

在炫目的舞台上，Martin 当着众多粉丝的面，一只手扶着吉他，一只手认认真真从演出服口袋中翻出手机来看短信。

汤巧巧猫着腰，小心翼翼地穿过粉丝群，准备开溜。

撒谎已经够丢人了，不能再厚着脸皮留下来继续丢人了……

她将身子压得矮矮的，还没绕到最侧边的过道上，就听台上传来轻轻的笑声，然后好听的男音继续说道：

"这条短信，是一个好朋友跟我道歉，说她犯了个可爱的错误，希望得到我的谅解。她也在现场，我想告诉她……没关系，我从一开始就知道是你……"

汤巧巧蒙了，她停下脚步，不知如何进退，腰着的腰像是一弯拉紧的弓箭，差点儿忘记直立起来。

Martin 知道是自己？

Martin 真的没有因为自己的谎言而生气？

Martin 真的拿自己当朋友，还为自己写了一首歌？

舞台上，吉他声继续响起，人人附和着唱起来，歌声传遍了现场的每一个角落，荧光棒舞出了所有少女的心。

"许是相遇太随意，

差点儿错过你。

许是青春太美丽，

终会再见你。"